AF184949

Horst Bosetzky / Uwe Schimunek

Rotlicht
Der 30. Kappe-Fall

Kriminalroman

Jaron Verlag

Horst Bosetzky veröffentlichte im Jaron Verlag eine Vielzahl von dokumentarischen Spannungsromanen, Familienromanen, biografischen Romanen und Krimis. Für die Krimiserie «Es geschah in Berlin», die der Bestsellerautor 2007 mit dem Jaron Verlag begründete, verfasste er mehrere Bände (zuletzt «Auf leisen Sohlen», 2017).

Uwe Schimunek, Jahrgang 1969, lebt als Journalist und Buchautor in Leipzig. Im Jaron Verlag veröffentlichte er bereits mehrere historische Krimis, darunter die um 1900 in Leipzig spielenden Romane um den jungen Reporter Edgar Wank (zuletzt «Tödliche Zeilen», 2017).

Originalausgabe
1. Auflage 2018
© 2018 Jaron Verlag GmbH, Berlin
Alle Rechte vorbehalten. Jede Verwertung des Werkes und
aller seiner Teile ist nur mit Zustimmung des Verlages erlaubt.
Das gilt insbesondere für Vervielfältigungen, Übersetzungen,
Mikroverfilmungen und die Einspeicherung und Verarbeitung
in elektronischen Medien.
www.jaron-verlag.de
Umschlaggestaltung: Bauer+Möhring, Berlin
Satz: Prill Partners | producing, Barcelona
Druck und Bindung: CPI books GmbH, Leck

ISBN 978-3-89773-854-6

PROLOG

ICH WILL, dass sie schweigt. Tatsächlich sagt sie für den Moment nichts. Doch ihr Lächeln ist voller Spott. Obwohl sie auf ihrem Bett sitzt und ich stehe, scheint sie auf mich herabzublicken. Das halte ich nicht aus. Ich gehe einen Schritt auf sie zu. Ihr impertinenter Papagei krächzt: «O das ist gut! Das ist gut.»

«Ruhe!», brülle ich so laut, dass ich mich selbst erschrecke.

Der Papagei flattert kurz in seinem Käfig hin und her. Dann ist es so still, dass der Straßenlärm durch die geschlossenen Fenster dringt. Das Lächeln verschwindet aus ihrem Gesicht.

Ich schließe die Augen. Alles könnte so schön sein. Wenn sie mich nur verstehen würde. Kann sie es nicht? Oder will sie es nicht? Dabei habe ich alles versucht. Mit Engelszungen habe ich auf sie eingeredet. Erklärt und erklärt. Doch sie hört mir überhaupt nicht zu.

«Du machst dich lächerlich», sagt sie.

Obwohl ich die Augen nicht öffne, weiß ich, dass sie grinst. Ich höre es an ihrer Stimme. Das geht zu weit. Ich will, dass sie schweigt!

«Geh jetzt», sagt sie.

«Geh jetzt! Geh jetzt!», wiederholt der Papagei.

Das ist zu viel. Ich öffne die Augen und sehe das Kissen. Mit einer schnellen Bewegung hebe ich es an und drücke es auf ihr Gesicht. Ich will, dass sie schweigt. Ich will ihr Grinsen nicht mehr sehen. Also drücke ich fest zu. Fester.

Sie wehrt sich, zappelt, schlägt um sich. Erwischt meinen Arm. Es schmerzt. Ich drücke das Kissen noch fester auf ihr Gesicht. Anscheinend versucht sie, etwas zu rufen. Der Hohn ist aus ihrer Stimme verschwunden. Ich will, dass sie schweigt.

Sie lässt meinen Arm los und schlägt um sich. Wie ein Käfer, der auf dem Rücken liegt und mit den Beinen strampelt. Die Schläge treffen meinen Oberkörper. So viele, dass es mir vorkommt, als hätte sie mehr als zwei Arme.

Wie lange drücke ich schon? Eine Minute? Zwei? Drei? Es kommt mir wie eine Ewigkeit vor. Und noch immer dringen ihre Laute durch das Kissen. Ich will, dass sie schweigt.

Endlich wird sie leiser. Unter dem Kissen kommt nur noch ein leises Röcheln hervor. Ihr Körper bäumt sich auf. Ich drücke fester, fester, fester. Noch einmal versucht sie sich zu wehren. Dann ist endlich Ruhe. Sie lässt mich los und schweigt. Es herrscht absolute Stille. Mir kommt es vor, als wäre nicht nur sie erstarrt, sondern auch die Zeit. Das Kissen in meiner Hand strahlt weiß und unschuldig. Meine Hände schmerzen und leuchten rot von der Anstrengung. Wie lange ist sie schon still?

Kaum lasse ich das Kissen los, dringt die Welt wieder in mein Ohr. Das Rauschen von draußen. Auch der Papagei krächzt wieder: «Geh jetzt!»

Ich hebe das Kissen an. Das Gesicht darunter ist verzerrt. Die Augen sind weit aufgerissen und starren nach oben. Jetzt sieht sie, wie es mir geht. Ich lasse mich auf das Bett fallen und nehme ihre Hand. Sie ist warm und verschwitzt. Sanft streiche ich über ihren Handrücken und sage: «Wir hätten auch vernünftig miteinander reden können. Ich wollte dir nicht wehtun.»

Sie bleibt ohne Regung, verzieht nicht einmal eine Miene. Das erscheint mir besser als ihr Hochmut vorhin.

«Ich hoffe, du hörst mir endlich zu», sage ich. Dabei ziehe ich an ihrer Hand und versuche, ihr aufzuhelfen. Doch sie regt sich nicht. Will sie mich mit Ignoranz strafen? «Nun komm», sage ich, «du brauchst nicht zu schmollen. Ich habe mich beruhigt.»

Das stimmt sogar. Auch wenn ich diesem Papagei am liebsten den Hals umdrehen würde. Denn der war nur einen Augenblick ruhig und krächzt nun schon wieder: «O das ist gut! Das ist gut.»

«Pst!», zische ich und wende mich wieder ihr zu. «Lass mich dir bitte noch einmal alles erklären!»

Doch sosehr ich auch an ihrem Arm ziehe, sie rührt sich nicht. Ihr Oberkörper scheint völlig verkrampft zu sein. Und ihre Augen – wenn ich mich bewege, folgen sie mir nicht. Ihr Blick bleibt völlig starr nach oben gerichtet. Ein kalter Schauer läuft mir den Rücken hinunter. Sie wird doch nicht … Was habe ich getan?

Ich lasse ihre Hand los, ergreife ihre Schultern, rüttle heftig an ihnen und rufe: «Nein!»

«O das ist gut!», krächzt der Papagei. «Das ist gut.»

Ich ohrfeige sie. Noch einmal und noch einmal. «Nein!»

«Geh jetzt!», krächzt der Papagei. «Geh jetzt!»

«Pst!» Ich muss nachdenken. Noch mehr Ohrfeigen werden nicht helfen. Es ist vorbei.

Sie starrt nach oben. So als wäre ich gar nicht hier. Vielleicht wäre es besser gewesen, ich hätte heute nicht ihre Wohnung betreten, um mit ihr zu sprechen. Doch ich kann die Zeit nicht zurückdrehen. Nichts ungeschehen machen. Was habe ich getan? Ich wollte doch nur, dass sie mir zuhört. Nun liegt sie da mit der Verzweiflung im Blick. Ansonsten sieht sie so zart wie ein zerbrechliches Stück Porzellan aus. Dabei ist sie die Sünderin. Nicht ich bin schuld. Ich wollte nur mit ihr sprechen.

Was nun? Soll ich die Polizei rufen? Wird mir jemand glauben, dass ich nichts Böses vorhatte? Nein. Hier stehe ich, und sie liegt da. Tot. Niemand wird mich verstehen. Niemand wird mir zuhören. Wenn die Polizei kommt, wird sie an einen Mord glauben. Vielleicht ist das die Lösung. Ich gebe den Herren, was sie wollen. Einen Mord. Da kommen viele als Täter infrage.

Also los. Zuerst das Bett. Ich reiße Decke und Kissen aus dem Bezug. Es soll so aussehen, als seien hier die Fetzen geflogen. Können die Polizisten irgendwo meine Fingerabdrücke finden? Ach was, bestimmt sind in der ganzen Wohnung Fingerabdrücke von Dutzenden Männern verteilt. Also was soll's!

Als Nächstes ziehe ich sie aus. Das Hemdchen, den viel zu kurzen Rock, das bisschen Stoff, das ihre Scham kaum bedeckt. Nun trägt sie ihre Berufsbekleidung: nichts. Ich werfe die Kleidung in den brennenden Ofen.

«Das ist gut!», ruft der Papagei wieder.

Ich öffne die Tür des Käfigs. Wenn ich weg bin, kommt das Vieh hoffentlich heraus und macht noch ein bisschen zusätzliche Unordnung. Apropos Unordnung. Ich reiße die Kommode und den Tisch um. Plunder ergießt sich über den Boden. Mit ein paar Tritten verteile ich das Zeug im Zimmer. Ein paar Bücher rutschen unter das Bett. Ich bücke mich, gucke ihnen hinterher und entdecke einen Koffer. Den kann ich auch noch ausschütten. Ich ziehe den Koffer unter dem Bett hervor und öffne ihn.

O mein Gott, der Koffer ist voller Banknoten! Zehner, Zwanziger, Fünfziger, auch Hunderter. Wie viel Geld kann das sein? Zehntausend Mark? Oder hunderttausend? Keine Ahnung. Das zähle ich zu Hause nach.

Ich blicke mich um. Vor dem Bett liegt ein Taschenkalender. Ich öffne ihn und blättere zum heutigen Datum. Den Eintrag soll niemand finden. Ich reiße ein paar Seiten heraus.

«Geh jetzt!», krächzt der Papagei.

Er hat recht.

EINS
Freitag, 22. März 1968

DIE BEIDEN KERLE grinsten wie Clowns. Josef Bolp beobachtete die zwei Kommunarden auf der Anklagebank und merkte, wie Wut in ihm aufstieg. Guntram Lauterbach lümmelte auf einem Sitz und zwirbelte mit zwei Fingern seine Locken. Hans Trenker saß daneben, hielt den Daumen seiner rechten Hand an die Nase und spielte Pinocchio. Bolp war vor Zorn kaum in der Lage, ein vernünftiges Wort auf seinem Block zu notieren. Dabei musste er die wesentlichen Aussagen des Richters für seinen Artikel vermerken.

«Zwar waren die Flugblätter mit Sicherheit geeignet, von einer unbestimmten Vielzahl unbefangener Leser als Aufforderung zur Brandstiftung in Kaufhäusern während der üblichen Öffnungszeiten aufgefasst zu werden ...», erklärte der Richter.

Bolp machte sich Stichpunkte und rekapitulierte die Taten der beiden Angeklagten in Gedanken. Natürlich hatte das verbrecherische Studentenpack zu Brandanschlägen aufgerufen, da gab es für ihn keinen Zweifel. In Brüssel war im vergangenen Jahr tatsächlich ein Kaufhaus in Flammen aufgegangen. Danach hatte diese Berliner Bande eine Serie von Flugblättern gedruckt und getönt, dass die belgischen Freunde sehr wohl wüssten, wie die Bevölkerung am lustigen Treiben in Vietnam zu beteiligen sei. Heute müsse niemand mehr den Gräueltaten an dem armen vietnamesischen Volk tatenlos zusehen, man könne sich einfach eine Zigarette in einer Umkleidekabine im KaDeWe, bei Hertie, Woolworth, Bilka oder Neckermann anzünden.

Bolp fragte sich, was an diesen Aussagen missverstanden werden konnte. Seiner Meinung nach war das eine genaue Handlungs-anweisung für Brandstifter. Die Verbrecher auf der Anklagebank hatten die aufrührerischen Flugblätter verfasst und unters Volk gebracht. Wer wusste schon, wie viele Chaoten inzwischen in Berlin herumliefen und nur auf eine passende Gelegenheit warteten, einen Brand zu legen! Doch die Aufwiegler feixten auf der Ankla-gebank, als hätten sie Lachgas inhaliert.

Bolp richtete seine Aufmerksamkeit wieder auf den Richter, der gerade seine Ausführungen schloss: «... dass sie jedoch auch wollten oder nur billigend in Kauf nahmen, dass der Leser der hierzu geeigneten Flugblätter einen Entschluss zur Begehung von Brandstiftungen fasste, war den Angeklagten nicht mit der erfor-derlichen Sicherheit nachzuweisen.»

Der arme Mann gab sich alle Mühe, bei seinem Vortrag Wür-de auszustrahlen. Seine Worte wurden jedoch immer wieder von Kommentaren aus dem Zuschauerraum unterbrochen. «Bravo!», «Recht so!», riefen die Studenten, und obendrein johlten sie, als wären sie in einem Kabarett und nicht in einem Gerichtssaal. Wenn der Richter sie zur Ruhe mahnte, hielten sie für einen Moment inne, nur um ihn Augenblicke später wieder auszulachen.

Schon von Prozessbeginn an hatte das Studentenpack das Gericht verhöhnt. Bolp erinnerte sich daran, dass Trenker die Anklageschrift abgetippt und dem Richter als Satire für zwei Mark zum Kauf angeboten hatte. Er dachte auch an die alber-nen Verkleidungen, die die Angeklagten damals getragen hatten, die Fräcke, die bunten Popelinehosen – dagegen sahen Lauterbach und Trenker heute beinahe wie normale Menschen aus, von den ungekämmten Haaren einmal abgesehen. Ein Psychiater hatte Lauterbach sogar bescheinigt, er kompensiere seinen schwachen Bartwuchs durch übertrieben langes Haupthaar. Vielleicht hatte der Doktor da ein wenig übertrieben, doch an der ebenfalls diag-nostizierten Abnormität der Persönlichkeit gab es für Bolp keinen Zweifel. Immerhin durften die beiden Gammler für ihr unfläti-ges Verhalten mehrere Ordnungshaftstrafen absitzen. Das freilich hatte Lauterbach und Trenker nur provoziert, den Psychiater zu fragen, welche Therapie er für den Richter empfehle, da dieser zwanghaft Ordnungsstrafen verhänge. Bolp kochte innerlich vor Wut bei der Erinnerung daran.

«Möglicherweise haben die Angeklagten nur bewusst fahrlässig gehandelt. Für eine Bestrafung aber ist zumindest ein bedingter Vorsatz erforderlich», fuhr der Richter fort. Damit sprach er die Angeklagten frei und erklärte das Verfahren für beendet. Die Studenten jubelten wie bei einem Rockkonzert. Es fehlt nur noch, dass diese Rotznasen «Zugabe» rufen, dachte Bolp.

Der Reporter war froh, dass er kein Jurist war und keinem Gericht vorstand. So musste er sich nicht mit solchen Kleinlichkeiten wie dem Unterschied zwischen bewusster Fahrlässigkeit und bedingtem Vorsatz herumschlagen. Er konnte diesen Kriminellen in seinem Artikel für den *Berliner Blitz* die Attribute verpassten, die sie verdienten. Und das würde er in der morgigen Ausgabe auch tun.

Kriminaloberkommissar Otto Kappe stieg aus dem Auto und sah auf die Uhr: 13.30. Und das am Freitagnachmittag! Ein Mord so kurz vor dem Wochenende hatte ihm gerade noch gefehlt. Auch sein Assistent Hans-Gert Galgenberg machte ein Gesicht wie nach drei Tagen Regenwetter. Dabei roch die Luft nach Frühling. Kappe warf einen Blick auf das kleine Ladenlokal in der Hobrechtstraße, vor dem ihr Wagen parkte. *Karlheinz Efferts* stand in großen Lettern über dem Schaufenster. Eigentlich hatte Kappe sich längst auf den Freitagseinkauf vorbereitet, aber Mörder hielten sich leider nicht an den Wochenrhythmus eines Familienoberhauptes.

Kappe und Galgenberg traten in den Hausflur und hörten schon von hier den Lärm im Obergeschoss — offenbar waren Staatsanwalt, Gerichtsmediziner und die Kollegen von der Spurensicherung bereits am Tatort. Kappe holte bei jeder Stufe, die er nahm, ein bisschen tiefer Luft, um den Beamten oben mit Gelassenheit entgegentreten zu können.

An der Wohnungstür empfing sie ein Beamter in Uniform

und unterrichtete sie in kurzen Worten über die Lage. Bei der toten Frau handelte es sich mit aller Wahrscheinlichkeit um die Mieterin der Wohnung: Monika Mönningsee. Die Frau habe unter dem Künstlernamen Yvonne als Prostituierte gearbeitet. Augenscheinlich sei sie während oder nach ihrer Berufsausübung von einem ihrer Freier mit einem Kissen erstickt worden. In einem Taschenkalender, der neben dem Bett gelegen hatte, fehlten Seiten.

«Den Täter haben Sie noch nicht gefunden?», fragte Galgenberg mit grimmigem Gesicht.

«Nein, nein», erwiderte der Uniformierte eifrig. Er zögerte kurz und fügte dann hinzu: «Wir wollten Ihnen nicht die Arbeit wegnehmen.»

Kappe war nicht nach Scherzen zumute. Also warf er dem Uniformierten einen strengen Blick zu. Der nahm eine militärische Haltung ein und gab den Weg in die Wohnung frei.

Der Flur war winzig. Nach kaum zwei Schritten stand Kappe schon am Tatort im Schlafzimmer. Hier sah es aus, als hätte eine Bombe eingeschlagen. Obwohl die Fenster sperrangelweit geöffnet waren, roch es nach Verwesung. Zwei Männer von der Spurensicherung krochen mit ihren Werkzeugen über den Boden und untersuchten verstreute Kleidungsstücke, Bücher, Papiere und weiteren Krimskrams. Der Gerichtsmediziner Dr. Konrad König stand neben dem Bett und zog ein Laken vom Kopf der Leiche, als Kappe und Galgenberg herantraten. Das Gesicht der Toten war von blonden Locken gerahmt und vermutlich kürzlich noch sehr hübsch anzusehen gewesen. Ein paar Flecke ließen die Frau älter erscheinen, als sie höchstwahrscheinlich war.

«Wann?», fragte Kappe knapp.

«Vor ein paar Tagen, vielleicht drei oder vier. Mehr weiß ich heute Abend. Spätestens morgen haben Sie den Bericht auf dem Schreibtisch.»

«Geh jetzt!», kreischte es plötzlich.

Kappe dachte erst, einer der Beamten habe geniest. Dann sah er den Papagei auf einem leergefegten Regal sitzen.

«Husch, zurück innen Käfig, Kreischke!», befahl eine Frau, die Kappe erst jetzt wahrnahm. Sie musste um die siebzig Jahre sein, und sie sah nicht so aus, als sei sie eine Beamtin.

«Was machen Sie denn hier?», fragte Galgenberg.

«Ick warte uff Sie», antwortete die Alte.

«Das ist Frau Kleema, die Nachbarin. Sie hat uns gerufen, weil es im Flur sehr unangenehm gerochen hat», berichtete der Uniformierte.

«Die Nachbarin …», wiederholte Kappe und wandte sich der Alten zu. «Können wir Ihnen irgendwo in Ruhe ein paar Fragen stellen, Frau Kleema?»

«Na ja, bei mir drübn», antwortete die Frau. «Aba der Papagei …»

«Um den kümmern wir uns später.»

Die Alte trottete an Kappe und Galgenberg vorbei in den Hausflur und öffnete die Tür zur Nachbarwohnung. «Dann komm Se ma!»

Ihre Wohnung machte den Eindruck, als wäre sie bereits vor Jahrzehnten eingerichtet worden, vielleicht sogar schon zur Kaiserzeit. Im Flur stand eine dunkle Kommode, Eiche massiv, mit gedrechseltem Zierrat. Der Garderobenständer daneben verfügte sogar noch über einen Schirmhalter. Im Wohnzimmer hingen Fotos von drei Jungen und einem Mann mit Zwicker neben einer gewaltigen Anrichte. Das Bild des Mannes schmückte ein schwarzer Trauerflor, anscheinend war die Kleema verwitwet. Weinrote Vorhänge dämpften das Licht in der Stube. Die Alte zog sie nicht etwa auf, sondern schaltete die Deckenleuchte ein – einen Lüster aus Kristall mit sechs Glühbirnen. Das Bild über der bordeauxrot überzogenen Chaiselongue war augenscheinlich kein Original, sondern ein Druck. Kappe zuckte zusammen, als er den Titel am unteren Bildrand las: *Herakles erwürgt die Schlangen*. Er schaute zu der Alten. Frau Kleema hatte ungemein kräftige Hände. Wenn sie nun ihre Nachbarin …

Galgenberg begann derweil mit der Befragung. «Frau Kleema,

sind Ihnen irgendwelche Männer aufgefallen, die Ihre Nachbarin aufgesucht haben, um …»

«Nee, ick hänge doch nich die janze Zeit am Guckloch.»

«Sie wissen auch nicht, wann der letzte Besuch kam?»

«Nee. Vorige Woche hab ick 'nen älteren Herrn mit Nickelbrille und Hut jesehn. Aba ob dann noch wer kam … Ick weeß et nich.»

«Es ist auch niemand übereilt aus der Wohnung gestürzt oder dergleichen?»

«Nich, dass ick wüsste.»

Galgenberg notierte etwas auf seinem Notizblock.

Kappe übernahm und fragte: «Sie wussten von dem … dem Beruf Ihrer Nachbarin?»

«Na, ick hab mir so wat jedacht. Aber ick hab mir da nie einjemischt. Juten Tach und Juten Wech. Und det se ihr Jeld mitta Pflaume vadient hat, det war mir doch ejal.»

«Was wissen Sie denn sonst noch über Frau Mönningsee?»

«Nich ville. Sie war nett. Und wenn se ma ein paar Tage weg war, hab ick den Vogel jefüttert. War jedenfalls imma uffjeräumt bei der Dame.»

Kappe blickte zu Galgenberg. Der schrieb weiter fleißig mit. Also zog Kappe eine Visitenkarte aus seiner Jackettasche und sagte zu Frau Kleema: «Wenn Ihnen noch etwas einfallen sollte, dann rufen Sie uns doch bitte an.»

«Mach ick.» Die Alte nahm die Karte und überflog sie. Dann fragte sie: «Ick würd mir ja um den Vogel kümmern – wenner wieder im Käfig is.»

Kappe nickte. «Vielen Dank, Frau Kleema. Wir geben den Beamten Bescheid.»

Josef Bolp nippte an seinem Kaffee. Der schmeckte nicht. Das Gebräu unterschied sich eigentlich nicht von dem Getränk am Morgen, doch da hatte dieser Richter die beiden Gammler noch nicht freigesprochen. Das beste Aroma hätte nun auch nichts mehr retten können.

Die Stimmung bei der Redaktionskonferenz konnte kaum schlechter sein. Der Chefredakteur des *Berliner Blitz* – alle Mitarbeiter sprachen ihn stets mit seinem Titel und nicht mit seinem Namen an – tippte auf die Fotos, die die Kommunarden Lauterbach und Trenker vor dem Gerichtsgebäude zeigten. Die beiden grinsten wie Fußballer, die gerade die Meisterschaft gewonnen hatten, und der Chefredakteur tat so, als wären seine Redakteure schuld daran.

«Diese beiden Lumpen kommen mir nicht auf die Titelseite! Nicht in dieser Pose!» Er wandte sich an den Fotografen Martin Glämmer und brüllte: «Warum haben wir nichts anderes von diesen Kerlen? Sollen wir vielleicht das Kampfblatt dieses Gesindels werden?» Dann beugte er sich über den Versammlungstisch. Sein Kopf glühte und war kaum noch einen Meter von dem des Fotografen entfernt, als er schrie: «Was denken Sie sich bei solchen Fotos? Denken Sie überhaupt nach? Oder ist in ihrem Kopf bloß ein Haufen leerer Filmrollen?»

Glämmer sah aus, als wollte er sich in der Stuhllehne verkriechen.

Der Chefredakteur verblieb noch einen Moment in seiner Drohpose, dann wandte er sich an Bolp. «Was schreiben wir denn zu diesem Urteil?» Das letzte Wort hatte er förmlich ausgespuckt.

Bolp schob seinen Artikel über den Tisch. Nur zum Beleg. Er wusste, dass der Chefredakteur während der Konferenz keine Artikel las. Deswegen trug er seine Schlagzeile mit grimmiger Stimme vor: «*Feiger Richter kuscht vor Kriminellen!*»

Der Chefredakteur nickte. «Ja, das klingt nicht schlecht. Was steht im Artikel?»

«Ich frage am Anfang, wohin das alles führen soll. Dann berichte ich noch einmal, dass Hunderte unschuldige Familien bei dem Kaufhausanschlag in Brüssel traumatisiert wurden und dass die Studenten hernach auch deutsche Kaufhäuser brennen sehen wollten.» Bolp machte eine kurze Pause, damit dem Chefredakteur Zeit zum Nicken blieb, dann fuhr er fort: «Schließlich frage ich, ob wir uns noch auf die Straße trauen können – da diese Verbrecher nun frei durch Berlin laufen.»

Der Chefredakteur schob den Artikel zurück zu Bolp, ohne einen einzigen Blick darauf geworfen zu haben. «Das ist es, was wir brauchen!» Er sprach, als halte er eine Rede im Abgeordnetenhaus. «Klare Worte, klare Haltung! Denn nur Haltung gibt unseren Lesern Halt. Nur eine klare Linie kann sie auf dem rechten Weg durch den Tag führen.» Der Chefredakteur wandte sich an den Fotografen. «Ich kann indes nicht erkennen, welchen Beitrag Ihre Bilder zu unserer Arbeit leisten sollen. Sprechen Sie mit Herrn Bolp, bevor Sie den Auslöser drücken? Oder überlassen Sie Ihre Fotomotive dem Zufall?»

«Aber die haben sich die ganze Zeit so gegeben. Was sollte ich denn da machen?», murmelte Glämmer.

«Wo sind die Richter? Wo sind die Bilder von hilflosen Polizisten, die nicht fassen können, dass sie zwei Verbrecher laufen lassen müssen? Wo sind die Bilder entsetzter Bürger?»

«Aber …» Glämmer stockte nach dem ersten Wort. Ihm schien der Rest des Satzes im Halse stecken zu bleiben.

«Es war eine schwierige Situation», warf Bolp schnell ein. «Der Richter und der Staatsanwalt haben sich in ihre Büros verdrückt, und unter den Zuschauern waren die Gammler in der erdrückenden Überzahl. Es war leider so, dass außer gemeiner Schadenfreude kaum etwas zu sehen war.»

«Aber es ist doch wohl klar, dass wir so etwas nicht drucken werden!», rief der Chefredakteur und schob die Bilder zum Fotografen.

«Es sei denn …», sagte Bolp.

«Es sei denn was?», fuhr ihm der Chefredakteur ins Wort.

«Es sei denn, wir hätten noch andere Bilder.» Bolp blieb ruhig. «Ein paar Opfer des Brüsseler Kaufhausanschlags aus dem Archiv und ein paar grimmig dreinblickende Demonstranten. In diesem Zusammenhang würden die beiden eitlen Gammler nicht mehr wie Gewinner aussehen, sondern wie skrupellose Zyniker.»

«Hm.» Der Chefredakteur schien nicht so recht überzeugt zu sein.

«Natürlich müssten die Archivbilder groß abgedruckt werden, und dieses hier müsste so arrangiert werden, als würden die beiden Gammler wie kleine, gemeine Zwerge von oben auf die Opfer herabschauen.» Bolp tippte auf die Bilder von Lauterbach und Trenker und fuhr fort: «Die wütenden Demonstranten könnten den armen Opfern an die Seite gestellt werden, als ob sie diese bedrängen würden.»

«Das wäre eine Möglichkeit.» Der Chefredakteur fuchtelte mit den Händen in der Luft herum, als ordnete er die Fotos bereits an. Abrupt hielt er inne und fragte: «Wo bekommen wir die Bilder von den wütenden Demonstranten her? Auch aus dem Archiv?»

Auf diese Frage hatte Bolp gewartet. «Nein, die machen wir jetzt gleich. Das Gesindel hat sich versammelt und feiert den Freispruch. Die sind noch da draußen. Da können wir Aufnahmen machen.»

Der Chefredakteur wiegte den Kopf. «Und wenn die langhaarigen Studenten da draußen völlig harmlos aussehen, was dann?»

«Nun …», Bolp merkte, wie ihm ein Grinsen über das Gesicht huschte, «… wenn die uns als Reporter des *Berliner Blitz* erkennen, werden sie schon die richtigen Mienen aufsetzen.»

Auch der Chefredakteur lächelte für einen winzigen Moment und sagte: «Gut, Herr Bolp. Vielleicht sollten Sie Herrn Glämmer begleiten. Damit er weiß, was er zu tun hat.»

«Das mache ich gern», sagte Bolp und registrierte den dankbaren Blick des Fotografen.

Peter Kappe eilte den Kurfürstendamm hinunter. Die Demonstration vor dem Büro des Sozialistischen Deutschen Studentenbundes, kurz SDS, war sein Ziel. Ein Pulk Studenten rief «Ho, Ho, Ho Chi Minh!» und «Enteignet die rechten Hetzblätter!». Aus allen Richtungen strömten immer mehr junge Leute herbei. Ihre Haare wehten im Märzwind wie Fahnen der Freiheit. Über den Köpfen flatterten auch ein paar echte Flaggen, die des Vietkong und von afrikanischen Befreiungsbewegungen. Peter hoffte, dass er seinen Freund Rüdiger Engelhardt und die Kommilitonin Stefanie Richter noch antraf, bevor in dem Gewühl niemand mehr zu finden sein würde. Im Mittelpunkt des Gedränges erkannte er einzelne Personen. Ein Vertreter vom SDS stand an der Spitze des Pulks. Er hielt ein Megafon in der Hand.

«Peter! Da bist du ja!», rief jemand.

Peter drehte sich um und sah, wie Stefanie mit Riesenschritten auf ihn zuhüpfte. Sie umarmte ihn und gab ihm einen Kuss auf die Wange. Sofort schoss Peter das Blut ins Gesicht. Er blickte vorsichtshalber zu Boden.

«Du kennst Kurt?», fragte Stefanie.

Peter blickte auf. Neben Stefanie stand ein schlaksiger Mann um die dreißig. Er trug das Haar etwas kürzer als die meisten ringsherum und war im Gegensatz zu vielen anderen hier offenbar kein Student. Trotz seines Anzugs und seines Huts wirkte er lässig und auf der Demo nicht fehl am Platze. Selbstverständlich kannte Peter Kurt Kannenhenkel – von der Freien Volksbühne. Dort war der Schauspieler und Sänger der gefeierte Star. Obwohl Kannenhenkel nicht in einem Wohnheim oder einer Wohngemeinschaft lebte, sondern Frau und Kinder hatte und einen schnittigen Sportwagen fuhr, schlug sein Herz auf der richtigen Seite: auf der linken. Das war stadtbekannt.

«Hallo, Peter!», sagte Kannenhenkel. Seine Stimme klang so tief wie die E-Saite von einer Bassgitarre.

Peter hob die Hand zum Gruß. «Du nimmst dir Zeit für unseren Triumph?»

«Ein wenig», antwortete Kannenhenkel. «Um sechs muss ich im Theater sein. Dann müsst ihr ohne mich feiern.»

«Kommt, lasst uns ein Stück gehen und nach Rüdiger schauen. Der wollte auch kommen», sagte Stefanie. Ausgelassen ergriff sie Peters Hand und zog ihn zum Pulk der Studenten.

Natürlich traf Rüdiger viel zu spät ein, so wie immer. Doch

Peter verdrängte die Gedanken an den Kumpel und zwängte sich hinter Stefanie durch die Demonstranten. An der Spitze der Menschenmenge feierte der Vertreter des SDS gerade den Freispruch im Prozess um das Kaufhaus-Flugblatt. Peter konnte den Mann aufgrund des Gedränges nicht richtig sehen, doch er hörte die Stimme aus dem Megafon.

«Ich bin gespannt, wie die Hetzer von der sogenannten Bürgerpresse ihren Lesern die unglaubliche Verschwendung von Steuergeldern in diesem Prozess erklären wollen.» Der Redner hielt einen Moment inne und ließ sich von den Demonstranten feiern. «Möglicherweise haben die Herren mit den Giftfedern ja ein Einsehen. Denn tatsächlich haben wir ihnen ein Schauspiel vorgeführt. Das vielleicht beste Schauspiel, das West-Berlin und Westdeutschland jemals gesehen haben. Eine Komödie mit uns in den Hauptrollen und mit den Bütteln des imperialistischen Regimes als Clowns!»

Die Menge johlte. In den Jubel mischte sich Geschrei. Peter drehte sich um und sah, wie eine Gruppe von Studenten wild gestikulierte. Einer rief: «Da vorn!», und ein gutes Dutzend Studenten rannte los. Peter erkannte Rüdiger. Der Freund spurtete der Gruppe hinterher. Also setzte auch Peter zum Sprint an.

«*Blitz*-Journalisten! Mörder und Faschisten!», grölte die Gruppe.

Nun sah Peter, dass die Studenten zwei Männer verfolgten. Unter ihren Mänteln lugten Anzughosen hervor. Der eine hielt noch auf der Flucht einen Fotoapparat in die Höhe, das Objektiv auf die Menge hinter ihm gerichtet. Die beiden hasteten auf ein Polizeiauto zu, das am Straßenrand parkte. Die Studenten reckten geballte Fäuste in die Höhe.

Aus dem Polizeiauto sprangen zwei Uniformierte. Der eine zog die Pistole aus seinem Halfter und richtete sie gen Himmel. Es sah unbeholfen aus, als wollte er eine Wolke bedrohen.

Die Studenten blieben stehen, brüllten jedoch weiter: «*Blitz*-Journalisten! Mörder und Faschisten!»

Der Mann mit der Kamera rannte um das Polizeiauto herum und stützte dann die Hand mit der Kamera auf die Motorhaube. Er drückte unentwegt auf den Auslöser.

«Der Junge wird schon kommen, beruhige dich», sagte Gertrud Kappe.

Otto Kappe sah seiner Frau dabei zu, wie sie den Topf mit den dampfenden Kartoffeln mit einem Küchenhandtuch abdeckte. Was für eine Ungerechtigkeit! Wenn der Bengel nicht pünktlich war, sollte er auch kein warmes Essen mehr bekommen. Das war jedenfalls Ottos Meinung. Sein Sohn Peter war schließlich kein kleines Kind mehr, das zu lange auf dem Spielplatz blieb, weil es die Uhr noch nicht lesen konnte. Peter würde bald seinen Diplomabschluss machen, hatte eine Assistentenstelle an der Freien Universität und wohnte in einem eigenen Zimmer zur Untermiete. Trotzdem hatte er jede Menge Flausen im Kopf. Bestimmt war das auch der Grund dafür, dass er wieder einmal zu spät kam, obwohl er mit seinen Eltern zum Abendessen verabredet war. Otto behielt seine Gedanken für sich und sagte nur: «Ach Gertrud, ich muss morgen zeitig raus und arbeiten.»

«Am Sonnabend?», fragte seine Frau.

«Wir haben einen neuen Mordfall und einen Angehörigen des Opfers ausfindig gemacht, den Bruder. Der war allerdings nicht zu Hause und auch nicht telefonisch zu erreichen.» Otto seufzte. «Wenn wir nicht morgen früh zu ihm fahren, erfährt der arme Kerl noch aus der Zeitung von dem Tod seiner Schwester.»

Gertrud entgegnete nichts, sondern deckte stattdessen auch die Kasserolle mit dem Braten ab.

«Es ist wieder so eine schreckliche Tat!», sagte Otto. Er redete nicht allzu oft mit seiner Frau über die Arbeit, doch manche Fälle nahmen ihn so sehr mit, dass er seine Gedanken mitteilen musste. Also fuhr er fort: «Wir haben heute eine Prostituierte erstickt in ihrem Bett gefunden. Seit Tagen lag sie tot dort, sagt unser Gerichtsmediziner. Sie war höchstens Mitte zwanzig, kaum älter als

Peter. Ich frage mich bei so jungen Opfern immer, wie sie auf die schiefe Bahn geraten sind.»

«Das wirst du auch in diesem Fall herausfinden.»

«Bestimmt.» Otto strich sich über den Bauch. Wie immer nach dem warmen Essen am Freitagabend fühlte er sich müde. Er gähnte und sprach dann weiter: «Die junge Frau sah gar nicht aus wie eine … Nutte.» Er verwendete das ordinäre Wort absichtlich, damit Gertrud aufhorchte.

Tatsächlich setzte die sich neben ihn an den Tisch und fragte: «Wie sieht denn eine …», sie lächelte spitz, bevor sie weitersprach, «… *Nutte* normalerweise aus?»

«Ich weiß es auch nicht so genau. Schließlich bin ich ja nicht bei der Sitte. Das Opfer habe ich erst als Leiche gesehen. Aber ihre Wohnung …» Otto hielt einen Augenblick inne und dachte nach. «Sie war zwar verwüstet. Aber die Möbel … Alles sah so normal aus. Gutbürgerlich. Die Frau hatte sogar einen Papagei.»

«Einen Papagei?» Gertrud klang ratlos. «Was wird nun aus dem armen Tier?»

«Der Papagei kommt erst einmal bei der Nachbarin unter. Alles Weitere muss der Bruder entscheiden.»

«Hat die junge Frau denn keine Eltern?»

«Die sind offenbar tot. Mehr wissen wir noch nicht.»

Gertrud hob zu einer Antwort an, doch die Türklingel kam ihr zuvor. «Da ist er!», rief sie, während sie schon zur Wohnungstür eilte.

Otto sah ihr nach. Für das Familienessen hatte sie das feine Kleid angezogen. Niemals ließ sie sich selbst eine Nachlässigkeit durchgehen. Doch dem Jungen verzieh sie alles, seitdem er ausgezogen war. Bestimmt würde sie nicht einmal erwähnen, wie sehr er sich verspätet hatte. Otto hörte Gertrud im Flur mit Peter reden, doch die Worte verstand er nicht. Es klang jedenfalls nicht so, als würde sich Peter für seine Verspätung entschuldigen.

Gertrud betrat mit ihrem Sohn die Küche und strahlte vor

guter Laune. Im Plauderton sagte sie: «Setz dich doch, Peter. Das Essen müsste noch warm sein. Ich tue dir etwas auf und gebe deinem Vater auch noch einen kleinen Nachschlag. Du kannst dich ja so lange mit ihm unterhalten. Er muss nämlich seit heute Nachmittag den Mord an einer Prostituierten untersuchen. Das ist doch beinahe dein Forschungsgebiet.»

«Mit den Auswirkungen der Prostitution auf die Beteiligten befasst sich natürlich in erster Linie mein Professor», erwiderte Peter und setzte sich.

«Mit Morden wird sich der Herr Professor sicher weniger beschäftigen», sagte Otto und winkte ab. Er verspürte nur wenig Lust, sich von seinem Sohn nach dessen üppiger Verspätung auch noch Vorträge anzuhören.

«Da hast du recht, Vater. Außerdem konzentriert er sich aus meiner Sicht viel zu sehr auf die Einzelfälle und verliert dabei die gesellschaftliche Perspektive aus dem Blick. Schließlich ist die Prostitution nicht zuletzt ein Symbol für die patriarchalischen Herrschaftsverhältnisse im Kapitalismus im Allgemeinen und die Unterdrückung der Frauen im Besonderen.»

«Was?» Otto fuhr in die Höhe. «Du klingst ja wie einer von drüben.» Er zeigte in die Richtung der Anrichte. Dort war doch Osten, oder?

«Ach, das ist nur das Studium!», sagte Gertrud leichthin. «Da reden die jungen Leute heute so.»

«Die Kommunisten von diesem Sozialistischen Deutschen Studentenbund», murmelte Otto zerknirscht.

«Die haben vielleicht auch mit vielem recht», sagte Peter ruhig.

«Die müssen vor allem immer das letzte Wort haben.» Otto schlug mit der Hand auf den Tisch.

«Ihr hört damit auf! Sofort!» Gertrud hatte nicht laut gesprochen, trotzdem herrschte sofort Ruhe am Tisch.

Otto schaute zu seinem Sohn. Peter blickte seine Mutter bedröppelt an, so als hätte sie ihn beim Stibitzen von Süßigkeiten erwischt. Otto verspürte für einen Moment Genugtuung, dann merkte er, dass er vermutlich genauso aussah.

Gertrud schob die gefüllten Teller zu Otto und Peter. «Jetzt wird gegessen und nicht gestritten. Guten Appetit!»

ZWEI
Sonnabend, 23. März 1968

VON DEN 250 KILOMETERN bis ins Wendland hatten sie gerade einmal ein Viertel geschafft, und Peter Kappe hatte schon jetzt Schmerzen im Rücken. Beinahe im Sekundentakt fuhr der Käfer über eine der Nähte zwischen den Autobahnplatten. Wenn die Stöße schon in *seinem* Kreuz Schmerzen verursachten, wie sollte es dann erst seinem Großonkel Hermann ergehen? Der alte Herr hatte Peter gebeten, ihn in einem geliehenen Auto in die niedersächsische Provinz zu chauffieren, wo er sich nach einem Häuschen umschauen wollte. Er und seine Frau hatten beschlossen, ihren Lebensabend am Gümser See zu verbringen.

Peter sah zum Beifahrersitz, sein Großonkel schien bestens gelaunt zu sein. Er schaute aus dem Fenster auf die weiten Felder im Brandenburgischen.

An diesem Sonnabendmorgen war kaum jemand unterwegs. Sie hatten die Stadt schon bei Sonnenaufgang verlassen. Die Kontrollen an den Zonengrenzen, die Geschwindigkeitsbegrenzung auf den Autobahnen, der Zustand der alten Straßen – ihre Reise würde den gesamten Tag beanspruchen.

«Was macht das Studium?», fragte Hermann.

«Ich bin wohl nächstes Jahr fertig.» Peter überlegte, was der Großonkel darüber hinaus hören wollte. «Ich denke darüber nach, ob ich mich danach um eine Doktorandenstelle bemühe.»

«Hm», brummte Hermann so leise, dass es beinahe im Motorengeräusch unterging. Für einen Moment schwieg er, dann fügte er hinzu: «Die Uni scheint mir derzeit ein heikler Ort für junge Menschen zu sein.»

25

Peter entgegnete nichts. Er merkte, dass seinem Großonkel etwas auf der Seele brannte. Also wartete er.

«Dein Vater hat mir erzählt, dass du in den Sozialistischen Deutschen Studentenbund eintreten willst», sagte Hermann so langsam, als wollten die Worte nicht über seine Lippen kommen. «Er ist gar nicht glücklich darüber. Außerdem macht er sich Sorgen, weil du mit den Leuten aus der Kommune I verkehrst.»

«Was ist denn so schlimm daran?», fragte Peter, ohne den Blick von der Autobahn zu wenden.

«Was daran so schlimm ist?», echote der Alte. «Glaubst du, die lassen solche Leute in den Staatsdienst? Was denkst du, wer an den wichtigen Stellen in der Universität sitzt?» Hermann schnaufte und hob den Zeigefinger. Nun sprach er lauter. «Abgesehen davon, könnte auch dein Vater Ärger bekommen. Er ist Beamter.»

«Ich denke, die Sippenhaft ist abgeschafft?», entgegnete Peter ebenso laut.

Das folgende Schweigen ging im Motorengeräusch unter. Peter konzentrierte sich auf die Fahrbahn, zählte die Leitpfosten neben der Spur. Eins, zwei, drei …

«Schau lieber mal beim Sozialdemokratischen Hochschulbund vorbei», riet ihm Hermann. «Dem SHB gehören alle an, die später einmal in der SPD was werden wollen. Und ohne Parteibuch kannst du in West-Berlin gleich einpacken.»

«Bei der SPD fällt mir nur Lenin ein», sagte Peter.

«Lenin?», fragte Hermann, und es klang wie: Was willst du denn mit dem alten Knilch?

«Der hat doch gesagt: Wenn die Sozialdemokraten Revolution machen und einen Bahnhof stürmen wollen, dann kaufen sie vorher eine Bahnsteigkarte.»

«Und was ist so schlimm daran, wenn Menschen sich korrekt verhalten?»

«Ach Hermann …» Peter seufzte und begann wieder Leitpfosten zu zählen. Diesmal kam er nur bis zwei. Im Rückspiegel sah er, wie ein Polizeiauto, irgend so ein Ost-Modell — war es ein Wartburg oder ein Moskwitsch? –, sich näherte und hinter den VW Käfer setzte. Peter merkte, wie er unwillkürlich im Sitz versank. Er gehörte nicht zu den Leuten, die den Osten verteufelten, vor dem Mauerbau hatte er sogar eine Freundschaft mit einem Ost-Berliner gepflegt. Doch mit den Volkspolizisten wollte er lieber nichts zu tun haben, unter den Linken in West-Berlin hatten die einen schlechten Ruf. Dabei hatte Peter sogar selbst einen Verwandten bei der Volkspolizei. Doch Onkel Hartmut jagte als Major der Kripo Mörder und keine unschuldigen Studenten aus West-Berlin. Was sollte er tun? Fuhr er zu schnell, würden die Ost-Polizisten ihn stoppen, fuhr er zu langsam, würden sie das vielleicht auch für auffällig halten. Er umklammerte das Lenkrad so fest wie einen Rettungsring und schaute auf den Tachometer. Der Zeiger ruhte auf der Hundert. Nun bloß nicht schneller oder langsamer werden! Peter merkte, wie sich seine Zehen auf dem Gaspedal verkrampften.

Aus dem Augenwinkel sah er, wie der Großonkel sich zu dem Polizeiauto herumdrehte und dann wieder zu ihm blickte. «Da siehst du, was auf deinen Lenin folgt!»

«Sei still!», zischte Peter. Er war sich nicht sicher, ob seine Worte im dröhnenden Käfer zu hören waren. Doch das war ihm egal.

Der Polizeiwagen blinkte und überholte. Peter atmete durch und ließ das Lenkrad lockerer. Prompt holperte der Käfer bedrohlich nah an den Mittelstreifen. Schnell umfasste Peter das Lenkrad wieder fester. Die Vopos hatten anscheinend nichts davon mitbekommen, der Wagen verschwand am Horizont.

Peter blickte zum Beifahrersitz und höhnte: «Du musst mir gerade sagen, wie schrecklich die Polizisten im Osten sind! Dein Sohn Hartmut mischt da schließlich kräftig mit.»

«Da sagst du etwas», murmelte sein Großonkel. «Das ist auch ein Grund, warum ich nicht mehr in der Stadt leben möchte. Ich habe nur Polizisten in der Familie. So lässt mich meine eigene Vergangenheit nie los. Wann immer ich Zeitung lese, erfahre ich von Morden. Mein ganzes Leben verbringe ich nun schon mit Leichen und Mördern. Etwas Abstand wird mir guttun!»

Da braucht man aber doch nicht gleich in die westdeutsche Ödnis zu ziehen, dachte Peter. Er wunderte sich über den Sinneswandel seines Großonkels, der sich bis vor Kurzem noch gerne in die Fälle seines Vaters eingemischt hatte und sich nicht mit seinem Rentnerdasein hatte abfinden können. Peter mochte Hermann, und bald würde er quer durch den Osten fahren müssen, wenn er ihn und seine Frau besuchen wollte.

Hermann richtete sich im Beifahrersitz auf. «Zurück zu deinem Vater. Mit dem SHB könnte er sich sicher noch arrangieren. Aber er würde es nicht verkraften, wenn du beim SDS eintrittst.»

Otto Kappe und Hans-Gert Galgenberg stiegen aus ihrem Wagen und traten vor das Haus, in dem der Bruder des Opfers wohnte. Im Erdgeschoss befand sich ein Ladengeschäft, in dessen Schaufenster Bücher lagen. Kappe trat näher und entdeckte eine Bibel. Daneben fanden sich Prospekte über die *Reinheit des Lebens* und *Erlösung durch Askese* sowie ein Ratgeber mit dem Titel *Mein Weg zur Enthaltsamkeit*.

«Det sind ja echte Spaßkanonen hier!» Galgenberg tippte gegen das Schaufenster und grinste.

«Hans-Gert, nimm dich zusammen!», ermahnte Kappe seinen Kollegen. «Wir besuchen den Bruder eines Mordopfers.» Er wandte sich dem Klingelbrett zu. Auf einem kleinen Zettel neben der Schelle für *Pasulke* stand der Name *Mönningsee*. Lebte der Mann etwa in wilder Ehe – und das über solch einem frommen Laden?

Kappe klingelte, und der Türöffner summte. Im Hausflur roch es ein wenig modrig, vielleicht stand die Kellertür offen. Kappe schritt die Treppe in den ersten Stock hinauf. Dort fand er zwei Wohnungstüren, an der rechten stand in Frakturlettern *Pasulke* und darunter pappte wiederum ein schlichtes Zettelchen mit der Aufschrift *Mönningsee*. Kappes Annahme, es könnte sich um eine wilde Ehe handeln, erwies sich schnell als gegenstandslos, als die

Tür von einer älteren Frau geöffnet wurde, die unmöglich mit dem Bruder einer jungen Frau verbandelt sein konnte. Sie trug eine große Brille und mochte um die sechzig sein.

«Sie wünschen?», fragte die Frau.

Kappe zückte seinen Dienstausweis, stellte sich vor und sagte: «Wir würden gern Herrn Dieter Mönningsee sprechen.»

«Der wohnt bei mir zur Untermiete. Kommen Sie herein!» Die Frau schritt durch den Flur, klopfte an eine Tür und rief: «Herr Mönningsee, die Polizei!» Sie klang, als verfasse sie innerlich schon das Kündigungsschreiben für den Untermietvertrag.

Die Tür ging auf, und ein hagerer Mann Mitte zwanzig erschien. «Für mich?», fragte er. «Warum?»

«Das kann ich Ihnen auch nicht sagen», erklärte Frau Pasulke und blieb neben der Tür stehen.

«Es liegt nichts gegen Sie vor, allerdings müssen wir Sie in einer dringenden Angelegenheit sprechen», sagte Kappe und stellte sich und Galgenberg erneut vor. «Können wir irgendwo ungestört reden?», fragte er schließlich und sah Frau Pasulke scharf an.

«Ich ziehe mich dann mal zurück», sagte Frau Pasulke. Sie klang so enttäuscht, als wäre sie von einer Familienfeier ausgeladen worden.

Mönningsee wies in sein Zimmer. Der Raum war spartanisch eingerichtet – eine Kommode, ein Schreibtisch mit einem Schemel davor, eine Schlafcouch. Die Fotografie über der Couch zeigte eine Familie neben einem DKW Junior. Kappe erkannte das Mordopfer und dessen Bruder. Das Bild musste fünf oder sechs Jahre alt sein, denn die beiden waren keine Kinder mehr, aber auch noch nicht so richtig erwachsen. Neben ihnen lehnte ein älteres Pärchen an der Heckflosse des schnittigen Wagens. Offenbar handelte es sich um die Eltern der Geschwister. Der Mann trug einen Anzug, und die Frau erinnerte mit ihrer blonden Pagenfrisur an Doris Day. Das Bild könnte auch als Plakat für eine amerikanische Kinokomödie dienen, dachte Kappe.

«Ich kann Ihnen leider nur den Platz auf meinem bescheidenen Sofa anbieten», sagte Mönningsee und setzte sich selbst auf den Schemel am Schreibtisch.

«Danke sehr», erwiderte Kappe. Sein Mund fühlte sich so trocken an, als hätte er zwei Stunden Sport getrieben und keinen Schluck getrunken. Er nahm Platz und sah, wie Galgenberg sich ebenfalls auf das Sofa plumpsen ließ. Der Kollege schaute demonstrativ zum Fenster hinaus. Das sah ihm ähnlich, die unangenehmen Gespräche überließ er dem Ranghöheren.

«Wir würden gern mit Ihnen über Ihre Schwester sprechen», sagte Kappe. Er merkte, dass er mit jedem Wort leiser geworden war.

«Hat Monika etwas angestellt?», fragte Mönningsee.

«Deswegen sind wir nicht hier.»

«Nein?»

«Herr Mönningsee ...» Kappe zögerte einen Moment, dann fuhr er fort: «Wir müssen Ihnen leider eine sehr traurige Mitteilung überbringen. Ihre Schwester, Frau Monika Mönningsee, ist verstorben.»

Der Mann lehnte sich mit dem Rücken gegen seinen Schreibtisch und stammelte: «Wann? Wie? Und warum?»

«Wir ermitteln in der Sache noch, Herr Mönningsee. Doch zum derzeitigen Standpunkt spricht vieles für ein Tötungsdelikt.»

«Sie wurde umgebracht?»

«Davon müssen wir ausgehen.»

Mönningsee ließ den Kopf in seine Hände sinken. Er schluchzte leise und schwieg dann.

«Wir würden Ihnen gerne ein paar Fragen zu Ihrer Schwester stellen. Am liebsten natürlich jetzt gleich. Wenn es Ihnen lieber ist, können wir aber auch am Nachmittag noch einmal zu Ihnen kommen, oder Sie besuchen uns am Montagmorgen auf der Dienststelle», sagte nun Galgenberg. Kappe warf ihm dafür einen dankbaren Blick zu.

«Nein, nein. Das ist schon in Ordnung. Fragen Sie nur», sagte Mönningsee.

«Wie war das Verhältnis zu Ihrer Schwester?»

«Nun …», Mönningsee holte tief Luft, «… es wurde gerade wieder besser. Ich muss vielleicht ein wenig dafür ausholen.» Er zeigte auf das Foto mit der Familie, das über dem Sofa hing. «Unsere Eltern sind im vergangenen Oktober bei einem Autounfall ums Leben gekommen.» Mönningsee drehte sich zu seinem Schreibtisch, suchte etwas und hob ein Foto in die Höhe. Es zeigte seine Schwester in einem kurzen Rock und einem knappen Jäckchen. «Sie wissen ja sicher schon, welchem Beruf sie nachgeht … ich meine, nachging. Als meine Eltern das erfuhren, waren sie bestürzt. Besonders meine Mutter hat das nicht verkraftet. Ich habe damals noch zu Hause gewohnt, und Mama hat penibel darauf geachtet, dass Vater und ich keinen Kontakt zu Monika aufnehmen.»

«Wann haben Sie Ihre Schwester wiedergetroffen?», fragte Galgenberg.

«Anfang November. Kurz nach dem Tode unserer Eltern.» Mönningsee zögerte einen Moment. «Ich war verwundert, wie zufrieden sie mit ihrem Leben war.»

«Sie meinen, sie hat ihren Beruf jerne ausjeübt?», fragte Galgenberg, und der Schalk mischte sich in seinen Ton. Es fehlte nur noch, dass er anfing, irgendeinen Klassiker zu zitieren, wie er das in letzter Zeit gerne tat.

Kappe warf dem Kollegen einen strengen Blick zu.

«So weit würde ich nicht gehen. Allerdings schämte sie sich auch nicht für ihn. Zumindest mir gegenüber. Viel tiefer ließ sie mich freilich nicht in ihr Inneres blicken.»

«Wie oft haben Sie Ihre Schwester in der letzten Zeit gesehen?», fragte Galgenberg nun wieder sachlich.

«Vielleicht ein bis zwei Mal im Monat. Es war nicht so einfach, sie zu treffen. Wie Sie sich vorstellen können, erwartete sie häufig schon anderweitig Besuch. Manchmal auch sehr kurzfristig. Ich musste sie stets noch einmal per Telefon kontaktieren und mir den Termin bestätigen lassen, bevor ich bei ihr erscheinen durfte. So als wäre ich ein Handelsvertreter.»

Kappe wollte schon zur nächsten Frage ansetzen, da rieb sich Mönningsee die Stirn und fuhr fort: «Sie dürfen das nicht missverstehen. Ich konnte das Verhalten meiner Schwester durchaus nachvollziehen. Sie war seit Jahren auf sich selbst gestellt, und dann bin ich plötzlich wieder in ihr Leben getreten.» Der Mann schluchzte. «Ich wollte ihr die Zeit geben, die sie braucht. Sie war doch meine einzige nähere Verwandte.»

Josef Bolp stieg aus seinem Porsche 911 und schaute sich auf der Kurfürstenstraße um. Obwohl die Sonne schon tief am Himmel stand, warteten erst wenige Damen vom horizontalen Gewerbe auf die ersten Freier. Keine davon kannte er gut genug, um sie mit seinen Fragen zu behelligen.

Der Reporter blickte noch einmal auf seinen Notizblock, um die Stichpunkte zu überfliegen. Eine seiner Quellen bei der Kripo berichtete von einem Mord an einer Prostituierten mit dem Künstlernamen Yvonne. Einen Verdächtigen gebe es bislang nicht. Ermitteln würde Kriminaloberkommissar Otto Kappe. Bolp kannte den Beamten vom Namen her. Von dem würde er kaum exklusive Informationen erhalten. Allerdings hätte er von dem auch kaum ernsthaften Ärger zu erwarten, wenn er selbst ein bisschen herumschnüffelte. Also schlenderte er den Gehweg entlang.

Ein dürres Mädchen, das in seiner viel zu knappen Bekleidung am ganzen Leib zitterte, trat aus dem Schatten der Hauswand und fragte, ob er Interesse an einer flotten Nachmittagsnummer habe. Die Kleine war sicher noch keine achtzehn Jahre alt. Wahrscheinlich war sie neu hier und wusste deswegen nicht, wen sie da anquatschte.

«Lass mal, Süße!», sagte Bolp. «Ich bin dienstlich hier.»

Die Kleine riss die Augen auf und stolperte einen Schritt zurück.

«Keine Sorge, ich bin kein Bulle», fügte Bolp hinzu. Er grinste und ließ das Mädchen stehen, denn er hatte eine Bekannte erblickt: Gesine «Ginny» Jensen. Sie trug ein Pelzjäckchen und

Netzstrümpfe unter dem Minirock. Auch wenn Ginny vom Alter her die Mutter der Kleinen sein könnte, macht sie sicher die besseren Umsätze, dachte Bolp. Doch deswegen war er nicht hier. Er eilte winkend zu Ginny.

Sie blieb stehen, warf ihm ein anzügliches Grinsen zu und rief: «Herr Bolp, ist die holde Angetraute schon am Sonnabendnachmittag zu langweilig?»

Ein paar Passanten drehten sich um. Doch Bolp ließ sich nicht aus der Ruhe bringen — nicht von ein paar Rentnern auf dem Weg zur U-Bahn und von einer vorlauten Dirne erst recht nicht. «Und selbst? Sind zu Hause die Kohlen ausgegangen, oder was treibt Sie auf die Straße?», fragte er zurück.

Ginny stöckelte ihm ein paar Schritte entgegen und blieb neben einer Straßenlaterne stehen. Sie lehnte sich an den Laternenmast und zog eine Zigarette aus ihrer Manteltasche. «Ich würde mich doch sehr wundern, wenn Sie das ernsthaft interessiert. Aber wenn wir schon beim Thema Hitze sind — würden Sie mir Feuer geben?» Die Dirne zwinkerte ihm zu. «Für meine Zigarette.»

Bolp fischte ebenfalls eine Zigarette sowie eine Streichholzschachtel aus seiner Manteltasche. Er entzündete ein Hölzchen und hielt es der Dame hin. Dann steckte er die eigene Zigarette an und sagte: «Im Ernst, meine Liebe, nach körperlicher Betätigung steht mir gerade nicht der Sinn. Aber wenn Sie Zeit für ein kurzes Gespräch hätten ...»

«Nun, um diese Uhrzeit sind die Tarife noch moderat.» Ginny hielt die Zigarette zwischen Zeige- und Mittelfinger der rechten Hand und brachte dabei das Kunststück fertig, mit Daumen und Ringfinger das Prüfen eines Geldscheins zu simulieren.

Bolp zog seine Geldbörse aus der Manteltasche und nahm einen Zwanzigmarkschein heraus. «Das sollte für zehn Minuten am Nachmittag reichen.»

«Nun, das hängt ein wenig von der verlangten Leistung ab, Schätzchen.» Ginny nahm den Schein und ließ ihn im Dekolleté unter ihrem offenen Jäckchen verschwinden. «Also dann, lassen

Sie uns einen kleinen Spaziergang machen.» Sie drehte sich um und bog in die Blumenthalstraße. Hier waren kaum Passanten unterwegs. «Nun fragen Sie, die Zeit läuft!», forderte die Dirne Bolp auf.

«Also ohne Umschweife, ich habe vom Tod Ihrer Kollegin Yvonne gehört und würde mir gern ein umfassendes Bild machen. Was flüstert denn die Straße?»

«Was weiß die Redaktion denn bislang?»

«Ach Gott, Ginny! Was heißt bei uns schon wissen? Mir wurde von einem Mord berichtet. Viel weiter ist die Geschichte in meinem Notizbuch noch nicht gediehen.»

Ginny lachte, nein, sie wieherte, als ob sie in einer Eckkneipe einen anzüglichen Witz gehört hätte. «Ja, das ist mir auch zu Ohren gekommen. Allerdings hat Yvonne immer so getan, als wäre sie etwas Besseres, und hat sich kaum mit uns abgegeben.» Ginny zog an ihrer Zigarette und blies den Rauch in die Dämmerung. «Meistens hatte sie wohl Hausbesuche. Aber manchmal musste sie sich auch ein paar Scheine draußen auf der Straße dazuverdienen. Hatte wohl einen ziemlichen Bedarf an Barem, die Gute.»

«War der Grund dafür nur ein kostspieliger Lebenswandel oder noch etwas anderes?»

«Sie war wohl nicht so dumm, wie sie arrogant war. Man tuschelt von einem Haus draußen in Marienfelde.»

«Das klingt vornehm.»

Erneut lachte Ginny wie eine angetrunkene Stute. «So war sie. Und dann war sie weg.»

«Wann haben Sie Yvonne zum letzten Mal gesehen?»

Ginny blieb stehen und zog an ihrer Zigarette. In den Rauch hinein sagte sie: «Dienstag war sie hier. Da vorn.» Sie zeigte auf die Kurfürstenstraße.

Bolp bemerkte, dass es in ihrem Kopf zu arbeiten begann. Es sah aus, als ginge hinter ihrer Stirn eine Lampe an — ach was, ein ganzer Kronleuchter! «Gibt es da etwas, das ich wissen sollte?», fragte er vorsichtig.

«Möglicherweise.» Ginny grinste. «Es fällt mir bestimmt ein, wenn ich noch einen hübschen Schein bekomme.»

Bolp zog die Brieftasche erneut hervor und nahm einen weiteren Zwanziger heraus.

«Der ist doch nicht hübsch», sagte Ginny empört.

Bolp zog einen Fünfziger hervor und fragte: «Meinen Sie, Ihre Information ist so viel wert?»

Ginny schnappte sich den Schein. «Yvonne ist vergangenen Dienstag in ein Cabrio gestiegen und danach nicht wiederaufgetaucht.»

«In was für ein Cabrio?»

«Ein rotes. Die Marke habe ich nicht erkannt.»

«Ein rotes Cabrio? Davon gibt es in Berlin bestimmt Hunderte, wenn nicht gar Tausende. Und dafür einen Fuffi?», echauffierte sich Bolp.

«Nun warten Sie es doch ab! Ich habe zwar das Auto nicht erkannt, wohl aber den Fahrer.» Ginny warf die Zigarette auf den Gehweg und trat sie mit ihrem Stöckelschuh aus. «Yvonne stieg zu Kurt Kannenhenkel in den Wagen.»

«Zu *dem* Kannenhenkel?»

«Zu dem Schauspieler. Die beiden fuhren davon, und Yvonne kam nie zurück.»

Otto Kappe lenkte den Dienstwagen zum Tatort. Der Sonnabend wollte anscheinend nie enden. In seiner Aktentasche ruhte der Bericht von der Gerichtsmedizin. Er hatte die Papiere nur kurz überflogen, der Eintritt des Todes war auf Dienstagabend datiert.

«Wenn die Alte nich da is, lassen wir det aba ma jut sein für heute», maulte Galgenberg, als Kappe einparkte.

«Wir befragen Frau Kleema erst mal, dann sehen wir weiter», sagte Kappe beim Aussteigen.

«Mensch, ick kriege wirklich Ärger zu Hause, Otto!»

«Ärger zu Hause, Ärger auf dem Revier – irgendwo gibt es

immer dicke Luft», murmelte Kappe und klingelte bei Frau Kleema. Prompt surrte es.

«So 'n Mist!», fluchte Galgenberg und öffnete die Haustür.

Kappe trat in den Hausflur und eilte die Treppe hinauf, denn erstens wollte er die Befragung schnell hinter sich bringen, und zweitens hatte er keine Lust, sich noch weitere Sprüche von Galgenberg anzuhören. Mit seiner gegenwärtigen Laune neigte der Kollege noch stärker zum Sarkasmus als üblich.

Im Obergeschoss wartete Frau Kleema bereits in der Tür. «Ham Se den Mörder, Herr Kommissar?», fragte sie.

«Guten Tag, Frau Kleema!», sagte Kappe. «Derzeit haben wir nur ein paar Fragen.»

«Wat soll ick denn noch wissen?»

«Wir würden jern auch den Papagei verhörn», mischte sich Galgenberg ein, bevor Kappe antworten konnte.

Die Alte guckte, als hätte ihr jemand die Brille gestohlen.

Kappe seufzte. «Wir haben inzwischen neue Erkenntnisse von der Gerichtsmedizin und würden gern noch einmal Ihre Erinnerungen in Anspruch nehmen.»

«So Sie denn über die entsprechenden verfügen», flötete Galgenberg.

Die Kleema guckte die beiden Männer abwechselnd an und sagte dann zu Kappe: «Na, dann komm Se mal rein. Ick hoffe, ick kann helfen.»

Kappe, der sich in der Wohnung schon auskannte, trat durch den Flur in die Wohnstube. Die Alte und Galgenberg folgten ihm. Kappe warf dem Kollegen einen bösen Blick zu, wandte sich an Frau Kleema, zeigte ihr ein Foto von Dieter Mönningsee und fragte: «Haben Sie diesen Mann schon einmal gesehen?»

Die Alte betrachtete das Bild. Dann schloss sie die Augen und ruhte mit verschränkten Armen wie ein Buddha. Als Kappe schon befürchtete, sie sei im Stehen eingeschlafen, öffnete sie ihre Augen wieder und antwortete: «Ja, der war öfter hier.»

«Wie oft?», fragte Kappe.

«Wat weeß ick? Vielleicht eenma die Woche, vielleicht alle vierzehn Tage.»

«Haben Sie ihn gemeinsam mit Frau Mönningsee gesehen?»

«Na, nich so direkt.»

«Sie sind aber sicher, dass er zu Frau Mönningsee gegangen ist?», mischte sich Galgenberg ein.

«Wat is schon sicha?» Die Alte zeigte mit der Hand zum Fenster. «Aba wer soll hier schon Besuch von jungen Männan kriegen? Ick ja wohl bestimmt nich. Und bei den anderen Nachbarn kann ick mir det ooch nich vorstellen.»

«Wann haben Sie ihn zum letzten Mal gesehen?», fragte Kappe.

«Weeß ick nich. Vielleicht voriges Wochenende.»

«Gab es weitere Männer, die öfters gekommen sind?», erkundigte sich Kappe.

«Gloobn Se, ick sitze den janzen Tag und gucke, wat hier im Haus los is?»

«Wir glauben so wenig wie möglich und wollen so viel wie möglich wissen», sagte Galgenberg.

«Jut, da war der feine ältere Herr mit da Brille, von dem ick Ihn schon jestern erzählt habe. Der war immer mal hier. Und so ein junga Kerl. Eener mit BVG-Uniform.»

«Können Sie den Mann beschreiben?», fragte Kappe.

«Dünn war er. Und jroß.»

«War einer der Herren am letzten Dienstagabend hier?»

«Als ick am Fenster oda im Flur war, kam jedenfalls keener von denen.»

«Ist Ihnen an dem besagten Abend irgendetwas aufgefallen?»

«Dienstag, da müsst ick mal nachdenken.» Erneut schloss die Alte die Augen, und die Zeit verging. Endlich sagte sie: «Wat Besonderet. Nee. Ick gloobe, nich. Aber ick bin wie imma kurz nach neune ins Bett jejangen. Ick bin ja keene zwanzig mehr.»

«Ach was!», höhnte Galgenberg.

Kappe schoss böse Blicke zum Kollegen. Zu Frau Kleema sagte er: «Wenn Ihnen noch etwas einfällt, melden Sie sich bitte bei uns. Unsere Telefonnummer haben Sie ja.»

«Hab ick.»

«Dann zunächst vielen Dank, Frau Kleema», sagte Kappe und gab Galgenberg ein Zeichen zu gehen.

Die Alte nickte und trottete vornweg zur Wohnungstür. Auf der Schwelle fragte sie: «Wat iss 'n nun mit dem Papagei?»

«Oh, der Papagei …», murmelte Kappe. «Wo ist das Tier denn?»

«In meim Schlafzimma. Zur Einjewöhnung. Ick hoffe, bald kann ick ihn ins Wohnzimma holn. Wenna alleene wieda in sein Käfig fliegt.»

«Na, dort geht es ihm doch vorläufig gut. Wir werden Frau Mönningsees Bruder Bescheid geben. Er muss entscheiden, was aus dem Tier wird.»

«Jut», sagte die Alte und sah dabei nicht zufrieden aus.

Sie verabschiedeten sich.

Auf der Treppe fragte Galgenberg: «Det war's aba jetzt, oda?»

«Für heute», entgegnete Kappe.

«Morjen is Sonntag. Det is der Tag des Herrn.»

«Bis eben hattest du es noch nicht so mit dem Glauben.»

«Und wie ick gloobe – an 'nen freien Tag inner Woche!», maulte Galgenberg.

Kappe schritt die Treppe hinunter und dachte nach. Sie hatten zu wenig Anhaltspunkte für weitere Befragungen. Nach Herren mit Brille und schlanken BVG-Fahrern würden sie kaum außerhalb der Bürozeiten fahnden können, aber am Montagmorgen würde es im Revier rundgehen. «In Ordnung. Du schreibst zu Hause die Protokolle von heute. Und ich kümmere mich um den Bericht aus der Gerichtsmedizin.»

Galgenberg guckte, als hätte er schales Bier getrunken. Doch er widersprach nicht.

Peter Kappe war so müde, dass er kaum die Augen offen halten konnte. Das spärliche Licht im Keller tat das Übrige. Stefanie Richter stupste ihn an und zeigte zur Bühne. Die bestand aus einem knöchelhohen Bretterbau. Das Holz wankte, denn die Band griff gerade nach den Instrumenten. Die fünf schlaksigen Männer hatten alle lange Haare und Bärte, so als wollten sie sich hinter all dem Gestrüpp verstecken. Sie ähnelten einander wie Fünflinge – oder lag das nur an dem schummerigen Licht?

Rüdiger Engelhardt trat zu Peter. Der Kumpel hielt drei Flaschen Bier zwischen den Fingern der linken und einen riesigen Joint in der rechten Hand. Er verteilte das Bier, zog am Joint und reichte ihn an Stefanie weiter.

Peter nahm einen Schluck von seinem Bier und schaute wieder zur Bühne. Der Gitarrist war noch ein bisschen dürrer als die anderen Musiker und schaltete gerade den Verstärker ein. Prompt quietschte eine Rückkopplung durch den Keller. Peter glaubte, seine Trommelfelle würden bersten. Der dünne Kerl schlug einen Akkord an. Es klang, als würde er eine Kettensäge starten. Er trat ans Mikro und rief in den ausklingenden Ton hinein: «Mia san die Magic Mushrooms aus München!» Der bayerische Dialekt wirkte so deplatziert wie Öltanker auf dem Wannsee. Zum Glück redete der Junge nicht weiter, sondern begann zu spielen. Ein paar Takte drosch er allein in die Saiten, dann stiegen seine Bandmitglieder mit ein. Die Musik stampfte gleichförmig im Viervierteltakt vor sich hin.

Stefanie reichte Peter den Joint. Er wollte ablehnen, doch sie zwinkerte ihm zu, und er nahm die Tüte entgegen. Der Rauch kroch seinen Rachen hinunter und kratzte wie Sandpapier. Eine besondere Wirkung zeigte das Zeug aber nicht. Peter gab den Joint an Rüdiger weiter.

Der Freund ergriff die Tüte, ohne sein Gespräch mit einer Blondine zu unterbrechen. Peter sah nur ihr Profil, doch allein das war von geradezu betörender Anmut. Alles an ihr schien von einer unwirklichen Zartheit. Rüdiger reichte der Frau den Joint, und sie nahm einen Zug. Dabei schloss sie die Augen. Es schien, als würde die Zeit für einen Atemzug stehenbleiben. Für einen langen, tiefen Atemzug. Dann gab sie die Tüte an einen Langhaarigen mit Brille weiter, den Rüdiger als Ralf Frohbert vorgestellt hatte.

Jemand tippte Peter an die Schulter. Er zuckte zusammen. Stefanie. Sie drückte ihm einen Kuss auf die Wange.

Die Band spielte langsamer. War das schon der nächste Song? Peter hatte niemanden singen hören.

Der Joint war inzwischen wieder bei Stefanie angekommen. Sie rauchte und begann dabei langsam auf der Stelle zu tanzen. Sie schmiegte sich an Peter und steckte ihm die Tüte in den Mund. Er inhalierte den Rauch. Einmal. Und noch einmal. Dieses Mal spürte er den Rausch. Die Wände des Kellers schienen sich zu ihm herunterzubeugen. Die Menschen um ihn herum wurden schmal wie Gerten und tanzten, als wären ihre Körper knochenlos. Obendrein drehte sich der Boden. Die Musiker spielten jeweils einen Ton, doch es war nicht der gleiche – es klang, als schichteten sie Dissonanzen übereinander.

Peter gab die Tüte weiter und machte einen Schritt rückwärts. Zum Glück fand er eine Säule im Kellergewölbe, an der er sich festhalten konnte, sodass er nicht stürzte.

Stefanie folgte ihm tanzend und schrie: «Liebe ist Mord!» Die Worte hallten durch den Keller. Stefanie drehte sich zur Bühne. «Käufliche Liebe ist Auftragsmord!»

Nein, das war gar nicht Stefanie, die da rief, bemerkte Peter – der Dürre mit der Gitarre schrie die Obertöne ins Mikro. «Gruppensex ist Massenmord!» Dabei quetschte er nicht nur die Töne in abenteuerliche Höhen, sondern auch die Silben in zackige Rhythmen. «Liebt euch! Tötet euch! Liebt euch! Liebt den Tod!»

Die anderen im Publikum schienen die Worte nicht zu stören. Sie tanzten einfach weiter, derweil stieg auch der Bassist in den Chor ein. «Liebt euch! Tötet euch! Liebt euch! Liebt den Tod!»

«Hörst du das?», rief Peter zu Stefanie.

«Ja! Toll, nicht wahr?» Sie tanzte weiter.

40

Peter trank einen Schluck Bier. Er musste hier raus. Doch das erwies sich als schwierig. Seine Beine gehorchten ihm nicht. Er hing an der Wand, als wäre er dort festgeklebt.

«He, willst du noch?», fragte die blonde Schönheit durch den Lärm und hielt ihm den Rest des Joints hin.

«Danke. Ich brauche frische Luft», erwiderte er.

«Soll ich dich Mund zu Mund beatmen?», fragte die Blonde und lachte kehlig.

Stefanie tauchte auf und rief: «Da kümmere ich mich drum!»

Bevor die Blondine etwas erwidern konnte, zog Stefanie ihn am Ärmel zum Ausgang. Er hatte das Gefühl, durch einen Sumpf zu waten. Immerhin hielt Stefanie ihn halbwegs aufrecht, obwohl sie ihm immer noch seltsam langgezogen vorkam. Es war, als befänden sie sich in einem Film, für den der Vorführer das falsche Bildformat eingestellt hatte.

Draußen kam es ihm so vor, als würde der Wind durch seinen Kopf hindurchwehen. Doch Stefanie formte sich auf ihr Normalmaß zurück.

«Die Rosi Ungermann ist eine Granate», sagte sie. Es klang wie eine Feststellung ohne jeden Anflug von Vorwürfen. Sie wartete nicht auf eine Antwort, sondern fügte hinzu: «Aber heute nehme ich dich mit nach Hause.»

DREI
Sonntag, 24. März 1968

PETER KAPPES KOPF fühlte sich an, als hauste eine Horde Zwerge darin, die versuchte, mit Dutzenden von Hämmern einen Ausgang durch seine Schädeldecke zu schlagen. Er rieb sich die Schläfen, aber das half kaum. Dabei ging es ihm an der frischen Luft schon viel besser als vorhin beim Frühstück, bei dem er gerade so einen Schluck Kaffee hinunterbekommen hatte. Der Mendelssohn-Bartholdy-Park war erst im vergangenen Jahr fertiggestellt worden, und nun wimmelte es hier vor Spaziergängern. Betagte Männer mit betagten Damen im Arm, alte Männer mit jungen Frauen im Arm, junge Männer mit jungen Frauen im Arm. Peter vergegenwärtigte sich, dass er selbst auch nicht alleine war.

Er schaute zu Stefanie Richter. Die schien frisch und ausgeschlafen zu sein. Gerade bückte sie sich nach den Märzenbechern am Wegesrand und flocht die frisch gepflückten Blüten in ihr Haar. Sie wirkte, als hätte sie eine Woche Urlaub hinter sich und nicht ein surreales Konzert und die anschließende durchwachte Nacht mit Joints, Bier und allen anderen Sünden. Wie machte sie das nur?

Stefanie zog ihn an der Hand auf einen Trampelpfad tiefer in eine Baumgruppe hinein. Die Farne und Kräuter rochen, als wollten sie alle Hexen der Stadt anlocken. Die übrigen Berliner schienen sich dagegen an die breiteren Wege zu halten. Mit jedem Schritt wurde es ruhiger um sie herum. In den Bäumen zwitscherten Vögel.

«Du siehst aus, als würdest du noch schlafen», sagte Stefanie und drückte ihm einen Kuss auf die Wange.

Peter suchte nach einer Antwort, doch ihm fiel nichts ein. Also nickte er nur.

Stefanie lachte und fragte: «War die vergangene Nacht zu wild für dich?»

«Nein, nein», murmelte Peter. Er befürchtete, dass sein Tonfall dennoch wie eine Bestätigung klang, deswegen fügte er hinzu: «Ich glaube, mein Kopf ist eher wegen der Magic Mushrooms und dem Gras so schwer.»

«Bis du eingeschlafen bist, hat man dir das aber kaum angemerkt», sagte Stefanie und zwinkerte ihm zu.

Peter wäre wohl errötet, wenn er nicht so müde gewesen wäre. So hatte er lediglich das Gefühl, wie ein Trottel dreinzublicken. Zum Glück sah Stefanie das nicht, denn sie lief längst den Trampelpfad weiter und verschwand gerade hinter einem Baum. Peter trottete ihrem wehenden Haar hinterher.

Als Stefanie wieder in sein Blickfeld geriet, betrachtete er sie. Obwohl sie einen Parka über der Jeans trug, wirkte alles an ihr zart, selbst die Schultern unter dem dicken Jackenfutter. Er konnte es noch nicht so recht fassen, dass er mit dieser Frau durch den Park schlenderte. Je intensiver er sie anschaute, desto klarer wurde ihm, wie wenig er über sie wusste, obwohl sie beide schon seit dem Herbst als studentische Hilfskräfte am Psychologischen Institut der Freien Universität arbeiteten und er auch schon auf verschiedenen Demonstrationen mit ihr gewesen war. Vor ihm lief ohne Zweifel eine kluge und politisch engagierte Studentin, die auch ordentlich feiern konnte. In der vergangenen Nacht hatte er noch eine weitere überaus überwältigende Seite an ihr kennengelernt. Doch ansonsten wusste er nichts über sie. Er schloss zu ihr auf und fragte: «Wo kommst du eigentlich her?»

Stefanie blieb stehen und schaute ihn an, als hätte er nach ihrem Kontostand gefragt. Sie entgegnete: «Aus meinem WG-Zimmer in Kreuzberg.»

«Nein, das meine ich nicht.»

«Du willst mich jetzt aber nicht heiraten oder so? Nach einer Nacht?»

«Was?» Peter zuckte zusammen. «Nein, nein ... Ich ...» Er kam nicht weiter.

Für einen Augenblick herrschte Stille — abgesehen von den Vögeln, die nur auf den Moment gewartet zu haben schienen und nun umso lauter zwitscherten.

«Du bist süß.» Stefanie kicherte. Sie hakte sich bei ihm unter und schlenderte weiter. «Also gut. Die Kurzform. Ich bin in Reinfeld geboren. Das ist ein Kaff im Holsteinischen. Mein Vater ist Postbeamter und fährt einen Käfer. In den Urlaub ging es immer an die Ostsee. Meine Mutter mag es nicht, sich allzu weit von der Heimat zu entfernen. Meine Großeltern hatten einen Garten. Anfangs durfte ich bei der Erdbeerernte helfen, später musste ich. Mit sechs in den Kirchenchor, mit vierzehn Konfirmation, mit neunzehn endlich Abi und ab nach Berlin.» Die letzten Worte klangen, als hätte sie ein technisches Datenblatt rezitiert. «So, nun bin ich an der FU. Und ich habe das Gefühl, endlich frei atmen zu können.»

So etwas hatte Peter schon öfters gehört und sich stets gewundert, dass die Berliner Luft für jemanden besonders atembar schien. Selbst hier im Park wehte mitunter ein Schwall von Abgasen vom Halleschen Ufer herüber. Ausgerechnet in der Mauerstadt das Gefühl von Freiheit zu verspüren kam Peter als Urberliner sonderbar vor.

«So, nun du. Was treiben deine Eltern so?»

«Mein Vater ist Polizist und meine Mutter Buchhalterin.»

«Polizist?» Stefanie löste sich von Peter und riss die Augen so weit auf, als hätte sie ein Gespenst gesehen. «Einer von diesen faschistischen Prügelbrüdern!»

«Nein, er ist bei der Mordkommission», murmelte Peter. «Und ich streite oft mit ihm über Politik, als Faschisten würde ich ihn aber nicht bezeichnen.» Er strich ihr über die Schulter und fügte hinzu: «Außerdem ist die Sippenhaft in Deutschland abgeschafft.»

Das schien Stefanie nicht zu überzeugen. Sie blieb auf Abstand und schüttelte den Kopf. «Mordkommission. Einer von denen, die versucht haben, den Ohnesorg-Mord zu vertuschen ...»

«Das war nicht sein Fall.» Peter fand es anstrengend, seinen Vater verteidigen zu müssen.

Stefanie schwieg und stapfte den Trampelpfad entlang, als wollte sie so schnell wie möglich wieder nach Hause.

Peter fragte sich, warum Frauen immer so kompliziert sein mussten. Seine Kopfschmerzen kehrten zurück.

«Mach mir mal ein Bier, Jo!», rief Josef Bolp. Er musste seine Stimme etwas heben, denn durch das Gemurmel in der Bar trällerte Roy Black *Meine Liebe zu dir*. Der Sender Freies Berlin machte es möglich.

Der Mann hinter der Theke nickte kurz und nahm mit seinen Pranken ein Bierglas aus dem Regal. Bolp kannte diese Handbewegung und fürchtete jedes Mal, das Glas könnte springen, wenn der Kerl es anfasste. Doch Johannes Juhl hatte seinen Tresen im Griff – so wie das Lokal, dessen Name sich aus den Anfangsbuchstaben seines Vor- und Nachnamens zusammensetzte: Joju-Bar.

Bolp fühlte sich hier genauso zu Hause wie in seinem Büro, aus dem er gerade kam. Tatsächlich war die Joju-Bar für seine Arbeit beim *Berliner Blitz* beinahe so wichtig wie die Schreibstube. Hier verkehrten die Politiker aus dem Senat und dem Abgeordnetenhaus sowie die wichtigsten Geschäftsleute der Stadt – die aus den börsennotierten Großunternehmen und die aus dem Zwielicht der Schattenwirtschaft.

Juhl stellte Bolp ein Bier vor die Nase. Der Schaum thronte daumenbreit über der goldgelben Flüssigkeit, so wie es sich gehörte. Der Barbesitzer kümmerte sich persönlich um die Getränke – im Obergeschoss befriedigten seine Mädchen unterdessen die sonstigen Bedürfnisse der Herrschaften. Bolp bemerkte manchmal, dass einer der Männer auf dem Weg zu einer Dame verstohlen zu ihm blickte. Viele kannten ihn und wussten, welchen Beruf er ausübte. Allerdings sollten die meisten in der Berliner High Society wissen, dass er zur Diskretion fähig war. Die Joju-Bar war eine nie versiegende Quelle an Gerüchten. Nur im alleräußersten Notfall hätte Bolp hier Hausverbot riskiert, und Johannes Juhl galt nicht als ein Mann, der stillhielt, wenn Gefahren für sein Geschäft drohten. Sein Dobermann lag zwar auch an diesem Abend friedlich schlafend hinter dem Tresen, doch niemand in Berlin war darauf erpicht zu erfahren, warum das riesige Vieh auf den Namen Bestie hörte.

«Schönen Abend und prost!», rief eine Stimme von der Seite.

Ohne sich umzudrehen, erkannte Bolp, dass es sich dabei um Prof. Dr. Ferdinand Meerbusch handelte. Das tiefe Brummen, der seltsame saarländische Akzent, bei dem die Zischlaute stets ein wenig durcheinandergingen – obwohl der Professor nicht zu Bolps allerbesten Freunden zählte, traf er ihn doch oft genug in der Joju-Bar, um ihn an seiner Stimme zu erkennen.

Mit erhobenem Bierglas drehte sich Bolp um und sagte: «Herr Meerbusch, ich könnte ja sagen, dass ich überrascht bin, Sie hier zu treffen. Aber das wäre gelogen.»

Der Professor grinste und stieß sein Glas gegen Bolps. Endlich Bier, dachte Bolp, als ihm anschließend die kühle Flüssigkeit die Kehle hinunterrann. Im Artikel für die Montagsausgabe hatte er die Geschichte mit Kannenhenkel und dem Prostituiertenmord aufgearbeitet. Das war ihm leichtgefallen, schließlich gehörte der Schauspieler zu diesen parasitären Revoluzzern. Bolp schrieb sich stets in Rage, wenn es um diese Langhaarigen ging. Er trank schnell noch einen Schluck Bier.

«Ich habe gestern Ihren Artikel über den Brandstifterprozess gelesen», sagte der Professor. «Gut, dass diesen fragwürdigen Gestalten wenigstens irgendjemand Paroli bietet!»

Bolp hob sein Glas und trank darauf. Es war schon wieder leer.

«Die machen, was sie wollen», sagte Meerbusch. «Ich kann

kaum noch eine Vorlesung halten, ohne dass gebuht oder gepfiffen wird. Einen Kollegen hat dieses respektlose Gesindel letztens sogar mit faulen Eiern beworfen.»

Bolp schlug mit der Hand auf den Tresen und rief: «Sollen die doch in die Zone gehen! Der Ulbricht würde denen schon zeigen, was eine Harke ist — und wie eine Gefängniszelle von innen aussieht. Bei Staatsfeinden machen die drüben kurzen Prozess. Ich weiß, wie das da zugeht. Hätte ich '50 nicht die Kurve gekratzt, hätten die mich in Bautzen eingebuchtet. Ich stand schon auf deren schwarzer Liste.»

«Reg dich ab!», schaltete sich Juhl ein. «Wir wissen ja, dass du den roten Häschern damals nur knapp entkommen bist.» Der Wirt stellte Bolp ein neues Bier hin. Für einen Moment war es am Tresen so still, dass der Schlager aus dem SFB zu hören war — *Der letzte Walzer*.

Bolp nahm das Glas in die Hand und dachte an seine Zeit in Leipzig zurück. Natürlich war er den SED-Genossen schon wegen seiner Eltern ein Dorn im Auge gewesen. Doch was konnte er dafür, dass sein Vater bereits vor Hitlers Machtergreifung in die NSDAP und die SA eingetreten und seine Mutter im sächsischen BDM aktiv gewesen war? Immerhin hatte er noch eine Stelle bei der Zeitung ergattert. Doch seine eigene Abneigung gegen die Kommunisten war nicht dauerhaft verborgen geblieben. Spätestens bei den «Säuberungen» nach dem Juni '51 wäre er dran gewesen. Da war sich Bolp sicher. Er murmelte: «Mir geht dieser Bolschewistendreck halt gehörig auf die Nerven.»

«Darauf ein Prost!», sagte Meerbusch.

Bolp ahnte, dass er sein Auto würde stehen lassen müssen, wenn er noch eine halbe Stunde in dieser Geschwindigkeit weitertrank.

Der Professor rückte seine Brille zurecht und sagte: «Wir dürfen nicht vergessen, dass es nur ein paar Knallköpfe sind. In meinen Vorlesungen sitzen Hunderte Studenten, und gerade mal eine Handvoll macht Stunk.»

«Umso schlimmer!» Bolp achtete darauf, dass er ruhig sprach und nicht Peter Alexanders Gesang im Radio übertönte.

«Aber die werden wir schon zurechtstutzen! Schließlich sitzen wir am viel längeren Hebel.»

«Das ist wohl wahr», stimmte Bolp zu. «Denen zeigen wir's. Morgen lass ich im *Berliner Blitz* gleich mal eine Bombe platzen!»

Otto Kappe führte seine Frau durch das Foyer der Freien Volksbühne. Er fand das Ritual mit den Eintrittskarten in diesem Haus befremdlich, aber Kurt Kannenhenkel gab den *Prinzen von Homburg* nun einmal hier, und Gertrud war ganz erpicht darauf, den Schauspieler in dieser Rolle zu sehen.

Also schlenderten sie in die Ecke, in der eine schmucke Mitarbeiterin der Freien Volksbühne mit den Sektkübeln in fragilen Gestellen wartete. In den Gefäßen lagen Hunderte von Eintrittskarten, getrennt nach drei Rubriken: «Einzelne Besucher», «Paare» und «Gruppen». So war garantiert, dass zusammensaß, wer zusammengehörte.

Otto übergab der Dame ihren Berechtigungsschein, und Gertrud, der man ein glückliches Händchen nachsagte, durfte nun in den Sektkübel für Paare greifen und zwei mit einer Büroklammer verbundene Eintrittskarten herausfischen. Hier ging es so demokratisch zu, dass man mit einigem Pech oben auf dem Rang saß und die Gesichter der Schauspieler nur erahnen konnte. Doch Gertrud wurde ihrem Ruf gerecht, sie zog Parkettplätze in der vierten Reihe.

Früher waren Theaterbesuche etwas anderes, dachte Otto, als er mit Gertrud durch das Foyer schritt. Er trug seinen guten Anzug und seine Frau ein Abendkleid. Die älteren Gäste hatten ähnliche Mühe bei der Kleiderwahl walten lassen. Die jungen Männer trugen dagegen Jacketts, die diesen Namen kaum verdienten. Manche waren aus grobem Manchesterstoff, andere schlugen Falten, als wären sie bei einem Bad in der Spree gereinigt worden. Eine junge Frau mit einem bunten Batikkleid fiel ihm ins Auge.

Dessen Farbverläufe waren derart verschwommen, dass Kappe beinahe glaubte, er träume genauso wie der Prinz von Homburg in Kleists Stück.

Als sie den Zuschauerraum betraten, spürte Otto, wie er bereits müde wurde. Die Mordermittlungen am Wochenende steckten ihm in den Knochen. Er wurde zu alt für die Siebentagewoche. Ohne Gertrud würde er jetzt noch über den Mordakten brüten. Sie hatte ihn in seinen guten Anzug gedrängt, und nun zog sie ihn durch die Stuhlreihen im Parkett.

Neben ihren Plätzen hatte sich bereits ein junger Mann mit einer Nickelbrille und einem groben Leinenhemd niedergelassen. Das Haar hatte er genauso zum Zopf gebunden wie seine Begleitung, die sich bei näherem Hinsehen als weibliches Wesen erwies. Gertrud nahm neben den Studenten Platz, Otto sank an ihrer Seite ins Polster.

Die Glocke bimmelte. Das Licht im Saal war schummrig. Otto konnte sich kaum vorstellen, dass es noch dunkler werden könne. Er gähnte.

Gertrud beugte sich zu ihm und flüsterte: «Da haben wir wirklich schöne Plätze erwischt.»

Vor ihnen saß ein älteres Ehepaar. Die Köpfe der beiden reichten kaum über die Stuhllehne hinaus.

«Das ist dein Verdienst», sagte Otto leise. «Wenn ich die Karten gezogen hätte, würden wir garantiert hinter zwei Riesen sitzen und auf Hinterköpfe gucken.»

Gertrud lachte und gab ihm einen Kuss auf die Wange. In dem Moment versank der Saal im Dunkel. Otto merkte, wie seine Augenlider schwer wurden. Im gleichen Tempo, wie sich der Vorhang hob, sanken sie hinab. Er kämpfte gegen die Müdigkeit an. Es kam ihm vor, als wäre das Augenöffnen so anstrengend wie ein Klimmzug.

Otto schaute zur Bühne. Die Dekoration bestand aus Pappstücken, auf denen die Kulisse mit dicken Pinselstrichen aufgemalt war. Die Bilder sahen aus, als hätte sie ein Erstklässler hingekleckst. Otto erkannte einen windschiefen Baum, ein Haus und einen Mond.

Auf der Bühne begann die Traumsequenz, und Otto versank tiefer im Sessel. Vor seinem inneren Auge tauchte die Leiche der jungen Prostituierten auf – sie lag auf ihrem Schlafsofa, so wie er sie vor zwei Tagen gefunden hatte. Doch dieses Mal blickte sie nicht starr an die Decke, sondern genau in sein Gesicht. Sie bewegte ihren Mund. Tonlos. Oder raunte sie etwas? Über die Liebe, die Sehnsucht und den Tod? Ihre Laute klangen, als kämen sie aus einem anderen Raum, einem viel größeren, einer Halle vielleicht.

> *Das Leben nennt der Derwisch eine Reise*
> *Und eine kurze. Freilich! Von zwei Spannen*
> *Diesseits der Erde nach zwei Spannen drunter.*
> *Ich will auf halbem Weg mich niederlassen!*
> *Wer heut sein Haupt noch auf der Schulter trägt,*
> *Hängt es schon morgen zitternd auf den Leib*
> *Und übermorgen liegts bei seiner Ferse …*

Die Stimme klang tief. Viel zu tief für eine Frau. Die Tote streckte ihren Arm aus und tippte ihm an die Schulter.

Er schreckte auf.

Gertrud. Sie deutete auf die Bühne.

Dort stand Kannenhenkel. Er trug Strumpfhosen und ein Kettenhemd, das so schief aussah, als hätte der Requisiteur beim Knüpfen der Glieder zu viel getrunken. In seinem Gürtel steckte ein Holzschwert – stammte das aus der Spielzeugabteilung des KaDeWe? Mit ausgebreiteten Armen deklamierte er:

> *Zwar, eine Sonne, sagt man, scheint dort auch,*
> *Und über bunte Felder noch, als hier:*
> *Ich glaubs; nur schade, daß das Auge modert,*
> *Das diese Herrlichkeit erblicken soll.*

Sterben ist ungerecht, dachte Otto, das Auge der jungen Prostituierten wird nimmermehr die Herrlichkeit erblicken. Nach all den Jahren als Polizist kamen ihm solche Gedanken immer noch. Nicht mehr so oft wie am Anfang, doch es reichte ein Theatermonolog von einem Schönling wie diesem Kannenhenkel, und die Toten holten ihn ein.

Otto schaute hinüber zu seiner Frau. Gertrud schmachtete den Mimen an, hing ihm geradezu an den Lippen. Otto fehlte die Ruhe für das Stück. Die Tote, sein Fall ging ihm nicht mehr aus dem Kopf. Am liebsten wäre er gleich ins Revier geeilt. Doch das hätte Gertrud ihm nie verziehen. Außerdem war er viel zu müde. Erneut fielen ihm die Augen zu.

VIER
Montag, 25. März 1968

KAUM HATTE OTTO KAPPE das Büro in der Keithstraße betreten, fragte Hans-Gert Galgenberg: «Haste schon den *Berlina Blitz* jelesen?»

«Ich bin noch nicht mal richtig angekommen», murmelte Kappe. Seit sie mit der Mordkommission in die Keithstraße gezogen waren, brauchte er theoretisch nur eine Viertelstunde von seiner Wohnung im Horstweg bis hierher – sofern ihm nicht gerade die U-Bahn vor der Nase wegfuhr. «Guten Morgen!»

Galgenberg schien für solche Feinheiten zu aufgeregt zu sein. Er klatschte die Zeitung neben Kappes Schreibmaschine.

Kappe traute seinen Augen kaum, als er das Titelbild sah. Das war doch dieser Schauspieler, den er noch am Vorabend auf der Bühne gesehen hatte – Kurt Kannenhenkel! Doch dieses Mal trug er keine Theaterkluft. Sein Hemd hatte einen dieser modischen Riesenkragen und war beinahe bis zum Bauchnabel aufgeknöpft, sodass seine üppige Brustbehaarung zu sehen war. Kannenhenkel saß am Steuer eines Cabrios und grinste. Kappe suchte in Gedanken nach einem Wort für diesen Gesichtsausdruck. Frech? Nein, frivol war wohl das richtige Adjektiv.

Über dem Bild stand in riesigen Lettern: *Ist dieser Schauspieler der Huren-Mörder?* Darunter war im Telegrammstil zu lesen: +++ *Prostituierte (26) ermordet aufgefunden* +++ *am Todesabend stieg sie zu Kurt Kannenhenkel (29) ins Cabrio* +++ *ihr blieben nur noch wenige Stunden zu leben* +++ *die ganze Story auf Seite 3* +++

Kappe schlug die Zeitung auf. Der Artikel war nicht zu übersehen. Mehrere Bilder zeigten Kannenhenkel in Kostüm auf der

Bühne. Auf einem glich sein Gesicht einer Fratze, ein weiteres zeigte ihn mit einem Knüppel in der Hand, auf dem dritten drosch er mit der Faust auf einen viel kleineren Mann ein. Sicher, es waren nur Theaterbilder, doch auf diesen Fotos wirkte der Mann wie ein Verrückter. Daneben lächelte die verblichene Monika Mönningsee auf einem schwarzgerahmten Passbild wie ein Engel.

«Det is doch een dicket Ei!», rief Galgenberg.

«Nun lass mich doch erst mal lesen! Das dauert bei dem Blatt ja nicht allzu lange», erwiderte Kappe, ohne von der Zeitung aufzusehen.

Der Artikel stammte von Josef Bolp. Der Beitrag erging sich in Mutmaßungen und Unkonkretem. Als Quelle wurde lediglich eine Augenzeugin benannt. Die hatte auch nicht mehr gesehen, als auf der Titelseite schon vermeldet worden war, nämlich dass Monika Mönningsee in Kannenhenkels Wagen gestiegen war. Der Todestag stimmte – Dienstag. Anschließend breitete der Reporter eine nebulöse Gruselgeschichte aus: *Wer diesen Mann auf der Bühne je gesehen hat, der traut ihm alles zu. Doch bisher dachten alle, Kurt Kannenhenkel kann sich nur gut verstellen. Schließlich ist er Schauspieler. Doch nun wird klar: Die Abgründe sind echt. Tief und Dunkel.*

Doch damit nicht genug, Bolp echauffierte sich auch über die Polizei und fragte: *Warum hat sich niemand um diesen Psychopathen gekümmert, bevor es zu spät war? Kann Kurt Kannenhenkel sich alles erlauben, weil er zu diesen selbsternannten Weltverbesserern gehört, die uns mit ihren Frechheiten auf der Nase herumtanzen? Fest steht, die Polizei hat den Mörder noch nicht verhaftet. Kurt Kannenhenkel ist auf freiem Fuß!*

Kappe schluckte.

«Verstehste jetzt, wat ick meine?», fragte Galgenberg. «*Erkenntnis ist eine Sonne, die den Menschengeist erleuchtet*, wie der jute Bechstein schon sagte.»

Kappe erwiderte nichts. Er schaute auf die Uhr. Fünf vor neun. Es konnte nur noch ein paar Augenblicke dauern, bis Kriminalrat Friedhelm Keunitz anrief. Der Chef nahm es mit der Pünktlichkeit sehr genau. Überhaupt war er ein überaus penibler

Mensch. Mit Sicherheit kannte er den Artikel bereits. Daher sagte Kappe zu seinem Kollegen: «Setz dich ans Telefon und finde heraus, wo Kannenhenkel wohnt! Und es ist mir egal, ob du deshalb Goethe, Schiller oder Karl May anrufst!» Kappe merkte, dass er etwas zu laut geworden war.

Galgenberg guckte prompt, als hätte er in eine saure Frucht gebissen. Er murmelte etwas Unverständliches und griff zum Telefonhörer.

Peter Kappe betrat den Seminarraum. Er vertrat an diesem Montag Prof. Dr. Meerbusch. Peter war stets nervös, wenn er für den Professor einspringen sollte. Das lag daran, dass der ihn erst seit dem letzten Semester mit dieser Aufgabe betraute. Meerbusch meinte, für eine mögliche Bewerbung auf eine Doktorandenstelle sei Lehrerfahrung von Nutzen und er müsse nun damit anfangen. Allerdings machte sich Peter auch wegen der angespannten Situation in der Studentenschaft Sorgen. Bei jeder Veranstaltung war ein Teil der Zuhörer auf Krawall gebürstet. Peter verstand das gut. Schließlich fühlte er sich selbst als Teil der Studentenbewegung. Das half ihm aber nicht, wenn er vor der Seminargruppe stand, sozusagen als Vertreter der universitären Autoritäten. So betrat er den ihm zugewiesenen kleinen Raum auch heute mit Herzklopfen.

Knapp zwei Dutzend Studenten besuchten das Seminar zur Kriminalpsychologie, viele davon kannte Peter. Dennoch nahm zunächst niemand von ihm Notiz. Die einen lasen in Büchern oder Zeitschriften, die anderen starrten so gebannt aus dem Fenster, als würde dort gerade ein Außerirdischer aus seinem Raumfahrzeug steigen. Ein paar Studenten hatten gar den Kopf auf ihr heruntergeklapptes Pult gebettet und versuchten zu schlafen.

«Viktimologie, fünftes Kapitel! Erwachet, ihr Opfer! Heute geht es um die Probleme der Opferbefragung», rief Peter.

Tatsächlich schnellte ein Student in der letzten Reihe so hastig hoch, dass ihm seine Mähne um den Kopf wehte – Armin oder Achim, Peter erinnerte sich nicht genau an seinen Namen.

Armin oder Achim rief: «Lass uns lieber darüber reden, dass wir alle Opfer des Kapitalismus sind! Ausbeutung und Entfremdung bestimmen unser Leben. Schluss mit der Viktimisierung des ganzen Volkes!»

Peter versuchte, diesen Einwurf mit Ironie aufzufangen. «Dann können wir ja mit unserer Opferbefragung gleich bei dir anfangen.» Peter blickte auf seine Unterlagen und fuhr fort, bevor Armin oder Achim weiter stören konnte. «Allerdings stehen heute die klassischen Arten von Opfern auf dem Programm. Beginnen möchte ich mit den Opfern innerfamiliärer Gewalt, das heißt mit missbrauchten Kindern und verprügelten Frauen. Dann hätten wir die Punkte Jugendgewalt und Gewalterfahrung Jugendlicher sowie Gewalterfahrung im höheren Lebensalter. Zum Schluss widmen wir uns den Viktimisierungserfahrungen im Strafvollzug.»

«Und was ist mit der sekundären Viktimisierung?», fragte ein Student namens Claus. Peter kannte ihn aus gemeinsamen Seminaren und traf ihn regelmäßig in der Bibliothek. Claus ging schon das Haupthaar aus, obwohl er erst Anfang zwanzig war. Das war nicht günstig in diesen Zeiten, deswegen ließ er sich seine restlichen Fusseln in den Nacken wachsen. Das machte ihn nicht gerade attraktiver. Vielleicht vergrub er sich auch deshalb Tag und Nacht in seinen Büchern.

Claus stand auf und rief: «Reden wir doch auch über die Teilnahmslosigkeit gegenüber Opfern, über abwertende Äußerungen über sie. Und reden wir von moralischen Vorwürfen! Zum Beispiel solchen, die vergewaltigten Frauen gemacht werden!»

Peter dachte an das Revolverblatt, das ihm eine Mitarbeiterin des Lehrstuhls am Morgen mit einer gewissen Häme gegeben hatte. Meerbuschs Vorzimmerdrache schien geradezu begeistert davon zu sein, dass ein stadtbekannter Studentensympathisant am Pranger stand. Peter klappte seine Aufzeichnungen zu und zog das Schmierblatt aus seiner Aktentasche. Er hob den *Berliner Blitz* in die Höhe, sodass jeder das Foto von Kurt Kannenhenkel auf der Titelseite sehen konnte. «Vielleicht sprechen wir das gleich an einem aktuellen Beispiel durch. Solange es keinen prominenten Verdächtigen gab, war der Tod der Prostituierten kein Thema für die Titelseite. Das hat sich nun geändert.»

«Eine Kampagne der rechten Hetzpresse eignet sich wohl kaum als Gegenstand einer ernsthaften wissenschaftlichen Diskussion. Zumindest nicht, was die Frage der Viktimologie angeht», entgegnete Claus und setzte sich wieder.

«Ganz genau!», rief Armin oder Achim. «Bei diesem Pamphlet handelt es sich nicht um eine Auseinandersetzung mit einem Täter, sondern um einen politisch motivierten Rufmord! Das sind faschistische Methoden!»

Peter befürchtete, dass die Studenten gleich in das rhythmische Rufen von Parolen verfallen würden. Tatsächlich aber schauten ihn alle an. Ihm fiel auf, dass sich bislang ausschließlich junge Männer geäußert hatten. Deshalb machte er ein paar Schritte auf Gerdi zu, die in der ersten Reihe saß. Sie studierte Politikwissenschaften, und er kannte sie aus einem Seminar zur Geschichte des Parlamentarismus als kluge Kommilitonin. «Was meinst du dazu, Gerdi?»

«Ich finde durchaus, dass der Artikel ein gutes Beispiel dafür ist, wie das Opfer hinter der Tat beinahe unsichtbar wird.» Sie überlegte einen Moment und fuhr dann fort: «Zwar werden hier nicht die Motive des Täters behandelt, mit dem Ziel, seine Tat zu rechtfertigen oder zumindest zu relativieren. Doch auch die Dämonisierung des Täters zeigt unabhängig von den Beweggründen des Autors eine einseitige und verengte Sicht auf das Verbrechen.»

«Aber Beweggründe sind für das Verständnis der großbourgeoisen Unterdrückungsmedien unerlässlich!», rief Armin oder Achim. «Das liegt doch gerade in diesem Fall auf der Hand!»

Peter hätte lieber noch einen Augenblick über Gerdis Ausführungen nachgedacht, als sich nun mit Armins oder Achims Einwänden zu beschäftigen. Doch die Studentin war auch nicht auf den Mund gefallen. Sie drehte sich zu den hinteren Reihen um und entgegnete mit ruhiger, aber entschiedener Stimme: «Hier handelt es sich jedoch um Unterdrückungsmechanismen gegenüber einer Frau vom sozialen Rand. Das ist ebenfalls relevant für eine politische Einordnung dieses Pamphlets.»

Eine Diskussion begann. Zwar redeten in einem fort dieselben Studenten, doch sie blieben halbwegs beim Thema. Also ließ Peter die Sache laufen. Vielleicht entwickelten die Studenten sogar einen Plan für eine Aktion.

Otto Kappe lenkte den Wagen über die Avus. Nach Erscheinen des Zeitungsartikels hatte sein Vorgesetzter Friedhelm Keunitz sich umgehend um einen Haftbefehl für Kannenhenkel bemüht. Nun fuhr Kappe mit Hans-Gert Galgenberg hinaus nach Wannsee, wo Kannenhenkel im Schuchardtweg in einem stattlichen Einfamilienhaus lebte, das manche eher als Villa bezeichneten.

Kappe fand das merkwürdig, denn eigentlich hatte ein Bohemien und Linker da draußen nichts zu suchen – ein Wunder, dass die Wannseer bei seinem Anblick nicht sofort nach der Polizei riefen. Doch vielleicht schweißte die Mauer ja auch die Randberliner zusammen …

Kappe nahm die Ausfahrt Potsdamer Chaussee, fuhr unter der S-Bahn-Brücke hindurch und kam auf die Königstraße. Rechts von ihm erstreckte sich der Wannsee. Hier draußen schwebten nur ein paar Limousinen über die Straße, ansonsten hatten sie freie Fahrt – kein Vergleich mit dem Stadtverkehr in Schöneberg und Charlottenburg. Mit Schwung jagte Kappe die Königstraße stadtauswärts. Im Rückspiegel sah er, dass ihm ein Opel Kadett folgte. Es handelte sich um ein Modell B, das mit dem breitgezogenen Kühlergrill. Seit wann fährt der Wagen hinter uns her?, fragte sich Kappe.

«Det wird een schöna Mist!», murrte Galgenberg auf dem Beifahrersitz. «'n linka Schauspieler. Da ham wir nich nur den Chef im Nacken, sondan ooch noch die janze Revolverpresse und schlimmstenfalls die Revoluzzerstudenten. Da steht uns wat bevor, denn Ärger ist Zehrer und Lebensvergifter, wie schon Fontane sachte.»

«Vielleicht fährt der Albtraum sogar direkt hinter uns», sagte Kappe und zeigte mit dem Daumen über die Schulter.

Galgenberg drehte sich um und rief: «Det is dieser Martin Glämmer vom *Berliner Blitz*, der Fotograf. Da hast du den Benjamin Franklin aba nicht beherzicht. Der sachte nämlich: *Liebe deine Feinde, aber sei schneller als sie.*»

Kappe wollte entgegnen, dass er ja schlecht durch die Innenstadt hätte rasen können. Außerdem hatte er den Kadett erst bemerkt, als der Verkehr abgenommen hatte. Doch er kam nicht mehr dazu, denn sie hatten Kannenhenkels Domizil im Schuchhardtweg erreicht. Er stellte den Wagen ab und ging zur Gartenpforte, ohne auf Galgenberg zu warten. Der Kadett blieb in ein paar Metern Entfernung stehen.

Am Eingang gab es kein Namensschild, nur die zwei großen Buchstaben *KK* auf einem der hölzernen Pfosten wiesen darauf hin, wer hier wohnte. Kappe drückte auf den Klingelknopf, die Vögel zwitscherten so laut, dass kein Schellen zu hören war. Kappe wartete, doch niemand öffnete. Hatte sich Kannenhenkel schon abgesetzt? Nach einer Minute klingelte Kappe abermals, diesmal erheblich länger.

Nun erschien der Hausherr. Kappe kam es beinahe so vor, als habe er hinter der Haustür gewartet und gehofft, dass sie wieder gehen würden. Kannenhenkel kam durch den Vorgarten auf sie zu. Er trug ein Sommerjackett über einem Leinenhemd.

«Guten Tag, die Herren. Sie wünschen?», fragte der Schauspieler. Seine Stimme klang dumpf, so als komme sie aus den Tiefen seines Bauchs. Sein Gesicht sah grau aus, wie die Äste der kahlen Obstbäume in seinem Garten.

«Herr Kurt Kannenhenkel?», frage Kappe, obwohl er selbstverständlich genau wusste, wer vor ihm stand. Schließlich hatte er den Schauspieler noch am Vorabend auf der Bühne erlebt. Da war er ihm freilich viel größer und jünger erschienen als der gebeugte Mann, der gerade die Gartenpforte öffnete.

«Der bin ich.»

«Meine Name ist Otto Kappe, Kriminaloberkommissar, und das ist mein Kollege Hans-Gert Galgenberg. Sie wissen, warum wir hier sind?»

Kannenhenkel nickte. «Ich habe die Zeitung am Morgen gelesen. Daher habe ich Sie erwartet. Ich kann alles erklären.»

«Sie geben also zu, mit Frau Monika Mönningsee alias Yvonne verkehrt zu haben», stellte Galgenberg fest.

«Wenn Sie meinen, dass ich Monika kenne, dann bestätige ich das gern. Darüber hinaus gibt es für alles eine ganz einfache Erklärung.»

Kappe nickte und sagte: «Die können Sie gern auf dem Revier abgeben, denn ich fürchte, wir müssen Sie bitten, uns zu begleiten.»

«Ist das wirklich nötig?»

Kappe griff in die Innentasche seiner Jacke und zog den Haftbefehl heraus. Er hielt dem Schauspieler das Papier vor die Nase und antwortete knapp: «Ja.»

«Ich habe meinen Anwalt bereits informiert. Er ist darauf eingestellt, bei Ihrem Eintreffen hierherzukommen, um mir beizustehen.»

«Ich denke, es sollte kein Problem darstellen, Ihren Anwalt auf das Revier zu bestellen, Herr Kannenhenkel.» Kappe fand, dass zunächst genug der Worte gewechselt waren. «Ich würde Sie gern ohne behördlichen Zwang in unseren Wagen bitten. Schließlich wollen wir nicht unnötig für spektakuläre Bilder sorgen.» Er wies auf den Kadett mit heruntergedrehter Scheibe, in dem der *Berliner-Blitz*-Fotograf mit der Kamera in der Hand wartete. «Wenn Sie es darauf anlegen, haben wir aber auch Handschellen dabei, Herr Kannenhenkel.»

Der Schauspieler knöpfte sein Jackett zu. «Nein, darauf kann ich verzichten.»

«Nicht schlecht!» Josef Bolp betrachtete die Fotos von Kannen-henkels Verhaftung. Schwarz-Weiß-Bilder taten Artikeln über Verbrechen gut. Illustrierte und Journale druckten heutzutage vornehmlich Farbfotografien ab. Das mochte für Bilderserien von schönen Frauen oder großartiger Natur hilfreich sein, ein Böse-wicht wirkte in Schwarz-Weiß jedoch viel eindrucksvoller. Insbesondere wenn der Fotograf das Bild gut inszenierte.

Martin Glämmer hatte ganze Arbeit geleistet. Die Fotos zeigten jene Unschärfe, die Bilder aus Krisengebieten kennzeichnete. Es wirkte, als hätte Glämmer sein Leben riskiert, um die Aufnahmen machen zu können. Dabei wusste Bolp, dass Kannenhenkel in einem beschaulichen Viertel draußen am Wannsee wohnte.

Glämmer saß Bolp gegenüber. Er grinste nur und reichte ihm weitere Bilder über den Schreibtisch. Neue Motive waren allerdings nicht dabei. Bolp schob die Fotos zu einem Stapel zusammen. Obenauf lag ein Bild, das zeigte, wie Kannenhenkel mit geschlossenen Augen zwischen den Polizeibeamten die Straße überquerte. Er hatte seinen Kopf gesenkt, so als wäre der Richterspruch bereits erfolgt.

Bolp tippte auf die Ablichtung und sagte: «Das ist der Beweis, dass wir recht hatten. Der Mann ist überführt!» Er sah die Schlagzeile auf der Titelseite schon vor sich: *Kurt Kannenhenkel in Haft – endlich handelt die Polizei.*

«Nun bekommt der Kerl, was er verdient», ergänzte Glämmer, und er klang so zufrieden, als hätte er bei einer Safari einen Löwen erlegt.

Bolp schaute auf. So kannte er den Kollegen gar nicht. Normalerweise schob Glämmer seinen Dienst ohne besonderen Eifer. Ohnehin erschien ihm der Fotograf mit seinem Schnurrbart und den karierten Hemden, als lebte er noch in den gemütlichen Fünfzigern. So wie Bolp den Kollegen einschätzte, ging es Glämmer vor allem darum, dass auf seinem Gehaltsstreifen am Ende des Monats ein üppiger Betrag stand, und nicht um Inhalte. Das fand Bolp in Ordnung, solange der Mann tat, was er ihm auftrug. In diesem Fall schien er jedoch besonderes Engagement zu zeigen, denn Glämmer schlug auf den Tisch und rief: «Hoffentlich sperren die das Schwein für immer weg! Schade, dass es keine Todesstrafe mehr gibt für solche wie den!»

«Mensch, Glämmer, das sind ja Sprüche!» Bolp legte die Fotos in die Ablage zu den Artikeln für die morgige Ausgabe. «Ich wusste gar nicht, dass Politik Sie derart bewegt.»

«Politik?»

«Na, darum geht es hier doch. Wir zeigen unseren Lesern, was für verbrecherische Kreaturen diese linken Brüder sind.»

«Kannenhenkel?» Es fehlte nicht viel, und Glämmers Gesicht hätte sich zu einem Fragezeichen verformt.

«Kennen Sie den Mann etwa nicht?»

«Na ja, doch. Aus dem Fernsehen. Mit Theater habe ich es nicht so, aber ich habe schon gehört, dass er auch auf der Bühne steht.»

«Bei den Demonstrationen ist er Ihnen nie aufgefallen? Sie müssen doch Dutzende von diesen Zusammenrottungen fotografiert haben.»

Glämmer zuckte mit den Schultern.

«Ich fasse es nicht!» Bolp seufzte. Er betrachtete den Fotografen, der sich um die wirren Ansichten des Schauspielers keine Gedanken zu machen schien. Doch warum war er dann so froh über dessen Verhaftung? «Was interessiert Sie dann an dem Fall?», fragte Bolp deshalb seinen Kollegen.

«Na, Yvonne.»

«Sie kannten das Opfer?»

«Ja.» Glämmer klang, als sagte er das Selbstverständlichste der Welt.

«Sie besuchen die Kurfürstenstraße?»

«Nein, natürlich nicht!» Nun war der Fotograf entrüstet. «Wir haben unsere Termine telefonisch vereinbart.»

«Sie und Yvonne ...» Bolp musste sich kurz sammeln. «Mensch, Glämmer! Das sagen Sie erst jetzt?»

«Na ja, mich hat ja keiner gefragt», antwortete der Fotograf kleinlaut.

«Sie haben aber mitbekommen, dass der Mord heute früh auf unserem Titel war?», höhnte Bolp.

«Das Archivbild scheint mir gut gewählt und der Artikel sehr gelungen.»

Versuchte der Kerl, sich mit Komplimenten aus der Affäre zu ziehen? Das würde Bolp ihm nicht durchgehen lassen. «Glämmer! Es geht hier nicht um meine Schreibkünste! Es geht darum, dass Sie offenbar Informationen haben, die ich gut gebrauchen kann!»

«Aber mich hat doch keiner gefragt …»

Bolp musste sich zusammenreißen, um nicht aufzuspringen und den Kerl ordentlich durchzuschütteln. So schwer von Verstand konnte doch keiner sein! Obwohl – so wie Glämmer dasaß, dieses Häufchen Elend … Also gut, ganz ruhig! Bolp atmete durch, dann sagte er: «Jetzt frage ich Sie: Was können Sie mir über Monika Mönningsee alias Yvonne berichten?»

«Sie war eine tolle Frau. Sie hat sich vorher und hinterher immer genug Zeit genommen. Mit ihr konnte ich über alles reden. Ich habe sie natürlich bezahlt, aber für mich war sie mehr als eine Dirne.»

Kaum zu glauben, Glämmer hatte sich doch tatsächlich in eine Nutte verliebt! Bolp musste aufpassen, dass er nicht loslachte. Doch halt! Da war noch eine Ungereimtheit. «Wo haben Sie das Püppchen eigentlich aufgegabelt? Haben Sie doch mal auf der Straße gejagt?»

«Nein, nein!», rief Glämmer. «Sie hat mal in der Joju-Bar gekellnert. Ist schon ein paar Jahre her. Sie müssten sie eigentlich auch gekannt haben.»

Warum sollte ich auf eine Kellnerin achten?, fragte sich Bolp in Gedanken. Sie bringt Bier, im besten Fall auf hübschen Beinen. Eine Bedienung gehörte seiner Meinung nach zum Interieur wie ein Regal oder eine Lampe, sie war austauschbar. Bolp zuckte nur mit den Schultern.

«So achtet eben jeder auf etwas anderes», sagte Glämmer mit einem verbitterten Unterton. «Mir wäre es lieber gewesen, von diesem Kannenhenkel auch weiterhin keine Notiz nehmen zu müssen. Doch dieser Verbrecher musste ja ausgerechnet Yvonne ermorden.»

Otto Kappe saß im Verhörraum und wartete. Der Anwalt flüsterte Kurt Kannenhenkel Worte ins Ohr. Schon seit einer Ewigkeit redete der Advokat auf seinen Mandanten ein. So kam es Kappe jedenfalls vor.

Er schaute zu Hans-Gert Galgenberg an seiner Seite. Der Kollege spielte gelangweilt mit seiner Kaffeetasse herum. Dann stellte er sie auf seinem Notizbuch ab, das auf dem Tisch vor ihm lag, nur um sie sogleich wieder anzuheben und neben dem Büchlein zu platzieren.

Der Anwalt schien alle nötigen Hinweise losgeworden zu sein, denn er sagte laut: «Meine Herren, wir sind so weit. Sie können meinen Mandanten nun befragen.»

Kappe nahm seine Aufzeichnungen zur Hand und begann mit der Vernehmung. «Zunächst für das Protokoll: Kurt Kannenhenkel, geboren am 2. Oktober 1938 im Berliner Stadtbezirk Neukölln. Beruf Schauspieler. Ist das so weit richtig?»

«Das ist korrekt», antwortete Kannenhenkel.

«Dann können wir ja zur Sache kommen.» Kappe zog den *Berliner Blitz* aus seinen Unterlagen und legte ihn vor Kannenhenkel auf den Tisch. «Was ist passiert, nachdem Frau Monika Mönningsee am vergangenen Dienstag in Ihren Wagen gestiegen ist?»

«Herr Kriminaloberkommissar», mischte sich der Anwalt ein, «unterlassen Sie bitte derartige Suggestivfragen! Sie unterstellen damit, dass mein Mandat mit der genannten Dame in Kontakt gekommen ist. Dabei haben Sie lediglich einen vagen Artikel aus einer Boulevardzeitung als Beleg für Ihre Behauptung. Und das auch noch von einem Schmierfinken, der meinen Mandanten bei jeder sich bietenden Gelegenheit verreißt. Wir kennen diesen Bolp ganz genau.»

«Wie Sie wünschen.» Kappe tippte auf die Zeitung. «Herr Kannenhenkel, entspricht es der Wahrheit, dass die Prostituierte Monika Mönningsee alias Yvonne am vergangenen Dienstag zu Ihnen in den Wagen stieg?»

«Ich empfehle meinem Mandanten, diese Frage nicht zu beantworten, da er sich eventuell selbst belasten könnte», sagte der Anwalt flugs.

Galgenberg, der wieder mit seiner Tasse herumspielte, ließ sie auf den Tisch krachen.

Kannenhenkel hob die Hand. «Ich möchte das aufklären. Ich habe Monika am vergangenen Dienstag getroffen. Sie ist tatsächlich zu mir in den Wagen gestiegen, und wir sind zu ihrer Wohnung gefahren. Unterwegs haben wir uns ein bisschen über alte Zeiten unterhalten. Dann ist sie nach oben gegangen, und ich bin nach Hause gefahren. Das ist die ganze Geschichte.»

Für einen Moment herrschte Stille am Tisch. Der Anwalt sah so beleidigt aus, als hätte ihm jemand Wein ins Gesicht gekippt. Galgenberg hielt die Kaffeetasse fest umklammert und schien in der Bewegung erstarrt. Kappe betrachtete die Szenerie und ließ sich die Worte des Schauspielers durch den Kopf gehen. Die wenigen Sätze ließen so viele Fragen offen, dass er gar nicht wusste, wo er anfangen sollte. Vielleicht war es das Beste, erst einmal beim Tathergang zu bleiben. «Was hat Sie denn in die Kurfürstenstraße geführt?», fragte er.

«Ich kam von einem Treffen mit einem Fernsehregisseur, und mein Heimweg führte mich über die Kurfürstenstraße. Das können Sie gern überprüfen. Ich gebe Ihnen seine Telefonnummer.»

«Später. Erzählen Sie weiter!»

«Jedenfalls stand die Ampel auf Rot. Und während ich darauf wartete, dass sie umsprang, trat Monika an mein Fenster. Sicher wollte Sie einen Freier auftun, aber dann hat sie mich erkannt. Sie sagte mir, dass sie ohnehin Feierabend machen wolle. Daher bot ich ihr an, sie nach Hause zu bringen, und sie stieg zu mir in den Wagen.»

Kannenhenkel berichtete darüber, als sei es das Normalste der Welt. Kappe rief sich ins Gedächtnis, dass er einen Schauspieler vor sich hatte, einen Mann, der es gewohnt war, die absonderlichsten Rollen glaubhaft zu spielen.

«Woher kannten Sie die Dame denn?», fragte Galgenberg in Kappes Schweigen.

«Wir haben zusammen gearbeitet. Bevor Monika ihrem jetzigen Gewerbe nachging.» Kannenhenkel hob die Hände und schien etwas an den Fingern abzuzählen. «Es muss jetzt sieben, acht Jahre her sein. Ich habe an der Max-Reinhardt-Schule Schauspiel studiert und mir abends gelegentlich ein paar Mark dazuverdient, indem ich für eine Bar die Einkäufe gefahren habe. Monika war Kellnerin dort.»

«Um welches Lokal handelte es sich?», fragte Galgenberg und zückte seinen Stift.

«Die Joju-Bar.»

«Die Bar von Herrn Juhl?», fragte Galgenberg erstaunt zurück. «Das scheint mir eine ziemlich zwielichtige Adresse für einen Studentenjob zu sein!»

«Mein Mandant wird keinerlei Aussagen zur Seriosität ehemaliger Arbeitgeber machen!» Der Anwalt blies seinen Brustkorb auf wie ein Gockelhahn.

«Das ist in Ordnung. Art und Ausrichtung der Joju-Bar sind ja allgemein bekannt», sagte Kappe. Er wandte sich wieder Kannenhenkel zu. «Sie sagten, dass Frau Mönningsee seinerzeit als Bedienung arbeitete. Sie sind sicher, dass sie den Gästen nicht anderweitig zu Diensten stand?» Kappe warf einen scharfen Blick zum Anwalt und ergänzte: «Alles, was wir über das Mordopfer erfahren können, hilft uns, den Fall zu lösen.»

«Sie arbeitete lediglich als Kellnerin, zumindest damals, als ich auch für die Joju-Bar tätig war.»

«Was macht Sie da so sicher?»

Der Anwalt wollte intervenieren, doch Kannenhenkel hob die Hand und antwortete: «Ich hatte ein kleines Techtelmechtel mit

Monika. Allerdings nur für ein paar Wochen. Ich bin nach dem Schauspielabschluss für ein paar Monate nach Amerika gegangen. In dieser Zeit haben wir uns aus den Augen verloren. Denn dort habe ich meine heutige Frau kennengelernt.»

Der Junge mit der Gitarre trug das Haar so lang, dass sein Gesicht kaum zu sehen war. Er sang *The times they are a-changin'* und versuchte dabei so zu nuscheln, wie es Bob Dylan in der Originalaufnahme tat. Das gelang ihm ganz gut, fand Peter Kappe.

Peter schaute sich in dem Raum in der dritten Etage der Kaiser-Friedrich-Straße 54a um. Überall lagen Matratzen, auf denen Menschen herumlümmelten. Dazwischen standen Bierflaschen und Aschenbecher. Ein bisschen wirkte die Szenerie in der Kommune I, als wären alle zu früh zu einer Geburtstagsparty gekommen. Oder aber, als wären die hartgesottensten Gäste von der Feier des Vortags übrig geblieben. Durch eine offene Tür konnte Peter im Nebenzimmer einen Tisch mit einer Schreibmaschine erblicken. Auf dem Stuhl davor thronte ein Student in Denkerpose. Er schien von dem ganzen Trubel ringsherum nichts mitzubekommen.

«Kommt her und setzt euch!», rief Rüdiger Engelhardt. Er saß auf einer Matratze gleich rechts neben der Tür, in der Peter mit Stefanie Richter stand. Rüdiger hielt eine Bierflasche in der einen und einen Joint in der anderen Hand. Dennoch fuchtelte er mit den Armen herum, als hätte seine Matratze Seegang.

Stefanie zog Peter hinter sich her zu zwei freien Sitzkissen. Rüdiger spielte derweil Alleinunterhalter. Neben ihm saß Rosi, die Peter vom Konzert kannte. Außerdem lungerten zwei Typen namens Ralli und Hoffi in der Ecke. Doch die beiden waren bereits derart stoned, dass sie kaum noch die Hände zum Gruß heben konnten.

Rüdiger reichte Stefanie einen Joint und sagte gleichzeitig zu Peter: «Das wird ja Zeit, dass du mal hier aufschlägst. Ich hatte schon befürchtet, du versinkst in deinem Studium und lässt dich durch die bürgerlichen Konventionen vom echten Leben abhalten.»

«Wie du siehst, tue ich das nicht», entgegnete Peter und nahm den Joint von Stefanie entgegen. Eigentlich verspürte er keine besondere Lust aufs Kiffen, doch solange er die Tüte im Mund hatte, musste er wenigstens nichts sagen.

«Deine Ohrringe sind voll strange!», jauchzte Rosi und zeigte auf Stefanies Kopf.

Erst jetzt bemerkte Peter die Lederflechtkunst unter ihrem Haar. Die Figur an ihrem Ohr sah aus, als hätte jemand einen Stern mit einer exotischen Blüte gekreuzt. Je länger Peter sie betrachtete, desto größer schien das Ding zu werden. Oder lag das am Gras? Er reichte den Joint schnell an Rüdiger weiter.

«Die hab ich mir letzten Sommer in so einem kleinen Laden gekauft», erzählte Stefanie. «Da hinten in der ...»

Peter verstand die folgenden Worte nicht, denn der Junge mit der Gitarre brüllte just in diesem Moment: «*You can learn how to be you in time / It's easy ...*» Da Peter an Lederschmuck nur begrenztes Interesse hatte, hörte er dem Sänger zu. Im Gegensatz zum Dylan-Nuscheln gelang dem der kehlige John-Lennon-Gesang nicht so gut. Immerhin, im Refrain fiel eine Frau in den Gesang ein. Zwar klang *All you need is love* nun immer noch nicht nach den Beatles, aber doch ziemlich hymnisch. Peter merkte, wie er mitsummte.

«Der macht das gut, der Holly», sagte ein Mann mit Nickelbrille und langen Loden.

Peter erkannte Ralf Frohbert, der schon beim Konzert um Rosi herumscharwenzelt war, hob die Hand zum Gruß und fragte: «Holly?»

«Na ja, eigentlich heißt er Holger. Aber Holly passt besser, findet er. Und ich auch.» Ralf sprach in einem eigentümlichen Ton, er flüsterte beinahe, so als wollte er seine Zuhörer mit den Worten hypnotisieren. Er setzte sich neben Rosi und nahm sie wie selbstverständlich in den Arm. Die beiden gaben ein

Paar wie aus einem fantastischen Bilderbuch ab. Wie zwei Rockstars aus dem Elfenwald. Prompt fingen die beiden an herumzuknutschen.

Stefanie schien nicht begeistert, dass der Mann ihre Gesprächspartnerin in Beschlag genommen hatte. Sie zog am Joint und sagte in den Rauch hinein: «Wir sollten über unseren Spaß nicht das Leid vergessen, dass manche unserer Genossen in diesen Tagen ertragen müssen. Denkt nur an Kurt!»

«Kurt?» Rüdiger hatte ein neues Bier aus dem Kasten hinter seiner Matratze genommen und lallte inzwischen gehörig.

«Na, Kurt Kannenhenkel», rief Stefanie, «der Schauspieler! Die Polizei hat ihn inhaftiert.» Sie hielt den Joint in die Höhe wie eine Fackel. «Die deutsche Obrigkeit lässt den Mörder von Benno Ohnesorg laufen, und Kurt stecken sie unter fadenscheinigen Gründen ins Zuchthaus!»

Vorläufig sitzt er nur in Untersuchungshaft, dachte Peter, nahm Stefanie die Tüte aus der Hand und zog daran.

Für einen Moment war nur der Junge mit der Gitarre zu hören. Er arbeitete sich weiter am Œuvre der Beatles ab und sang *Lucy in the sky with diamonds*.

«Da müssen wir dringend eine Aktion planen», lallte Rüdiger.

«Ja, wir setzen der Hetze der imperialistischen Boulevardpresse etwas entgegen!» Stefanie geriet in Rage.

Die anderen am Tisch zeigten weniger Enthusiasmus. Ralf knutschte immer noch mit Rosi herum, Rüdiger trank Bier, Ralli und Hoffi schienen inzwischen zu schlafen.

«Wir kriegen unseren Genossen frei!», rief Stefanie unverdrossen.

Ralf ließ von der Schönheit in seinem Arm ab und betrachtete Stefanie mit einem süffisanten Grinsen. «Du hast absolut recht, hübsche Frau! Wir werden uns gleich morgen zusammensetzen.»

Peter gefiel der Ton überhaupt nicht. Doch was sollte er tun?

Die Hand von Stefanie ergreifen, als wäre die sein Beisitz? Das schien ihm hier in der Kommune I nicht so recht passend.

«Aber erst mal holen wir uns die richtige Inspiration dafür. Ich kenne einen Laden gleich um die Ecke, da kriegen wir die besten Pillen für freie Gedanken. Kommt mit!», rief Rüdiger.

FÜNF
Dienstag, 26. März 1968

OTTO KAPPE fühlte sich schlecht an diesem Morgen. Er hatte sich die gesamte Nacht im Bett herumgewälzt und kein Auge zugetan. Glaubte er Kurt Kannenhenkel die Geschichte mit der alten Bekannten? Hätte der Schauspieler im Beisein dieses scharfen Hunds von Anwalt so freimütig berichtet, wenn er etwas zu verbergen hätte? Würde Kannenhenkels Frau, die gestern noch auf das Revier gekommen war, allerdings nichts zur Sache hatte beitragen können, so bedingungslos zu einem kaltblütigen Mörder halten? Wenn der Kerl nur kein Schauspieler wäre! Kappe hatte das Gefühl, dass der junge Mann unschuldig sei – aber er misstraute seinem eigenen Instinkt.

Für seinen Vorgesetzten, den Kriminalrat Friedhelm Keunitz, schien der Fall indes abgeschlossen zu sein. Der Chef war eigens zu Kappe und Hans-Gert Galgenberg ins Büro gekommen und hielt schon seit Minuten einen Monolog. Nein, zufrieden klang der Kriminalrat nicht, auch wenn bereits vier Tage nach dem Leichenfund ein Tatverdächtiger in Untersuchungshaft saß.

«Wie konnte es nur dazu kommen, dass dieser Reporter vom *Berliner Blitz* den Mörder vor uns entdeckt hat? Ist der besser als die Polizei?», fragte Keunitz bereits zum dritten Mal. Er stand steif im Büro und wartete keine Antwort ab, sondern fuhr ohne Atempause fort: «Sie sind doch eigentlich zwei erfahrene Ermittler. Und Ihnen stehen alle Möglichkeiten unserer Behörde zur Verfügung. Sie bringen doch sonst immer gute Ergebnisse.»

Kappe hasste diese Art von vergiftetem Lob. Schon in der Schule war ihm wiederholt gesagt worden, dass er eigentlich gar nicht dumm sei. Was für eine impertinente Frechheit! Denn das «eigentlich» implizierte ja nichts anderes, als dass er sich «uneigentlich» als ziemlich dumm erwiesen hatte.

«Nun, sehen wir es als eine glückliche Fügung des Schicksals an, dass dieser Kannenhenkel nach dem Erscheinen des Zeitungsartikels nicht geflohen ist, sondern artig auf die Polizei und seine Verhaftung gewartet hat.» Keunitz schien sich langsam zu beruhigen.

Das ist im Grunde nur ein weiteres Indiz für die Unschuld des Schauspielers, dachte Kappe.

«Ich möchte mir gar nicht vorstellen, was im bunten Blätterwald der Stadt los gewesen wäre, wenn sich dieser Kerl aus dem Staub gemacht hätte», fuhr der Kriminalrat fort.

Das mochte sich Kappe auch nicht ausmalen.

Keunitz hob die Hand und zeigte mit dem Finger abwechselnd auf Kappe und Galgenberg. Dabei sagte er feierlich: «Nun erscheint mir Ihre Aufgabe ganz einfach. Schaffen Sie Beweise heran – für die Schuld dieses Schauspielers!» Das letzte Wort spuckte der Kriminalrat förmlich aus, als handelte es sich um ein altes Kaugummi. Anscheinend war die Gardinenpredigt des Chefs nun beendet. Denn Keunitz schwieg. Genauso wie Kappe und Galgenberg.

Ein Pochen unterbrach die Stille. Es kam von der Tür.

«Ja, bitte!», rief Keunitz.

Wuttke von der Spurensicherung trat ins Büro, erblickte Keunitz und stammelte: «Oh, der Herr Kriminalrat weilt zur Besprechung. Ich wollte nicht stören.»

«Nein, nein, wir sind fertig», sagte Keunitz. «Was bringen Sie den Herren denn?»

Wuttke hielt ein paar Papiere in die Höhe. «Das sind Asservate des Falls Mönningsee.» Er kam zum Schreibtisch und fügte hinzu: «Asservate und eine Abschrift.»

«Na, dann zeigen Sie mal her!» Keunitz winkte den Mann von der Spurensicherung zu sich.

«Dies hier ist der Taschenkalender, den wir in Frau Mönningsees Wohnung gefunden haben», sagte Wuttke und legte das zerfledderte Buch auf den Tisch. «Sie wissen ja, dass einige der Seiten herausgerissen worden waren. Daher haben wir die oberste vorhandene Seite gründlich untersucht.» Wuttke hielt den Kalender in die Höhe. Dieser steckte in einer Folie und war über und über mit einer Art schwarzem Pulver bedeckt. Einzelne Striche zeichneten sich darauf ab.

Kappe nahm den Kalender entgegen und versuchte, die Striche zu Buchstaben und Worten zusammenzusetzen. Es gelang ihm nicht.

«Geben Sie sich keine Mühe. Ohne Hilfsmittel werden Sie nichts erkennen.» Wuttke wedelte mit einem weiteren Blatt Papier herum und fuhr fort: «Wir haben anhand der Abdrücke, die Frau Mönningsees Stift hinterlassen hat, mehrere Namen identifizieren können, allerdings können sie nicht mit Sicherheit einem Datum zugeordnet werden. Doch wir gehen stark davon aus, dass es sich um Einträge aus den letzten drei Tagen vor dem Tod des Opfers handelt. Denn nur diese Datumsseiten fehlten.»

Aufgeregt nahm Kappe dem Kollegen von der Spurensicherung das Blatt aus der Hand und las vor: «*14 Uhr Rüdiger Engelhardt, 15 Uhr privat, 20.30 Uhr Ferdinand Meerbusch, 21 Uhr Martin Glämmer, 22 Uhr privat.*» Kappe stutzte. Meerbusch, so hieß doch Peters Professor, und den Namen Rüdiger Engelhardt hatte sein Sohn auch schon einmal fallen gelassen. Kappe legte das Papier auf den Schreibtisch und rief: «Da haben wir drei Namen. Wuttke, Sie sind eine Wucht!»

«Wir tun, was wir können.» Der Mann von der Spurensicherung hob die Hände, als wollte er sich entschuldigen. «Übrigens haben wir auf der Innenseite des Deckels auch die Telefonnummern der betreffenden Personen gefunden. Wir haben sie auf der Rückseite notiert.»

«Wohl dem, der tut, was er kann, sagten schon unsere alten Dichter», schaltete sich Galgenberg ein.

Kappe guckte den Kollegen strafend an. Schon wieder spielte Galgenberg den Sprücheklopfer, wahrscheinlich färbte seine Frau Sabine auf ihn ab, die Buchhändlerin war. Doch dieses Mal hatte der Kollege nicht einmal eine ordentliche Quelle zu nennen gewusst. Kappe beschlich das Gefühl, dass sich Galgenberg das Zitat gerade erst ausgedacht hatte.

Keunitz ergriff das Wort. «Nun, meine Herren, wir wollen doch nicht vergessen, dass wir bereits einen Täter haben. Jetzt gilt es, den Staatsanwalt mit stichhaltigen Beweisen für eine erfolgreiche Anklage auszustatten.»

«Selbstverständlich, Herr Kriminalrat», sagte Kappe. «Freilich werden wir dafür auch ein paar Zeugen befragen müssen.»

«Hm.» Keunitz klang nicht überzeugt. «Hauptsache, Sie investieren Ihre Kraft an der richtigen Stelle und belästigen keine unbescholtenen Bürger. Wir haben uns verstanden, oder?»

Peter Kappe betrat die Bibliothek und genoss die Stille. Auch wenn er das LSD dankend abgelehnt hatte, steckte ihm der vergangene Abend in dem finsteren Kellerloch noch in den Knochen. Bis nach zwei Uhr nachts war er mit den Kommunarden unterwegs gewesen, schon kurz nach Mitternacht nicht mehr aus Spaß, sondern lediglich um Stefanie nicht den lüsternen Blicken von Rüdiger Engelhardt und den anderen zu überlassen. Wurde er zum Spießer? Nein, so etwas wollte er sich gar nicht erst einreden. Schließlich wurde die Liebe ja nicht in einer Kleingartensiedlung erfunden. Natürlich war Liebe ein großes Wort für seine Empfindungen für Stefanie. Doch auch wenn er seinen Zustand lediglich als Verliebtsein bezeichnete, musste er Stefanie ja nicht gleich mit irgendwelchen Typen auf die Kommunenmatratzen schicken.

Peter stellte sich vor den Registerschrank und schaute auf die Literaturliste, die ihm Prof. Dr. Meerbusch gegeben hatte. Dessen aktuelles Forschungsprojekt befasste sich ausgerechnet mit den Auswirkungen der Prostitution auf die Psyche der Frauen. Vielleicht fand er beim Exzerpieren der Texte auch Material, das er für den Fall Kannenhenkel gebrauchen konnte. Er zog eine Schublade auf und blätterte in der Sammlung. Weit kam er nicht, denn jemand tippte ihm auf die Schulter. Stefanie.

Mit Handzeichen bedeutete sie ihm, mit nach draußen zu kommen. Er folgte ihr schweigend durch den Lesesaal. Während er durch die Gänge schlurfte, schien sie geradezu zur Tür zu schweben. Wieso war sie nicht müde?

Auf dem Flur umarmte sie Peter und flüsterte ihm ein «Guten Morgen!» ins Ohr, sodass ihm ein wohliger Schauer über den Rücken lief. Dann küsste sie ihn — Peter hatte das Gefühl, der Boden unter seinen Füßen würde wanken.

Als sie ihn losließ, sagte sie: «Ich bin nur kurz auf dem Weg zum SDS vorbeigekommen. Wir wollen die Flugblätter für Kurt vorbereiten. Willst du mich begleiten?»

Peter kam es vor, als würde die Welt mit einem Ruck aufhören sich zu drehen. «Ich habe gerade ziemlich viel für Meerbusch zu tun», murmelte er.

Sie sah ihn an, als hätte er angekündigt, in die CDU einzutreten.

«Schau, Stefanie, ich recherchiere sogar zur Angelegenheit Kurt Kannenhenkel. Ich befasse mich für Meerbusch mit der Problematik der Prostitution. Vielleicht kann ich hier in der Bibliothek auch meinen Teil für die Sache tun.»

«Was hat denn das mit Kurt zu tun?»

«Nun ja, er soll schließlich eine Prostituierte ermordet haben.»

«Das glaubst du doch nicht im Ernst?» Sie trat einen Schritt zurück und sah ihn an, als wäre er ein Fremder.

«Vielleicht hilft es, auch die Seite des Opfers zu betrachten.» Ganz abgesehen davon, dass Kannenhenkel offenkundig zumindest in irgendeinem Kontakt mit der Ermordeten gestanden hat, dachte Peter. Doch das sprach er lieber nicht an.

«Und was willst du dann tun? Auf Flugblätter schreiben, dass ein Opfer der schlimmsten Form der kapitalistischen Ausbeutung zu beklagen ist?» Stefanie schüttelte den Kopf, als wäre er ein Student und sie eine nachsichtige Prüferin, die ihm wenigstens zu einer Vier verhelfen wollte. «Selbstverständlich verdient auch das Opfer unsere Aufmerksamkeit. Doch in erster Linie geht es darum, dass einer der Unseren von den Häschern des Systems eingekerkert worden ist.»

Peter fand ihre Wortwahl ziemlich übertrieben. Jemanden wie seinen Vater als einen *Häscher des Systems* zu bezeichnen, schien ihm nun doch weit hergeholt. Und von einem *Kerker* konnte auch keine Rede sein. Doch im Grundsatz hatte sie recht.

«Kurt ist doch auch ein Mensch. Er hat Familie. Und Kollegen.» Stefanie trat wieder näher an ihn heran und sagte leise: «Es geht nicht nur um die Polizei und die Justiz. Das ganze System begeht vor unseren Augen einen Rufmord an Kurt. Wollen wir das zulassen?»

«Nein, natürlich nicht.» Peter suchte nach Worten. Selbstverständlich wollte er helfen, doch Meerbuschs Aufgaben drängten. Nur konnte man ja keine Revolution wegen offener Hausaufgaben ausfallen lassen.

«Gut.» Stefanie klang mit einem Mal ganz sachlich.

«Es ist doch nur ...», stammelte Peter. «Ich meine, glaubst du wirklich, ich kann euch bei den Formulierungen für das Flugblatt helfen?» Er fand seine Sicherheit wieder. «Vielleicht ist es sinnvoll, wenn wir die Sache von verschiedenen Seiten angehen. Ich versuche etwas über die Hintergründe des Falls herauszufinden, und du planst mit dem SDS die Aktionen.»

«Du meinst, ich tue etwas, und du denkst nach?», höhnte Stefanie.

Peter fand ihre Worte ein wenig selbstgerecht. Schließlich hatte auch er auf der Straße demonstriert, erst vor ein paar Tagen, gemeinsam mit ihr. Außerdem lag ihm der Spruch auf den Lippen, dass dem Handeln stets das Denken vorausgehen sollte. Doch er zwang sich, ruhig zu bleiben, und antwortete: «Noch geht es ja nur um die Vorbereitungen.»

«Also, wenn wir die Flugblätter verteilen, bist du dabei?», fragte sie in einem friedlicheren Tonfall.

«Selbstverständlich. Da kannst du zu hundert Prozent auf mich zählen.»

«In Ordnung», sagte Stefanie. Sie gab ihm einen Kuss und eilte davon.

An das Sammelgrab in der Friedhofsanlage am Halleschen Tor hatte sich nur eine Handvoll Menschen verlaufen. Der Pfarrer und ein Totengräber standen neben der schmucklosen Urne. Außer ihnen und Otto Kappe waren nur noch drei weitere Personen anwesend: der Bruder der verstorbenen Monika Mönningsee, deren Nachbarin und eine Frau mit einem schwarzen Minikleid über schwarzen Strumpfhosen. Auch wenn Letztere sich betont dezent geschminkt hatte, vermutete Kappe, dass es sich um eine Kollegin der Ermordeten handelte.

Otto Kappe war allein auf den Friedhof gekommen, um die Trauergemeinde zu beobachten. Hans-Gert Galgenberg hatte er damit beauftragt, Adressen zu den Namen und Telefonnummern aus dem Kalender der Toten zu ermitteln. Nun hielt Kappe seinen Hut in der Hand und trat zu Dieter Mönningsee. Der Bruder war mit einem schwarzen Anzug bekleidet, der augenscheinlich funkelnagelneu war. Vermutlich trug der Mann nicht oft Anzüge, denn er sah aus, als hätte er sich verkleidet. Auch der exakt gezogene Scheitel wollte nicht recht zu ihm passen.

Kappe strecke Mönningsee seine Hand entgegen. «Mein aufrichtiges Beileid!»

«Vielen Dank, Herr Kommissar.» Mönningsee ergriff Kappes Hand und drückte sie fest. Er flüsterte beinahe, als er sagte: «Das ist das Los unserer Familie. Ich bin der Letzte der Mönningsees. Allein bis in den Tod.» Es schien, als wollte er Kappes Hand gar nicht wieder loslassen. «Wenn ich irgendwann meinen letzten Weg antrete, wird wohl niemand Kenntnis davon nehmen.»

Kappe schwieg betroffen.

Der Pfarrer erlöste ihn, indem er sich räusperte und zu einer kurzen Rede anhob. «Sehr geehrte Trauernde, jeder Abschied ist schwer. Doch besonders schmerzt es, Menschen zu verlieren, die Gott in so jungem Alter zu sich geholt hat. Schnell fragt sich dann manch einer, warum gerade ein so junges Lamm aus dem Leben scheiden musste. Wir werden das niemals ergründen können. Es bleibt nur der Schmerz.»

Kappe hörte, wie der Bruder der Verstorbenen zu schluchzen begann.

Der Pfarrer zählte eilig einige Lebensdaten der Verstorbenen auf, Geburtsdatum, Schulabschluss, Tod der Eltern. Dann schloss er blumig: «Wir alle wissen, dass der Herr im Himmel auch ein großes Herz für die Sünder hat. Das gibt uns Hoffnung für unser Dasein auf Erden. Es ist die Gnade Gottes, die uns allen Erlösung ist. Und so übergebe ich die Überreste von Frau Monika Mönningsee der geweihten Erde unseres Schöpfers.»

Der Totengräber hob die Urne an und ließ sie an einem groben Strick in das winzige Loch hinab, das im Rasen klaffte. Dieter Mönningsee trat an das anonyme Grab heran und warf mit einem Schäufelchen Erde in das Loch. Nach ihm waren die Nachbarin und die mutmaßliche Kollegin der Verstorbenen an der Reihe. Der Pfarrer tat es ihnen gleich und verabschiedete sich danach flugs. Der Totengräber verneigte sich kurz und griff dann zur Schaufel, um das Loch zu füllen.

Die drei Gäste schienen sich nichts zu sagen zu haben, denn sie verließen das Grab einzeln, ohne auf die anderen Trauernden zu achten. Als Erster entfernte sich der Bruder der Ermordeten, er floh geradezu von der Grabstelle. Danach ging die Kollegin, ganz zum Schluss tippelte die alte Nachbarin los.

Kappe trat auf den Kiesweg, der zum Ausgang führte, und schloss zu der jüngeren Frau auf. «Guten Tag, ich bin Kriminaloberkommissar Kappe. Ich würde Ihnen gern ein paar Fragen stellen. Wenn Sie sich jetzt nicht in der Lage fühlen, dann gern zu einem späteren Zeitpunkt.»

«Nein, das ist schon in Ordnung», antwortete die Frau und stellte sich als Gesine Jensen vor. Sie blieb stehen und schaute Kappe fragend an.

«In welcher Beziehung standen Sie zu der Verstorbenen?», fragte Kappe und sah aus dem Augenwinkel, wie Frau Kleema zu ihnen herüberschaute. Doch offenbar überwand sie ihre Neugier und drehte sich nun weg.

«Nun», sagte Frau Jensen, «Sie wissen ja, in welchem Gewerbe Yvonne tätig war. Ich baue einen Verein auf, der sich um die Belange von Prostituierten kümmert. Insbesondere um ihnen dabei zu helfen, wieder in die bürgerliche Gesellschaft zurückzufinden, wenn sie ihre Profession einmal aufgeben.»

«Oh», entfuhr es Kappe, «ich hätte gedacht ...»

«Sie sind doch nicht von der Sitte, oder?»

«Nein, nein!», beeilte sich Kappe zu entgegnen.

«Dann geht es hier ja nicht um mich.»

«Natürlich nicht.» Kappe schwieg einen Moment und fügte schließlich hinzu: «Insofern es jedoch mit der Ermordeten zu tun hat, interessiert mich alles.»

«Nun, dann sagen wir es so: Ich kenne mich in Yvonnes Umfeld ziemlich gut aus.»

Kappe bemühte sich, nicht zu grinsen. Also hatte er mit seiner Vermutung doch richtig gelegen.

«Aber warum wollen Sie das eigentlich wissen, Herr Kommissar? Der Täter ist doch bereits gefasst.»

«In der Tat haben wir einen Verdächtigen. Doch Recht spricht in unserem Land der Richter. Und meine Aufgabe ist es, Beweise für einen Schuldspruch zu sammeln.»

Gesine Jensen nickte. «Also gut. Was wollen Sie von mir wissen?»

«Wie schützen sich die Mädchen eigentlich, damit ihnen nichts zustößt?»

«Bei den meisten kümmert sich der Zuhälter um den Schutz. Den Mädchen, die auf eigene Kasse laufen, empfehle ich immer, die Namen und Adressen ihrer Kunden an sicherem Ort aufzubewahren – in einem Kalender oder dergleichen.»

Kappe zog sein Notizbuch aus der Manteltasche. Da die Ermordete allem Anschein nach Frau Jensens Rat beherzigt hatte, hoffte er auf weitere wertvolle Informationen. «Frau Mönningsee war also freischaffend?»

«Soweit ich weiß.»

«Hatte sie früher einmal einen … sagen wir mal, einen Beschützer?»

«Nun ja …» Gesine Jensen zögerte. «Da bin ich nie so richtig schlau draus geworden. Am Anfang ihrer Karriere hat sie noch bei Juhl in der Bar gekellnert. Und wie ich hörte, hätte der das Mädchen gern weiter verpflichtet, wenn ich das so sagen darf. Doch Yvonne wollte alles und das ganz schnell. Da sie eine Reihe von Stammfreiern hatte, war es für sie anscheinend lukrativer, auf eigene Rechnung anzuschaffen. Sie wollte das Geld beiseitelegen, um dann auszusteigen.»

«Sie meinen, Frau Mönningsee hat sich aus finanziellen Gründen sozusagen selbstständig gemacht?»

«Warum sonst?»

Hastig notierte Kappe die Wörter *Juhl* und *Geld* in sein Notizbuch. In der Wohnung der Ermordeten waren keinerlei Barschaften aufgefunden worden. Bislang hatte er das als Indiz dafür gewertet, dass der letzte Gast die Dienste von Monika Mönningsee ohne Bezahlung in Anspruch genommen hatte. Doch wo waren die Ersparnisse hin? Kam gar ein Raubmord infrage?

Kappe schaute vom Notizblock auf und entdeckte am Ende des Wegs einen Mann. Er mochte um die dreißig sein und trug eine Uniform der Berliner Verkehrsbetriebe. Sein rechter Unterarm war eingegipst. Kaum trafen sich ihre Blicke, zuckte der Mann zusammen und eilte davon.

«Kennen Sie den?», fragte Kappe schnell.

«Nein.»

«Ein eigentümliches Verhalten auf einem Friedhof», sinnierte

Kappe. «Ob dieser Mann Frau Mönningsee die letzte Ehre erweisen wollte?»

«Es wäre nicht das erste Mal, dass ein Freier seiner Dame nachweint.» Gesine Jensen machte eine kurze Pause. «Oder dass gar ein heimlicher Geliebter auftaucht. Wenn Sie nicht schon einen Täter dingfest gemacht hätten, würde so einer natürlich auch einen guten Verdächtigen abgeben.»

Der Mann saß in der Kneipe nur ein paar Meter vom Checkpoint Charlie entfernt und schien in die neueste Ausgabe des *Berliner Blitz* vertieft zu sein. Was für ein denkwürdiges Erkennungszeichen!

Josef Bolp trat an den Tisch und sagte: «Ich glaube, wir sind verabredet.»

«Herr Bölb?» Der Mann sprach dieses Sächsisch, das jeden Vokal zu einem Grunzen verkürzte.

«Der bin ich. Und mit wem habe ich es zu tun?»

«Mei Name dud nüscht zur Sache.» Der Mann trug ein Toupet, das so aussah, als käme es direkt aus einer der berüchtigten Chemiefabriken in Bitterfeld. Er nahm eine Zigarette aus seiner Schachtel und zündete sie mit einem Streichholz an. Nachdem er einen Rauchkringel in die Luft geblasen hatte, fügte er hinzu: «Isch geh ma davon aus, dass meine Informatschionen ooch ohne Absendor gut für Se sind.»

Bolp winkte der Bedienung zu und bestellte Bier, indem er zwei Finger in die Höhe reckte. Dann zündete auch er sich eine Zigarette an.

Der Mann schien keine Eile zu haben. Er faltete seine Zeitung umständlich zusammen und wartete auf die Bedienung. Das Mädchen war flott und brachte die Getränke, bevor das Schweigen peinlich wurde. Kaum war die Kellnerin abgezogen, trank der Mann einen Schluck. «Ei guder Droppen.»

«Das ist ganz normales Schultheiss», erwiderte Bolp. «Auch wenn ich es Ihnen gönne, würde ich doch gern zur Sache kommen.»

«Nu gudd, es geht um Ihrn Begannden Josef Juhl.» Der Mann zog an seiner Zigarette, als erwartete er eine Antwort.

«Was ist los? Hat eines seiner Mädchen Syphilis und einen Funktionär vom Politbüro angesteckt?»

Der Mann bekam einen harten Zug um den Mund. Er trank einen Schluck, entspannte sich wieder und sagte: «Sie sin mir ja ä Spaßvochel. Isch möschte sachen, een Witzbölb, ha!»

Der Mann lacht so dreckig wie ein Bolschewik, der gerade ein paar unliebsame Parteisekretäre in den Gulag geschickt hat, dachte Bolp und fragte: «Also, was dann?»

«Wir ham da ä baar Sorchen, was sein grobn Umgang mid den Mädschen angeht.»

«Oh, die geheimnisvollen Mächte machen jetzt in Feminismus. Das ist freilich eine Story wert», höhnte Bolp.

«Nunne ma Schluss mit de Scherze, mei Freund.» Der Mann pochte mit der Faust auf den Tisch. «Es is uns völlisch egal, wie dor gude Mann de Stuten in seim Stall zum Trabben bringt. Das is euer Gabitalismus, da häng wir uns nich rein. Dor Juhl soll sisch nur nich an den Falschen vergreifen.»

Bolp glaubte sich verhört zu haben. Also fragte er fassungslos: «Juhl hat Stasi-Nutten laufen?»

«Sachn mer ma so, diese odor jene Dame flüstert uns ma was.»

«Und Juhl steckt da mit drin?»

«Was dudn das zur Sache?», entgegnete der Mann.

«Na, hören Sie mal, das ist eine wichtige Information! Was wollen Sie mir sonst erzählen?»

«Übor Juhl habsch jedenfalls keene Ergennnisse mitzuteiln.»

«Weil Sie keine haben oder weil Sie nichts darüber sagen dürfen?»

Der Mann schwieg. Statt eine Antwort zu geben, tat er sich an Bier und Zigarette gütlich.

Da war wohl nichts zu holen. Bolp wollte gerade die Hand heben und um die Rechnung bitten, als der Mann mit dem Kopf schüttelte.

«Nu wartn Se doch emma! Se ham in Ihrm Blatt üba eenen Hurenmord berischtet.»

«Das Mädchen war für euch unterwegs!», rief Bolp.

«Nu lassen Se misch doch emma eenen Gedangen zu Ende bringen.» Der Mann griff sich an die Stirn, als bekäme er gleich Kopfschmerzen.

Das war eines der Probleme, die Bolp mit den Kommunisten hatte: Sie waren lahm wie die Schnecken und kollabierten, sobald etwas nicht nach ihrem Plan lief.

«Was wir sischerstellen wollen, is do nur, dass der Gerl nisch bei der näschsten Gelechenheit vor lauder Blödheit die Falsche übern Jordan jacht. Wir ham in seiner Bar ä baar Mädels, die mir nisch verliern wolln.»

Nun war es Bolp, der einen Moment brauchte. Eine ganze Menge Fragen schwirrten ihm auf einmal durch den Kopf. Die wichtigste stellte er sogleich: «Wie kommen Sie denn darauf, dass Juhl das Mädchen auf dem Gewissen hat?»

«Das is nur Gombination. Alle ham erzählt, dass Juhl die Gleene gern bei sich im Stall gehabt hätte. Un nunne isse tot. Da ergibt eens und eens nunnema zwei.»

«Diese Logik erscheint mir ein bisschen schlicht.»

«Wir sind ja nich der Oborste Gerichtshof. Wir dun, was gedan wern muss. Im Zweifel ooch offn Verdacht hin.» Der Mann lächelte selbstgefällig. «Da sin mer off der Weld ooch nich ganz alleene, nisch wahr, Herr Bölb?»

Bolp merkte, wie sich seine Hand unwillkürlich zur Faust ballte. Warf dieser Kommunist ihm etwa Stasi-Methoden vor? Und das hier, im freien Westen? Am liebsten hätte er dem Kerl das Toupet vom Kopf geprügelt. Doch halt! Er hatte noch eine wichtige Frage. «Wieso kommen Sie mit diesem ungaren Blödsinn ausgerechnet zu mir?»

«Gude Frache, Herr Bölb.» Der Mann grinste und hob die aktuelle *Berliner-Blitz*-Ausgabe in die Höhe. «Sie gehen ja mit Informatschionen immer so sorgfältig um. Un Se sind aus unserer Sicht derjensche, der Leude wie den Juhl zur Vernunft bringen gann.»

«Und warum sollte ich das tun?»

«Nu ja, da habsch Ihnen ä baar Dadsachn und unsre Bewerdung underbreidet. Da wern Se schonne das Richtsche draus machen. Vor allem, wenn Se wieder ma was von mir wissen wolln.»

Die Mutter stand in der Küche und bereitete das Abendbrot vor. Peter Kappe half ihr, indem er Salamischeiben auf dem Teller für den Wurstaufschnitt verteilte.

«Du bist heute so pünktlich, dass Otto noch nicht einmal zu Hause ist», stellte Gertrud Kappe fest. «Da wird dein Vater sich freuen, wenn er kommt.»

Klang da eine Kritik durch das Lob? Peter wollte sich nicht streiten. Schon gar nicht mit seiner Mutter. Das Gespräch mit dem Vater würde schon kompliziert genug werden. Wie sollte er dem dienstbeflissenen Sturkopf nur Informationen zum Mordfall um die Prostituierte und Kurt Kannenhenkel entlocken?

Die Mutter kurbelte an der Brotschneidemaschine herum — eine Scheibe nach der anderen purzelte vom Laib. Ohne aufzublicken, sagte sie: «Bitte sei nachher nachsichtig mit deinem Vater. Er hat gerade viel um die Ohren, und er macht sich Sorgen um dich.»

«Um mich?» Peter fiel eine Scheibe Wurst aus der Hand.

«Ich befürchte, manchmal ist er sich nicht mehr sicher, ob du noch auf dem rechten Weg bist», sagte sie und seufzte.

Wieso sorgen sich neuerdings alle um meine Haltung?, fragte sich Peter. Erst Stefanie, nun der Vater, nein, schlimmer noch, seine Mutter. Bis eben hatte Peter das beruhigende Gefühl verspürt, dass wenigstens sie keine Bekenntnisse von ihm erwartete. «Welches ist denn der rechte Weg?», fragte er.

«Ach Peter, ich kann da nur für mich sprechen. Und ich denke, dass du ein anständiger Junge bist.» Seine Mutter legte das Brot beiseite und seufzte erneut. «Gib doch bitte deinem Vater auch das Gefühl, dass ich mich nicht irre.»

Peter wollte noch etwas dazu sagen, doch in dem Moment öffnete sich die Wohnungstür.

«Hallo!», rief sein Vater durch den Flur und schnaufte, als hätte er einen Sack Kohlen die Treppe heraufgeschleppt. «Ich habe Hunger für eine ganze Kompanie!»

«Wir haben das Essen schon vorbereitet, Otto», antwortete die Mutter. «Komm doch gleich an den Tisch. Peter ist auch schon da.»

«Prima!» Otto stapfte in die Küche und ließ sich am Esstisch nieder, während die Mutter noch Besteck und Gläser auf dem Tisch verteilte. Peter nahm zwei Flaschen Bier aus dem Kühlschrank und öffnete sie. Als er seinem Vater eine der Flaschen reichte, glaubte er dessen Magen knurren zu hören.

«Danke, mein Sohn», sagte der und schenkte sich das Bier ins Glas.

Nun war alles angerichtet, und auch Gertrud und Peter setzten sich an den Esstisch. Otto rief «Mahlzeit!» und belegte sein Brot so schnell mit Wurst, als gelte es, die verfügbaren Nahrungsmittel vor dem Einfall einer Horde Barbaren noch flugs zu vertilgen. Er biss von der Stulle ab, noch bevor Peter seine Brotscheibe vollständig mit Butter bestrichen hatte. Kaum hatte Otto den ersten Bissen heruntergeschluckt, fragte er: «Was macht die Uni?»

Die Frage klang beiläufig, doch Peter beschlich der Verdacht, dass sie es keineswegs war. «Mein Professor hält mich ziemlich auf Trab», antwortete er vorsichtig. Sollte er jetzt schon das heikle Thema Prostitution ansprechen?

«Du stehst noch bei Professor Meerbusch in Diensten?»

Nun, eigentlich werde ich von der Uni beschäftigt und stehe somit in deren Diensten, dachte Peter. Er antwortete jedoch einfach: «Ja.»

«Das ist interessant», sagte sein Vater und biss noch einmal von seiner Stulle ab. Es dauerte nur wenige Augenblicke, bis er weiterfragte. «Und mit deinem Kommilitonen Rüdiger Engelhardt verkehrst du auch nach wie vor?»

Worauf wollte sein Vater hinaus? Was hatten der Professor und Rüdiger miteinander zu tun? Und wieso interessierte den Vater das? Peter nickte, weil ihm die Worte fehlten. Vor Schreck verspürte er das dringende Verlangen nach einem Schluck Bier.

«Du musst mir alles über die beiden erzählen.» Sein Vater legte seine Stulle ab und sah Peter erwartungsvoll an. «Insbesondere über diesen Engelhardt, denn über den Professor ist ja vieles bekannt.»

«Was muss ich? Warum?», fragte Peter. Er verschluckte sich am Bier und musste husten.

«Es ist …» Sein Vater wiegte den Kopf hin und her. «Junge, du weißt, dass ich Polizist bin. Ich kann dir keine Details über unsere Ermittlungen verraten.»

«Du ermittelst gegen Rüdiger?»

«Das habe ich nicht gesagt!» Der Vater wurde laut.

«Nein, das hast du nicht. Dennoch soll ich dir etwas über ihn erzählen. Und dann sperrt ihr ihn auch unter fadenscheinigen Vorwänden weg. So wie Kurt Kannenhenkel.»

«Wir haben überhaupt niemanden weggesperrt! Gegen Herrn Kannenhenkel lag ein Haftbefehl vor. Den haben wir vollzogen. Die ganze Geschichte kannst du in der Presse nachlesen.»

«Ha!» Peter wurde nun ebenfalls lauter. «In der Zeitung stand nur, dass Kurt vielleicht einem Mordopfer über den Weg gelaufen ist. Und dafür sitzt er im Knast?»

«Er hat das Mordopfer zum Tatort gefahren.»

«Schluss, ihr beiden!» Die Mutter knallte ihr Messer auf den Tisch, sodass sämtliches Geschirr klirrte. «Wir sind hier am Esstisch und nicht auf dem Revier oder auf einer Studentendemo. Wir sind eine Familie. Wenn wir über etwas reden, dann vertrauen wir uns. Und wenn etwas nicht an diesen Tisch gehört, dann bleibt es gefälligst draußen.»

Es herrschte beklommenes Schweigen. Der Vater hob seine Stulle hoch, als wollte er sich hinter ihr verstecken. Peter trank einen großen Schluck Bier, um sich zu beruhigen.

«Peter, du musst mir glauben, dass ich ohne Ansehen der Person ermittle. Grundsätzlich. Auch dann, wenn mir die politischen Ansichten eines Verdächtigen nicht gefallen», sagte sein Vater nach einem Moment. «Bisweilen weiß man anfangs nicht, ob jemand Tatverdächtiger oder Zeuge ist. Ich habe die Namen von Engelhardt und dem Professor im Kalender eines Mordopfers gefunden.»

Peter bemerkte den versöhnlichen Ton und dass sein Vater anscheinend doch bereit war, offen über seine Arbeit zu reden. Im ruhigen Ton sagte er: «Ich würde nie an deinem Sinn für Gerechtigkeit zweifeln. Doch auch ich bin inzwischen erwachsen. Und ich kann sehr wohl einschätzen, was ich wem anvertrauen kann – und unter welchen Umständen. Vertrauen ist doch keine Einbahnstraße.»

«Also gut», seufzte der Vater, «spielen wir beide mit offenen Karten. Wir müssen über den Mord an der Prostituierten reden, der im Moment in aller Munde ist. Auch ich habe meine Zweifel daran, dass Kannenhenkel der Täter ist. Wir beide tauschen hier nur Hintergrundwissen aus, du wirst bitte nichts davon in deinen Kreisen verbreiten.»

«Und du nichts bei den Behörden.»

«So machen wir es.»

«Na also», sagte die Mutter, «es geht doch. Ich lasse euch dann mal in Ruhe und gehe in die Stube. Den Tisch räume ich nachher ab.»

SECHS
Mittwoch, 27. März 1968

WO BLIEB Hans-Gert Galgenberg? Otto Kappe war es gewohnt, dass der Kollege am Morgen mit der Zeitung vor der Nase im Büro saß und die Nachrichten kommentierte. Heute herrschte jedoch Ruhe.

Also legte Kappe den *Tagesspiegel* auf seinen Schreibtisch. Die *Morgenpost* war am Empfang wieder einmal vergriffen gewesen, und so musste er mit diesem Blatt vorliebnehmen. Im großen Artikel auf der Titelseite ging es um die neue Verfassung in der Ostzone, die am 6. April per «Volksentscheid» bestätigt werden und die «Grundlagen der sozialistischen Staatsmacht» manifestieren sollte. Da drüben war ohnehin Hopfen und Malz verloren. Also legte Kappe die Zeitung beiseite und ein Blatt Papier an ihre Stelle.

Die Liste der Personen, die mit der ermordeten Prostituierten Yvonne in Verbindung gestanden hatten, konnte er auch ohne den Kollegen anlegen. Auf diese Liste gehörten zweifellos Prof. Dr. Ferdinand Meerbusch und der Student Rüdiger Engelhardt.

Kappe dachte an das Gespräch mit seinem Sohn Peter am vergangenen Abend. Engelhardts Verhalten erschien ihm, nachdem er eine Nacht darüber geschlafen hatte, besonders eigentümlich. Dass der Student wilde Reden gegen die Unterdrückung des Volkes im Allgemeinen und der Frauen im Besonderen schwang, wollte nicht so recht zu seinem Kontakt zu Prostituierten passen. Zunächst sollte Peter seinen Freund Engelhardt beiläufig mit diesem Widerspruch konfrontieren und dann ihm von dem Gespräch berichten. Aber natürlich würde Engelhardt auch noch

Besuch von der Polizei bekommen. Kappe notierte also den Namen *Engelhardt*.

Prof. Dr. Meerbusch schien Kappe ein unbescholtener Mann mit bestem Leumund zu sein. Auch Peter wusste nichts Gegenteiliges zu berichten, wenngleich er die konservative Grundhaltung Meerbuschs bemängelte. Doch eine solche war nun wahrlich alles andere als strafbar. Dennoch notierte Kappe den Namen *Meerbusch*. Vielleicht brachten dessen Forschungen ihn ja weiter.

«Guten Morgen, Otto!» Galgenberg stapfte ins Büro. Er zog ein Gesicht, als würde er sich am liebsten gleich wieder ins Bett legen.

«Guten Morgen. Hat dich etwas aufgehalten?»

Galgenberg hängte seine Jacke an den Garderobenhaken und murrte: «Wie sagte Rilke? *Im Grunde ist Entfernung kein Hindernis.* Aber zu Rilkes Zeiten gab es noch keine Verkehrsunfälle und keine Staus in Berlin.»

«Dann lassen wir den Dichter mal in den guten alten Zeiten ruhen und wenden uns den heutigen Dingen zu. Zum Beispiel dem Mord an Monika Mönningsee alias Yvonne.»

«Ich sehe, du schreibst schon eine Liste.» Galgenberg schnaufte und ließ sich auf seinen Stuhl plumpsen. «Ich habe ja gestern artig allen Namen aus dem Kalender Telefonnummern zugeordnet. Somit ergeben sich die Aufgaben des Tages beinahe von selbst.»

Da hatte der Kollege recht. «Wer ruft den Professor an?»

«Das mache ich», sagte Galgenberg. «Und den Studenten auch. Nur bei dem *Berliner-Blitz*-Fotografen würde ich dir den Vortritt lassen. Das ist mir zu politisch.»

Das sah Galgenberg ähnlich. Kappe schrieb den Namen *Martin Glämmer* auf die Liste. «Also gut, dann übernehme ich das.»

«Na, das wird ein entspannter Tag», frohlockte Galgenberg und griff nach dem Telefonhörer.

«Halt, stopp!» Kappe zeichnete ein Fragezeichen unter die drei Namen. «Gestern bei der Beerdigung habe ich mit einer Kollegin von Frau Mönningsee gesprochen, einer Frau Jensen. Dabei haben wir einen Mann mit einem Gipsarm in einer BVG-Uniform gesehen. Der erschien mir sehr verdächtig. Dem würde ich gern mal auf den Zahn fühlen.»

«Wegen der Uniform oder weil er sich den Arm gebrochen hat?»

«Weil Frau Kleema etwas von einem Mann in BVG-Uniform erzählt hat, der bei Yvonne war, und weil der Kerl von gestern getürmt ist, als sich unsere Blicke gekreuzt hatten.»

Galgenberg machte ein Gesicht, als zweifelte er an Kappes Verstand. «Vielleicht wollte der Mann nicht stören. Hat diese Frau Jensen ihn denn erkannt?»

«Nein, aber ihr erschien der Mann auch verdächtig.»

«Na dann. Bei welchem BVG-Fahrer fangen wir an?» Galgenberg lachte. «Und beginnen wir in der U-Bahn oder im Bus?»

«Mensch, Hans-Gert! Wir kriegen einfach heraus, wer wegen eines gebrochenen Arms krankgeschrieben ist. Und den befragen wir dann.»

«Und das soll ich wieder herausfinden, was?» Galgenberg verdrehte die Augen.

«Ganz genau!»

Es klopfte an der Tür.

«Herein!», rief Kappe.

Kriminalrat Friedhelm Keunitz betrat das Büro und rief leutselig: «Guten Morgen, die Herren! Was macht unser Täter? Was darf ich den Herren von der Staatsanwaltschaft bei meinem Termin nachher verkünden?»

«Unsere Ermittlungen kommen gut voran», sagte Kappe.

«Das höre ich gerne. Und wann darf ich mit Ihrem Abschlussbericht rechnen? Ewig wird sich der Haftbefehl ohne weitere Hinweise auf die Dringlichkeit des Tatverdachts nicht aufrechterhalten lassen.»

Das Büro versank in Stille.

«Na, die Herren?» Die gute Laune des Chefs schien zu verfliegen.

«Ich hoffe, in dieser Woche», sagte Kappe. «Wir arbeiten mit Hochdruck.»

Galgenberg nickte eifrig und ergänzte: «Wir halten es da mit dem ollen Goethe: *Kräftig, wie wir's angefangen, wollen wir zum Ziel gelangen.*»

Kappe biss sich auf die Zunge. Hoffentlich ließ der Chef nicht umgehend ein klassisches Donnerwetter los. Es war bekannt, dass er Galgenbergs Sprüche nicht besonders mochte.

Doch nichts dergleichen. Der Kriminalrat schlug Galgenberg auf die Schulter und sagte: «Das lob ich mir. Nur mit guten alten Werten können wir solchen Chaoten wie diesem Schauspieler beikommen.» Keunitz schritt zur Tür. Im Rahmen blieb er noch einmal stehen. «Also dann, an die Arbeit! Ich erwarte Ihren Bericht bis zum Wochenende.»

Peter Kappe betrat das Büro seines Professors. Unter dem rechten Arm hatte er die Exzerpte verschiedener Aufsätze, im Kopf den Plan, Meerbusch auszuhorchen.

Der Professor grüßte und winkte Peter herbei, ohne von seinen Unterlagen aufzublicken. «Kommen Sie, kommen Sie! Setzen Sie sich schon einmal. Ich schreibe nur schnell noch einen Gedanken auf.»

Peter nahm Platz und wartete. Er beobachtete, wie Meerbusch jeden Buchstaben einzeln wie ein kleines Kunstwerk zu Papier brachte. Nach jedem Wort, das er aufgeschrieben hatte, griff er zudem an seine Brille, als müsste er die Gläser scharf stellen. Zum Glück verfasste der Professor lediglich Stichpunkte mit eigener Hand. Seine fertigen Aufsätze diktierte Meerbusch der Sekretärin, wie Peter wusste.

Endlich war das letzte Wort aufs Papier gebracht. Der Professor blickte auf und sagte: «Na, dann kommen wir mal zu Ihnen, Herr Kappe. Was haben Sie denn für mich?»

Peter legte die Mappe auf den Tisch und öffnete sie. Auf je einem Blatt Papier hatte er Aufsätze zu den psychologischen

Aspekten der Prostitution exzerpiert, vier an der Zahl. Wichtige Zitate hatte er wörtlich abgeschrieben und die Fundstellen vermerkt.

Meerbusch überflog das oberste Blatt und nickte bedächtig. Dasselbe tat er bei den anderen Seiten. Schließlich sagte er: «Vielen Dank, das hilft mir weiter. Haben Sie nach der Lektüre noch hilfreiche Hinweise für mich?»

«Da ist tatsächlich etwas.» Peter überlegte, wie er seine Kritik in angemessene Worte fassen konnte. «Mir erschien es so, als wäre die Auswahl der Aufsätze sehr stark auf die individuellen Auswirkungen der Prostitution auf die betreffenden Frauen ausgerichtet und weniger auf den Rückkopplungseffekt mit der Gesellschaft oder die Interaktion mit ihren Kunden.»

«Sehr gut, junger Mann!» Meerbusch legte die Exzerpte beiseite. Er stand auf und holte einen Aktenordner aus dem Regal neben seinem Schreibtisch. Aus dem Ordner quollen die Papiere, beinahe schien er zu bersten. Der Professor legte den Ordner auf den Tisch und tippte darauf. «Wie Sie wissen, arbeite ich an einer umfassenden Monografie mit dem Titel *Psychische Belastungen und Störungen bei Prostituierten*. Selbstverständlich ist das einzelne Individuum dafür von herausragender Bedeutung. Doch meine Forschungsfragen berücksichtigen durchaus auch die Wechselwirkungen in der Beziehung zu den Freiern und den Konkurrentinnen. Im Wesentlichen erforsche ich, was Prostituierte ganz besonders belastet.» Der Professor hob die Hand und zählte auf: «Gewalt. Gesundheitsgefährdung. Konkurrenz. Der Zwang, mit den Kunden Alkohol trinken zu müssen. Der Druck, der in ihren Familien und dem sonstigen persönlichen Umfeld aufgebaut wird. Und so weiter und so fort.» Meerbusch öffnete den Aktenordner und entnahm ihm ein einzelnes Blatt Papier. Er reichte es Peter. «Neben der umfangreichen Literatursichtung wird meine eigene empirische Erhebung das Herzstück der Arbeit.»

Peter nahm die Seite entgegen. Sie enthielt mehrere Tabellen. Peter studierte die erste Zahlenreihe: *Psychische Belastungen: Ekel vor*

Freiern *(47 %)*, *schlechte Verdienstmöglichkeiten (43 %)*, *Hass auf Freier (39 %)*, *traumatische Störungen in der Vergangenheit: familiäre Gewalt (72 %)*, *körperliche Misshandlung (66 %)*, *sexueller Missbrauch (47 %)*.

Dick umrandet, folgte eine weitere Tabelle über während der Prostitution erfahrene Traumata: *Körperlicher Angriff (62 %)*, *Vergewaltigung (61 %)*, *Bedrohung mit einer Waffe (5 %)*.

«Sie haben Feldforschung betrieben», stellte Peter erstaunt fest.

«Selbstverständlich! Ich weiß, dass die jungen Leute heutzutage glauben, ihr Lehrkörper wäre lediglich mit der Unterdrückung der Studentenschaft beschäftigt.» Meerbusch grinste. «Doch das stimmt nicht.»

«Wie viele Prostituierte haben Sie denn befragt?»

«Viele. Die meisten sogar mehrfach.» Der Professor tippte erneut auf den Aktenordner. «Das sind meine Gedächtnisprotokolle. Es hat sich als effizienter erwiesen, die Damen in ihrem gewohnten Arbeitsumfeld zu befragen und den Redefluss nicht durch Notizen oder unnötige Nachfragen zu stören.»

In ihrem gewohnten Arbeitsumfeld ... Peter überlegte. Wie nahe war der Professor den Mädchen gekommen?

«Das sind natürlich nur die allerersten Auswertungen.» Meerbusch nahm Peter das Blatt mit den Tabellen wieder ab und legte es zurück in den Aktenordner. «Ich denke, in diesen Protokollen stecken noch etliche wissenschaftliche Schätze, die gehoben werden wollen.»

«Wie lange führen Sie die Befragungen schon durch?», wollte Peter wissen. Ihm fehlte beinahe der Atem, um die Worte herauszubringen.

«Zwei, drei Jahre. Da müsste ich auf die Daten schauen», antwortete der Professor. «Aber vielleicht tun Sie das ja selbst. Sie scheinen an dem Thema ernsthaft interessiert zu sein. Daher würde ich gern bei der Auswertung auf Ihre Unterstützung zurückgreifen.»

Peter dachte an die verstorbene Prostituierte und daran, dass

Meerbuschs Name in deren Kalender aufgetaucht war. Hier bot sich eine einmalige Chance.

«Nun schauen Sie nicht so überrascht, junger Mann. Ich will Sie ja nicht zur Feldforschung überreden.» Erneut grinste der Professor. «Und bevor ich Sie an meine Protokolle lasse, brauche ich noch ein paar Exzerpte.» Meerbusch schob den Aktenordner beiseite und zog ein Blatt Papier aus einer Schublade hervor. «Hier ist eine weitere Literaturliste. Das sollte es dann aber auch gewesen sein.»

«Wat? Schon wieda die Polizei?», fragte Frau Kleema erstaunt, als sie Otto Kappe die Tür öffnete.

«Das lässt sich leider nicht vermeiden, wenn in Ihrer Nachbarschaft jemand ermordet worden ist.» Kappe deutete eine Verbeugung an.

«Na, dann komm Se ma rinn in die jute Stube», sagte die Alte.

Kappe beschlich der Verdacht, der Frau käme die Abwechslung ganz recht. Sie schlurfte durch den Flur. Ihre Hausschuhe waren fellbesetzt und so groß, dass Kappe fürchtete, sie könnte darüber stolpern. In der Wohnstube wies sie ihm einen Sessel zu und setzte sich selbst auf die Chaiselongue.

Wie zur Begrüßung kreischte der Papagei: «O das ist gut! Das ist gut!»

«Sie haben den Vogel immer noch», stellte Kappe fest.

«Der Herr Mönningsee bewohnt ja nur een winziget Zimma. Da hat er jesagt, ick darf den Vogel vorerst behalten.» Die Kleema guckte zum Käfig. «Ick hab mir schon janz schön an det Tier jewöhnt.»

«Das ist gut! Das ist gut!», schrie der Papagei.

«Nu is ma jut, Kreischke! Det is der Kommissar, der tut nur seine Pflicht.»

Umgehend verstummte der Papagei. Das Vertrauen schien auf Gegenseitigkeit zu beruhen.

«Se sind aba sicha nich wegen dem Tier hier, oda?», fragte die Alte.

«Nein, Frau Kleema.» Kappe zog ein Foto von Kurt Kannenhenkel aus seiner Jacketttasche. «Ich wollte Sie fragen, ob Sie diesen Mann schon einmal gesehen haben.»

Frau Kleema nahm das Foto entgegen und lachte. «Sie sind mir ja eener, Herr Kommissar! Natürlich kenn ick den. Ausm Fernseha. Von da Serie *Firma Rodenthal*. Da isser doch der Cousin Freddy. Wer kennt det denn nich? Na ja, und wer heutzutage Zeitung liest, kennt das Gesicht ja leida ooch.»

«Genau deswegen bin ich hier. Haben Sie den Herrn letzte Woche hier im Haus gesehen?»

«Hm.» Die Kleema verzog das Gesicht, als würde das Unglück der gesamten Welt über sie hereinbrechen. «Dit frag ick mir ooch schon die janze Zeit.»

«Was?»

«Dit frag ick mir ooch schon die janze Zeit», wiederholte die Alte lauter.

«Ihre Worte habe ich verstanden», sagte Kappe. «Ich weiß nur nicht, was Sie damit meinen.»

«Hm.» Die Alte verstummte und saß still wie eine Mumie.

«Frau Kleema, bitte beantworten Sie meine Frage!»

«Dit is nich so einfach», sagte die Alte und erzählte, dass sie am vergangenen Dienstagabend ein wenig aus dem offenem Fenster auf die Straße geschaut habe. Tatsächlich habe ein rotes Cabrio vor dem Haus angehalten. Kurt Kannenhenkel sei ausgestiegen und habe die Beifahrertür aufgehalten. «Dann is de Frau Mönningsee ausjestiegen und hat zu mir ruffjeguckt. So als würd ick wat Vabotenes machen. Dabei hab ick doch nur een bisschen frische Luft jeschnappt.» Frau Kleema machte eine kurze Pause und fuhr dann fort: «Ick bin dann mal lieba rinnjejangen.»

Das half Kappe natürlich in keiner Weise weiter.

«Dit is aba noch nich allet. Ick war nun doch ein bisschen neugierig und hab nach kurzer Zeit wieder uff de Straße geguckt.»

«Und haben Sie Herrn Kannenhenkel da gesehen?»

«Nee, det Vadeck war zu, aba det Auto stand noch da.»

«Wie viel später war das?»

«Wat weeß ick! Vielleicht 'ne halbe Minute oda 'ne Minute. Ick führ ja kein Protokoll.»

Viel fehlt dazu aber nicht, dachte Kappe. «Und das war alles?», fragte er.

«Nee, noch nich.» Die Alte wirkte peinlich berührt, als sie anfügte: «Ick bin manchmal wirklich ein bisschen neugierig ...»

«Das scheint so», murmelte Kappe.

«Jedenfalls wollt ick schon wissen, wat dit uff sich hat mit so 'nem schnieken Wagen. Also bin ick innen Flur und ans Guckloch.»

«Und?»

«Na ja, als de Frau Mönningsee ruffjekommen is, da hat die so scharf in meine Richtung jeguckt, dass ick vor Schreck drei Schritte zurückjemacht hab.»

«Sie haben Herrn Kannenhenkel also nicht im Hausflur gesehen?»

«Nee.»

Kappe stöhnte. Dann hatte er eine Idee. «Haben Sie Schritte von einer oder von zwei Personen gehört?»

«Ick bin mir nicht sicher.» Die Alte guckte, als suchte sie bei ihm um Vergebung. «Ick hör ja nich mehr so jut und war dann ooch erst mal ziemlich durcheinander. Da hab ich mir eenen Türkischen uffjebrüht. Na ja, und als ick dann späta, vielleicht so nach zwanzig Minuten, wieda uff de Straße jeguckt habe, war der scheene Wagen weg.»

Es war zum Verzweifeln. Hier saß eine Spionin, die sich bei jedem Geheimdienst bewerben könnte, und doch war Kappe so schlau wie zuvor. Zwanzig Minuten reichten wohl, um jemanden mit einem Kissen zu ersticken. Nur ließ sich mit dieser Aussage nicht beweisen, dass Kannenhenkel sein Auto überhaupt verlassen hatte. «Frau Kleema, warum haben Sie mir das nicht am vergangenen Sonnabend erzählt? Da habe ich Sie gefragt, ob Ihnen an diesem Dienstag etwas aufgefallen sei.»

«Ick weeß. Aba ick hab mir doch erst nix dabei jedacht. Sie ham mir erst uff die Idee jebracht, dass det am Dienstag jewesen war. Det is mir erst späta wieda einjefallen. Ick bin nich mehr die Jüngste.»

Kappe seufzte. «Also gut. Sie können mir vielleicht noch in einer anderen Sache helfen. Da war gestern ein Mann mit einer Uniform der BVG und einem Gipsarm auf dem Friedhof. War das der Mann, von dem Sie letzten Sonnabend berichtet haben?»

«Jestern? Da hab ick keen Mann mit Uniform jesehen. Ick seh ja ooch nich mehr so jut.»

Kappe war kurz davor, sein Notizbuch aus der Tasche zu ziehen und hineinzubeißen. Er gab auf.

Martin Glämmer hatte sich ordentlich ins Zeug gelegt, dass musste Josef Bolp zugeben. Das Studio war aufgeräumt, als erwartete der Fotograf einen Staatsgast. Die Lampen hinter den riesigen weißen Schirmen schienen neu zu sein, bei der letzten Fotosession waren die jedenfalls noch nicht da gewesen, glaubte Bolp sich zu erinnern.

Glämmer fingerte an seiner Kamera herum, während Rosi Ungermann noch bei der Visagistin saß und Puder auf die Nase bekam. Bolp fragte sich, was die Kosmetikerin da eigentlich trieb. Das Gesicht der Kleinen war wahrlich hübsch genug. Abgesehen davon, würden die Leser mit ihren Blicken wohl nicht allzu lange bei der Nase verweilen, wenn sie die Fotos betrachteten. Selbst Bolp hatte das Gefühl, seine Augen würden gleich direkt in Rosi Ungermanns Ausschnitt hüpfen. Das lag nicht nur daran, dass bei dem Hemd, das sie zu den superknappen Hotpants trug, mindestens ein Knopf zu viel offen war. Der Stoff des Oberteils war zudem hauchdünn, beinahe durchsichtig. Und drunter trug das kleine Luder zweifelsfrei nichts als Haut.

«Ich wäre dann so weit!», rief Glämmer. Er zielte mit der

Kamera ins Licht. Die Scheinwerfer beleuchteten ein schwarzes Ledersofa, ein Motorrad und eine Stellwand, die einen blauen Himmel mit weißen Schäfchenwolken zeigte. Glämmer machte ein paar Testaufnahmen von den Requisiten.

«Ich komme schon!», trällerte die blonde Schönheit.

Bolp beobachtete, wie die Locken um ihren Kopf wehten, während sie zu ihnen kam.

«Und was soll ich jetzt machen?», fragte sie.

Der Fotograf stand starr da, ein Schweißtropfen lief seine Stirn hinunter.

Bolp befürchtete, dass der Mann gleich zu sabbern beginnen würde. Schnell sagte er: «Ein paar Aufnahmen vor dem Himmel wären fürs Erste nicht schlecht. Vielleicht haben wir noch etwas Wind für die Haare. Wie sieht's aus, Glämmer?»

«Ja, das ist kein Problem.» Der Fotograf hängte seine Kamera über ein Stativ und stolperte in die Kulisse. Dort startete er das Gebläse. Der Motor machte Lärm, als herrschte ein Orkan im Studio. Glämmer kam wieder hervor und sagte: «Sie müssen sich genau hierher stellen, auf das Kreuz am Boden.»

Die Blondine quittierte die Anweisung mit einem fröhlichen «Jawoll, Meister!».

Der Fotograf sah Rosi Ungermann dankbar an und trabte zu seiner Kamera. Das Model stellte sich derweil an die beschriebene Stelle. Der Effekt war atemberaubend. Ihre blonden Strähnen fielen über Stirn und Mund, der Stoff des Hemdchens schmiegte sich an die Brüste, als wollte er sie liebkosen. Wenn die Ungermann bislang eine normale Sexbombe war, wurde sie in Glämmers Arrangement zum erotischen Nuklearsprengkopf, fand Bolp.

«Den Kopf ein bisschen zur Seite!», rief Glämmer. «Ja, genau so! Ein bisschen nach vorn beugen! Perfekt!»

Während die kurvige Atomwaffe vor dem blauen Himmel posierte, drückte der Fotograf unentwegt auf den Auslöser der Kamera. «Prima, das Motiv haben wir im Kasten!», rief er und flitzte zum Gebläse, um es auszuschalten.

Bolp nutzte die Gelegenheit und zückte sein Notizbuch. Schließlich musste er auch ein paar Zeilen zu den Fotos des *schönsten Gesichts der Revolte* schreiben. Er trat ins Licht und spürte sofort die Hitze – oder kam ihm das nur so vor, weil er kaum noch einen Meter von Rosi Ungermann entfernt stand? «Haben Sie einen Moment für ein paar Fragen?» Er versuchte, die Worte so leicht wie möglich in den Raum zu werfen.

«Selbstverständlich.» Sie schritt hinüber zum Ledersofa, ließ sich nieder und räkelte sich. «Setz dich her und sag mir, was du wissen willst!»

Bolp nahm neben ihr Platz und sagte: «Was mich und die Leser am meisten interessiert ...» Er stockte und versuchte eine Position zu finden, aus der ihn Rosi Ungermanns offenes Hemd möglichst wenig ablenkte. Doch er fand keine. Also gab er es auf und fragte: «Warum verkehrt eine Frau wie Sie in diesen Kreisen?»

«Sie meinen, in der Kommune I?» Sie zeigte ein Lächeln, das ein Stück Eis zum Schmelzen gebracht hätte. «Die Männer sind dort so unglaublich sexy.»

«Diese Langhaarigen, die aussehen, als wären sie Frauen?»

«Ach, ihr altmodischen Kerle seid so niedlich!» Sie lachte frech. «Mal ehrlich, die steifen Kerle von früher, am besten noch in Uniform, haben doch allenfalls auf andere Männer überzeugend gewirkt. Die moderne Frau mag den wilden, ungezähmten Mann. Und der braucht Geist und Charme, aber keinen braven Scheitel.» Sie beugte sich vor, und ihr Mund näherte sich Bolps Ohr. «Nimm dich und deinen Kumpel da an der Kamera. Schaut euch im Spiegel an, und dann vergleicht euch mit John Lennon oder Mick Jagger. Es ist doch, als kämt ihr und die Sänger von verschiedenen Planeten.»

Wollte sie damit etwa sagen, dass er hässlich war? Gut, auf Glämmer mochte ihre Bemerkung zutreffen, musste Bolp zugeben. Der Kerl hatte eine Halbglatze, einen ungepflegten Schnurrbart und einen Bauch. Aber er? Bolp fuhr sich durch sein frisch gegeltes Haar. Wenn er bei gesellschaftlichen Anlässen weilte, schwirrten die Damen nur so um ihn herum. Nicht selten ging er anschließend mit einer nach Hause und musste sich danach Ausreden für seine Frau einfallen lassen. Was bildete sich dieses Luder ein? Der Kleinen würde er es zeigen! Bolp stand auf und rief zu Glämmer hinüber: «Können wir weitermachen?»

«Einen kleinen Moment noch. Ich wechsle schnell den Film.»

Bolp wandte sich wieder Rosi Ungermann zu und fragte: «Wie wäre es, wenn wir die nächsten Fotos auf dem Motorrad ohne das Hemdchen machen?»

«Kein Problem», antwortete das Blondchen. «Das ist nur eine Frage des Honorars.»

«Wie viel?»

«Tausend.»

«Tausend?» Bolp dachte an den Chefredakteur. Der hatte ihm ein ordentliches Budget mit einem guten Honorar für die Kleine gegeben. Aber tausend Mark waren zu viel. Dieses Honorar könnte er kaum rechtfertigen. «Für Geld machen wir wohl alles, was?»

Rosi Ungermann lachte laut auf. «Das hättest du wohl gern! Aber das wird nix. Gucken darfst du, aber nicht anfassen.» Sie verfiel in ein Kichern. «Um ehrlich zu sein, verdiene ich so viel, dass ich meine Männer meistens zum Essen einlade – und alle ihre Freunde gleich mit.»

Bolp ärgerte sich, weil ihm keine giftige Antwort einfiel. Also schaute er zum Fotografen. Der kam gerade angeschlurft. Die Kamera baumelte um seinen Hals.

«Was ist denn nun?», fragte Rosi Ungermann und fasste an den obersten noch geschlossenen Knopf ihres Hemdchens. Ihre Stimme klang ein wenig rauchig. «Tausend?»

Glämmer hatte das Gespräch anscheinend aus der Ferne mitgehört, denn er nickte Bolp eifrig zu. Nun sabberte der Fotograf tatsächlich.

Bolp dachte an seine Leser und die kleinen Gemeinheiten, die ihm für die Bildunterschrift bestimmt noch einfallen würden. «Also gut.»

Es dämmerte schon eine Weile, als Otto Kappe und Hans-Gert Galgenberg die Joju-Bar betraten. Der Gastraum wirkte noch schummeriger als die Straße draußen im Laternenlicht. Das Etablissement war leer.

Eine knapp bekleidete Dame trat aus einer Nische hervor und begrüßte sie. «Hallo, die Herren! Erst einmal ein Getränk, oder sind Sie schon auf der Suche nach Abenteuern?»

«Wer Abenteuer sucht, findet nicht immer das angenehme, wusste schon Cervantes», entgegnete Galgenberg verärgert.

«Was mein Kollege sagen will, ist Folgendes», unterbrach Kappe Galgenberg und zog seinen Dienstausweis aus der Tasche. «Wir sind von der Kriminalpolizei und würden gern Herrn Juhl sprechen.»

Die Dame verlor, soweit Kappe das im Zwielicht beurteilen konnte, sämtliche Farbe aus dem Gesicht und flitzte von dannen.

«Der hast du et aba jezeigt!», scherzte Galgenberg.

«Die wird sich schon wieder erholen.» Kappe blickte sich im Gastraum um. An den Wänden hingen riesige Fotografien von Frauen in Bikinis oder knapper Unterwäsche. Auch wenn viel Haut zu sehen war, wirkten die Bilder nicht obszön, sondern eher wie Kunstfotografien. Sollte dieser Juhl in Wahrheit ein Feingeist sein?

Der Mann, der nun hinter dem Tresen hervortrat, schien keinen großen Wert auf Kunstfertigkeit zu legen. Er trug das Hemd so weit offen, dass eine breite Goldkette auf dem dichten Brusthaar zu sehen war. Sein Bart umrahmte die Lippen und führte bis zu den Wangenknochen. Neben diesem Bär von Mann trottete ein Dobermann her, der ihm bis zur Hüfte reichte.

«Herr Juhl?», fragte Kappe.

Statt die Frage zu beantworten, sagte der Mann: «Ich habe nur wenig Zeit. Was führt Sie in mein bescheidenes Etablissement?» Seinem Tonfall nach zu urteilen, hätte er sie am liebsten auf der Stelle hinausgeschmissen.

«Wie heißt denn der niedliche Kleine?», fragte Galgenberg und wies auf den Dobermann.

Erneut antwortete Juhl nicht, sondern befahl: «Platz, Bestie!»
Der Hund gehorchte.

«Bestie. Na, det is ja herzallerliebst!», witzelte Galgenberg.

«Wollen Sie mit mir über Hundenamen philosophieren?»

«Nein, wir möchten Sie gern befragen», sagte Kappe.

«Und wenn ich nichts zu sagen habe?»

«Das ist mein Assistent Galgenberg, und ich bin Kriminaloberkommissar Kappe. Wir ermitteln in einem Mordfall und haben ebenfalls keine Zeit zu verlieren. Doch wenn es nötig ist, laden
wir Sie auch vor.»

Juhl blickte abwechselnd zu Galgenberg, Kappe und dem
Dienstausweis, den Kappe immer noch in der Hand hielt. Nach
einem Moment sagte er: «Also gut, dann kommen Sie mit nach
hinten.» Er gab dem Dobermann einen Stups und schlurfte Seite
an Seite mit dem Tier an der Theke vorbei in ein kleines Hinter-
zimmer.

Hier stand ein Schreibtisch, der vor Papierbergen beinahe
zusammenzubrechen schien. In einem Regal waren Aktenordner
aufgereiht. Die Couch in der Ecke wollte nicht so recht zu dieser
Arbeitsatmosphäre passen. Sie war mit Plüsch bezogen, und neben
ihr stand eine Lampe mit rotem Schirm.

«Sie können hier Platz nehmen.» Juhl zeigt auf das Sofa und
setzte sich hinter den Schreibtisch. Der Hund legte sich auf eine
Decke daneben.

Kappe ließ sich nieder, wartete, bis Galgenberg sich ebenfalls
auf die Couch bequemt hatte, und ergriff dann das Wort. «Vielleicht können Sie sich denken, dass wir wegen Frau Monika Mönningsee, auch bekannt als Yvonne, hier sind. Schließlich hat die
Dame einst für Sie gearbeitet.»

«Das ist allerdings schon viele Jahre her. Und sie war bei mir
auch lediglich als Kellnerin beschäftigt.»

«Kommt das eigentlich oft vor?», mischte sich Galgenberg
ein, der inzwischen sein Notizbuch gezückt hatte. «Ich meine, dass
Mädchen hier nur als Bedienung arbeiten?»

«Ja, selbstverständlich. Manche meiner Gäste kommen abends schließlich einfach nur auf ein Bier vorbei. Manchmal genießen sie ihren Feierabend, manchmal besprechen sie Geschäftliches, und manchmal entspannen sie sich auch anderweitig.» Juhl setzte ein anzügliches Grinsen auf. «Allerdings stellen einige der Bedienungen nach einer Weile fest, dass es in den Zimmern im Obergeschoss mehr Trinkgeld gibt. Ich schaue dann, ob das Mädchen zu uns passt, und befördere sie sozusagen.»

Kappe beschlich das ungute Gefühl, dass diese speziellen Beförderungsgespräche auf dem Sofa geführt wurden, auf dem er gerade saß. Er verdrängte den Gedanken schnell. «Mir ist zu Ohren gekommen, dass Sie auch gern die weitergehenden Dienste des Mordopfers in Ihrem Hause angeboten hätten.»

«Tatsächlich? Ist Ihnen das zu Ohren gekommen?»

«Wir machen unsere Arbeit», erwiderte Kappe.

«Nun, letztlich habe ich nie ein Geheimnis daraus gemacht. Ja, Yvonne hätte gut in die Joju-Bar gepasst.» Juhl zuckte mit den Schultern. «Eines ist sicher: Hier wäre kein verlotterter Schauspieler oder Sänger des Weges gekommen und hätte sie ermordet.»

Kappe nahm den Ball auf. «Da wir gerade bei Herrn Kannenhenkel sind — er berichtete, dass auch er einst in Ihren Diensten gestanden habe.»

«Ach, das ist schon wieder so eine olle Kamelle!»

«Das können Sie also bestätigen?»

«Er hat zu seiner Studentenzeit ein paar Botendienste für mich erledigt. Nur für einige Monate. Ich hatte den Kerl schon vergessen, bis ich die Berichte in der Zeitung las.»

«Und er hatte damals ein Verhältnis mit Frau Mönningsee», stellte Kappe fest.

«Und wenn schon! Hier arbeiten Männer und Frauen. Scharfe Frauen zumeist. Da stehe ich keiner Dummheit im Weg, solange sie dem Geschäft nicht schadet.»

«Also gut», sagte Kappe, «eine letzte Frage: Wann haben Sie mit Frau Mönningsee zum letzten Mal gesprochen?»

«Das war im letzten Jahr. Es muss so Mitte September gewesen sein, jedenfalls vor dem Fußball-Länderspiel gegen Frankreich am 27. des Monats. Da haben wir nämlich viele Gäste aus Westdeutschland erwartet. Ich hätte sie damals gut gebrauchen können.»

SIEBEN
Donnerstag, 28. März 1968

OTTO KAPPE hängte seinen Mantel an den Garderobenhaken und schaute zu Hans-Gert Galgenberg hinüber. Der Kollege
saß an seinem Schreibtisch und schob ihm den *Tagesspiegel* herüber.
Gab es schon wieder keine *Morgenpost?*

Prag protestiert gegen Einmischung der SED, lautete die Schlagzeile.
Seitdem der neue KP-Chef Dubček in der Tschechoslowakei die
Spitzenpolitiker austauschte und durch liberale Sozialisten ersetz-
te, schäumte die Parteiführung in der Ostzone. Aus Moskau war
schon Säbelrasseln zu vernehmen. Würden am Ende wieder Panzer
rollen, so wie 1956 in Ungarn?, überlegte Kappe. «Du willst mit
mir über Prag reden?», fragte er seinen Kollegen.

«Unsinn! Wuttke hat mir die Zeitung gegeben. Schlag auf, er
hat den Artikel markiert.»

Kappe blätterte um. Eine Schlagzeile war dick eingekreist:
Kabinett bringt Gesetzentwurf zu 0,8-Promille-Grenze auf den Weg. Kappe überflog den Text und las, dass künftig bis zu tausend Mark
für eine Übertretung des Grenzwerts fällig werden sollten.
Die SPD hielt die Grenze für zu niedrig und plädierte für
1,0 Promille, ein CDU-Verkehrsexperte wandte ein, dass eine
feste Grenze dem individuellen Täter nicht gerecht werde. Derzeit
hielten Gerichte in aller Regel einen Fahrer mit 1,3 Promille für
fahruntüchtig.

«Die machen wieder mal Gesetze, ohne an die zu denken,
die sie ausbaden müssen.» Galgenberg spuckte die Worte geradezu
aus. «Wenn dieses Gesetz in Kraft tritt, werden unsere Kollegen
auf der Straße nichts anderes mehr machen, als unschuldige Fahrer

107

auf ein paar getrunkene Bierchen zu kontrollieren. Das ist doch Wahnsinn!»

«Uns von der Mordkommission betrifft das glücklicherweise nicht.» Kappe legte die Zeitung beiseite. «Wir haben heute ein straffes Programm. Haben wir schon einen Termin bei Professor Meerbusch?»

«Na hör mal, Otto, gestern hab ich ihn nicht erreicht, und jetzt haben wir erst neune. Da haben die in der Uni doch noch nicht mal angefangen.»

Kappe dachte an den gestrigen Abend. Peter hatte ihn angerufen und von dem Gespräch mit Meerbusch berichtet. Feldforschung ... Das erschien ihm an diesem Morgen noch seltsamer als gestern. Er ließ sich hinter seinem Schreibtisch auf den Stuhl fallen und sagte: «Ich habe mich gestern ein wenig mit der Lehre an der Universität beschäftigt. Nun würde ich gern von dem Professor selbst erfahren, was ihn zu der Dame getrieben hat.»

«Un wat er *mit* der Dame jetrieben hat, wat?» Galgenberg lachte kurz auf und verstummte dann für einen Augenblick. Er schaute Kappe schief an und fragte: «Du hast dir mitta Uni beschäftigt? Det klingt ja jeheimnisvoll.»

«Ich hab mal das Vorlesungsverzeichnis durchgeblättert», murmelte Kappe und wechselte dann flugs das Thema. «Da ist doch auch noch dieser seltsame BVG-Mann mit dem Gipsarm. Haben wir da schon einen Namen?»

«Ähm ...» Galgenberg kramte in dem Berg von Zetteln auf seinem Schreibtisch herum. «Hier. Ich habe eine halbe Stunde gebraucht, bis ich die richtige Frau bei den Berliner Verkehrsbetrieben an der Strippe hatte. Frau Hollerbach. Sie will sich kundig machen und dann melden.»

«Wann?»

«Was wann?»

«Wann ruft sie zurück?»

«Na ja, wenn Sie etwas herausgefunden hat.»

Kappe stöhnte.

«*Eile mit Weile*, hat schon der alte Goethe gesagt», maulte Galgenberg.

«Der hatte auch noch kein Telefon. Also ran an die Wählscheibe!», befahl Kappe.

Galgenberg tat, wie ihm geheißen, und auch Kappe griff zu seinem Telefonhörer. Er klemmte ihn zwischen Schulter und Kopf und suchte die Nummer von Meerbuschs Lehrstuhl heraus. Während er die Wählscheibe drehte, beobachtete er zufrieden, wie Galgenberg sein Gespräch begann. Die Worte verstand er indes nicht, denn schon tutete es in seinem Hörer. Zweimal, dreimal, viermal. Kappe wollte gerade wieder auflegen, da meldete sich eine Frauenstimme. «Freie Universität Berlin, Lehrstuhl Professor Doktor Meerbusch, Milbert am Apparat. Was wünschen Sie?» Die Frau klang wie die Aufseherin in einem Schulkarzer.

Kappe stellte sich vor und fragte nach dem Professor.

«Professor Doktor Meerbusch gibt sogleich eine Vorlesung.»

«Wann wird er denn wieder in seinem Büro sein?»

«Das kann ich Ihnen nicht sagen. Für gewöhnlich pflegt Professor Doktor Meerbusch sich nach seinen Vorlesungen seinen wissenschaftlichen Studien zu widmen.»

«Und da ist er nicht in seinem Büro?»

«Nur selten», erklärte die Frau. «Oft ist er in unserer Bibliothek, für die Lektüre internationaler Literatur gelegentlich auch in der Amerika-Gedenkbibliothek. Es ist ebenso möglich, dass er zu Hause in seiner Privatbibliothek arbeitet.»

Kappe merkte, wie er den Hörer immer fester umfasste. «Irgendwann muss er doch zu sprechen sein.»

«Professor Doktor Meerbusch hat immer am Dienstag zwischen zehn und elf Uhr Sprechstunde.»

«Frau Milbert, Ihnen ist klar, dass hier die Polizei spricht und kein Student im ersten Semester?»

«Ja, Sie waren so freundlich, sich vorzustellen.»

Ein bisschen verstand Kappe die Studenten. Gegen solch ein Regiment half nur Aufruhr. «Dann eben anders, Frau Milbert.

Ich *muss* den Professor sprechen. So schnell wie möglich. Zur Not stelle ich einen Streifenwagen vor seine Haustür und lasse ihn zuführen. Zur Erklärung kann ich ihm dann ja sagen, dass ich von Ihnen keinen Termin bei ihm bekommen habe!»

«Ich kann mir nicht vorstellen, dass so etwas möglich ist», sagte die Frau. Doch dann fügte sie eilig hinzu: «Aber gut, ich schaue in seinem Kalender nach. Warten Sie.»

Das Knistern in der Leitung schien Kappe ewig anzuhalten. Ließ diese impertinente Person ihn absichtlich warten?

Endlich ertönte ihre Stimme wieder in der Leitung. «Hören Sie, Herr Kommissar?»

«Kriminaloberkommissar!», berichtigte Kappe sie.

«Meinetwegen. Morgen nach der Frühvorlesung, gegen 11.50 Uhr, könnte ich Ihnen einen Termin anbieten. Für etwa zwanzig Minuten. Dann muss Professor Doktor Meerbusch zu einem Arbeitsessen. Wäre das recht, Herr Kommissar?»

Kappe kochte beinahe vor Wut, doch er riss sich zusammen, antwortete nur knapp mit einem Ja und warf den Hörer auf die Gabel. Dann sah er auf und erblickte Galgenberg, der hinter seiner Schreibmaschine feixte. Gerade als Kappe zu einem Donnerwetter ansetzen wollte, hob der Kollege einen Zettel in die Höhe.

«Ich habe einen Namen und eine Adresse», sagte Galgenberg fröhlich. «Der BVG-Mann heißt Kudraß. Und da er krankgeschrieben ist, könnten wir eigentlich gleich bei ihm vorbeischauen.»

«Nun erzählen Sie mal von Ihrer verstorbenen Schwester», sagte Josef Bolp und setzte den Stift auf den Notizblock.

«Tja, wo soll ich da anfangen?» Dieter Mönningsee saß auf dem Sofa in seinem kargen Zimmer.

Bolp hockte ihm gegenüber auf dem Schemel und antwortete: «Am besten ganz am Anfang. Haben Sie noch Erinnerungen an das Familienleben mit Ihren Eltern?»

Mönningsee öffnete ein altes Fotoalbum. Gleich auf der ersten Seite zeigte ein Hochzeitsbild eine blonde Braut und einen kräftigen Mann mit Schnurrbart. Das Aussehen hatte die Verstorbene von der Mutter, stellte Bolp fest. Mit der altmodischen Frisur erinnerte die Braut ein wenig an einen UFA-Star dieser Zeit. Der Mann überragte sie um einen Kopf und lächelte stolz, als hätte er einen Pokal gewonnen. Bolp erkannte die beiden auf dem Foto an der Wand wieder, auch wenn sie auf dem Hochzeitsbild besser getroffen waren.

«Meine Eltern haben 1940 geheiratet. Im August 1941 wurde meine Schwester geboren, am 2. Dezember 1943 dann ich. An die Kriegszeit kann ich mich nicht mehr erinnern. Doch als mein Vater aus der englischen Gefangenschaft zurückkam, fand er schnell eine Stelle als Fahrer und hat bald darauf sein Taxiunternehmen wiedereröffnet. Er war immer ein Autonarr gewesen. Schauen Sie hier.» Mönningsee blätterte im Album, bis er offensichtlich das richtige Bild gefunden hatte. Mönningsee senior saß in einer schwarzen Audi-Limousine und winkte in die Kamera. Auf den folgenden Fotografien wurden die Wagen immer moderner. Ein Bild zeigte Dieter Mönningsee als Jungen mit seiner Schwester, sie standen zwischen ihren Eltern vor einem Wanderer-Cabriolet. Im Hintergrund war ein Ausflugslokal zu erkennen. «Hier sind wir am Müggelsee gewesen», erklärte Mönningsee. Er blätterte weiter. Auf dem nächsten Foto war der DKW vom Wandbild über dem Sofa zu sehen. Mönningsee schluckte. «Das war unser letzter gemeinsamer Ausflug. Zum Wannsee. Das war, kurz bevor Monika zu Hause ausgezogen ist.»

«Bevor Sie in der Hobrechtstraße mit dieser ... Beschäftigung angefangen hat?» Bolp fragte sich selbst, warum er so herumdruckste.

Mönningsee nickte. «Erst hat sie als Verkäuferin gearbeitet und nur nebenbei abends in dieser Bar gekellnert. Sie hat sich immer seltener blicken lassen. Am Anfang kam sie noch alle paar Wochen vorbei und dann gar nicht mehr. Ein Kollege von einem anderen Taxiunternehmen hat meinem Vater dann gesteckt, womit

Monika ihr Geld verdiente. Meine Mutter hat das nicht verkraftet. Für sie war Monika gestorben.» Mönningsee schlug das Buch so energisch zu, dass es klatschte. «Mein Vater hat nie darüber geredet, aber ich glaube, auch ihn hat das schwer getroffen. Vielleicht hätte er gern noch einmal mit ihr gesprochen», sagte Mönningsee und ließ den Kopf in seine Hände sinken.

Bolp wartete einen Moment und tat so, als würde er etwas auf seinem Block notieren. Tatsächlich begann er, ein Mondgesicht zu zeichnen. Natürlich tat der Mann ihm leid. Doch er hatte keine Zeit zu verlieren, also fragte er: «Was ist mit Ihren Eltern passiert?»

«Sie hatten einen Autounfall», sagte Mönningsee in seine Hände hinein. Er hob den Kopf und fuhr tonlos fort: «Mein Vater hatte mich noch gefragt, ob ich mit hinaus zum Schlosspark Tegel fahren möchte. Ich wollte lieber Radio hören. Und dann ...» Nun verfiel Mönningsee endgültig ins Schluchzen. «In der Karolinenstraße geschah es. Der Wagen muss von der Straße abgekommen und gegen einen Baum gerast sein. Meine Eltern waren sofort tot, sagte der Polizist.»

Bolp vervollständigte das Mondgesicht in seinem Notizblock.

Mönningsee schluchzte erneut. «Seitdem waren nur noch Monika und ich übrig.»

«Was ist mit Ihren Großeltern?», fragte Bolp

«Die sind tot.» Mönningsee starrte auf das Fotoalbum. Er öffnete es wieder und blätterte zu einem Foto, das offenbar am Hochzeitstag seiner Eltern aufgenommen worden war, denn darauf erstrahlte das Brautpaar. Mönningsee zeigte auf das ältere Ehepaar neben der Braut. «An meine Großeltern mütterlicherseits kann ich mich kaum erinnern. Sie haben die Bombennächte '45 nicht überlebt.» Er wies auf das Paar neben seinem Vater. Der Mann sah so alt aus, dass er auch sein Urgroßvater hätte sein können. «Mein Großvater väterlicherseits hat erst sehr spät geheiratet. Er starb 1958 an Herzversagen. Oma hat das nicht verkraftet und folgte ihm nur ein Jahr später.» Mönningsee schaute nach oben, als könnte er durch Zimmerdecke und Dach bis zum Himmel blicken.

In Bolps Kopf nahm die Geschichte für die morgige Ausgabe des *Berliner Blitz* Gestalt an. Er würde Mönningsee als einen Mann porträtieren, der Opfer dieses Jahrhunderts geworden war: Erst waren seine Großeltern Opfer des Kriegswahnsinns geworden, dann hatten die immer schnelleren Autos seine Eltern in den Tod getrieben, und zuletzt hatte ihm ein linker Chaot die Schwester genommen. Nun saß der Mann allein und verlassen von der Welt in seinem Zimmer und versuchte, in all dem Leid seine Würde nicht zu verlieren. Ja, das würde den Lesern gefallen!

Vorsichtshalber sprach Bolp noch ein anderes Thema an. «Ich habe gehört, Ihre Schwester hat ein Haus besessen. Gedenken Sie, bald umzuziehen?»

«Das weiß ich noch nicht. Tatsächlich erbe ich das Haus in Marienfelde. Allerdings kann ich noch nicht sagen, was daraus wird.» Mönningsee seufzte. «Ich selbst bin arbeitslos und finanziell nicht gerade auf Rosen gebettet. Als meine Eltern starben, zeigte sich, dass Vaters Taxibetrieb sich gerade so über Wasser gehalten hatte. Sie konnten mir nichts vererben. Das Geld auf dem Konto, das mir nun meine Schwester hinterlassen hat, reicht nicht einmal für die Grundbuchänderung, geschweige denn für einen etwaigen Rechtsstreit mit den derzeitigen Mietern im Falle einer Mietvertragskündigung. Vielleicht muss ich das Haus daher verkaufen.»

Bolp überlegte. Dass Yvonne verarmt verstorben war, erschien ihm unwahrscheinlich. «In dem Gewerbe, das Ihre verstorbene Schwester ausgeübt hat, wird selten mit Schecks bezahlt. Haben Sie denn gar kein Bargeld gefunden?»

«Nein, keinen Pfennig», antwortete Mönningsee tonlos.

Peter Kappe stellte seinen Teller auf dem Tisch in der Uni-Mensa ab. Kartoffeln mit Senfsoße und Ei gab es hier viel zu oft, aber der Mensch musste ja etwas essen. Ihm brummte der Schädel vom

Literaturstudium in der Bibliothek. Vielleicht war er auch nur zu romantisch für das Thema. Schon die Prostitution als solche erschien ihm nicht gerade sinnlich. Doch wenn Wissenschaftler sich des Themas annahmen und es in abstrakten Worten zu erklären versuchten, wurde es absurd. Dass der Volksmund vom Liebesdienst sprach, erschien ihm nach der Lektüre Dutzender Aufsätze geradezu grotesk. Im Augenblick wollte er sich gar nicht vorstellen, wie Meerbusch zu den Antworten in den Protokollen gekommen war. Wenigstens erfuhr er dort etwas über das Mordopfer, vielleicht fand er sogar Hinweise, die Kurt Kannenhenkel von dem Mordverdacht entlasten könnten.

«Hallo, Peter! Ist bei dir noch ein Platz frei?» Rüdiger Engelhardt stand neben dem Tisch. Auf seinem Tablett dampfte das Fischgericht, die teuerste Mahlzeit im Angebot.

«Ja, natürlich», sagte Peter.

«Na, dann guten Appetit!» Rüdiger stellte sein Tablett ab und setzte sich Peter gegenüber. Sofort begann der Kommilitone zu essen. Er schnitt winzige Happen vom Fisch und den Kartoffeln ab, spießte sie auf und führte die Gabel zum Mund. Das hatte etwas geradezu Aristokratisches, fand Peter.

Nachdem Rüdiger zwei Bissen verspeist hatte, sah er auf und fragte: «Schmeckt es dir nicht?»

«Doch, doch», antwortete Peter und aß.

«Ist bei dir wirklich alles in Ordnung?», fragte Rüdiger. «Du siehst so blass aus.»

«Ich habe nur zu lange in der Bibliothek herumgesessen.»

«Der Meerbusch hält dich ganz schön auf Trapp, was?» Rüdiger grinste. «Zum Glück muss ich hier nicht arbeiten, sondern kann mich auf das Leben konzentrieren und nebenbei ein bisschen studieren.»

Peter erwiderte nichts, sondern aß lieber weiter. Natürlich war es angenehmer, in den Tag hinein zu leben wie Rüdiger. Auch wenn Peter nicht auf jegliche Unterstützung von seinen Eltern verzichten konnte, kam er sich doch mit seiner Stelle als studentische

Hilfskraft erwachsener vor. Ob sein Vater das auch zu honorieren wusste? Vermutlich nicht. Peter hatte oft das Gefühl, dass sein Vater ihn nicht verstand.

Der Gedanke an den Vater erinnerte Peter an den Mordfall und die eigentümliche Verstrickung seines Freundes in die Sache. Wie sollte er ihn unauffällig darauf ansprechen? Er versuchte, behutsam zum Thema hinzuführen. «Mit Meerbuschs Forschungsgegenstand möchte ich im richtigen Leben, ehrlich gesagt, nichts zu tun haben. Ich unterstütze ihn nämlich bei seinen Untersuchungen zur Prostitution.»

Rüdiger grinste beim Kauen, was nicht gerade vorteilhaft wirkte. Er blickte auf und fragte: «Du warst noch nie bei einer Nutte?»

«Nein, natürlich nicht!», rief Peter erschrocken aus, biss sich dann aber auf die Zunge. Er wollte den Freund doch ausfragen und nicht verschrecken. Also erkundigte er sich etwas ruhiger: «Du etwa?»

«Ach komm, Peter! Natürlich hab ich das ausprobiert. Es muss ja nicht immer alles kompliziert sein mit den Frauen.»

«Aber die Ausbeutung!»

«Wenn keiner die Frauen ausbeutet, verdienen sie auch nichts. Wem wäre damit geholfen?»

«Nach dieser Logik wäre es auch richtig, dass die Amerikaner in Vietnam Krieg führen, denn das schafft Arbeitsplätze in den Waffenfabriken», sagte Peter aufgebracht.

«Jetzt übertreib mal nicht! Wir wissen doch beide, dass es nichts bringt, an den Symptomen herumzudoktern. Natürlich ist eine Welt ohne Prostitution und mit freier Liebe viel besser. Dafür kämpfe ich ja auch. Doch bis diese Welt geschaffen ist, finde ich mich mit den Gegebenheiten ab. Und eine schnelle Nummer ist kein Napalm-Angriff, daran stirbt niemand.» Rüdiger schnitt ein Stück von seinem Fisch ab und schob es sich in den Mund.

«Manchmal doch …», murmelte Peter und dachte an die ermordete Frau.

Rüdiger schien sich beinahe an dem Bissen zu verschlucken. Er hielt die Gabel wie eine Waffe. Für einen Augenblick befürchtete Peter, der Freund würde durchdrehen und ihn angreifen. Doch Rüdiger beruhigte sich. «Du meinst die Kannenhenkel-Sache. Wer weiß, was dahintersteckt.»

Peter zwang sich, nicht überhastet zu reagieren. Jedes Wort konnte jetzt das falsche sein. Also schwieg er und sah Rüdiger nur an.

«Du musst wissen, dass ich diese Frau auch kannte», fuhr der Freund fort. «Und die hatte immer alles fest im Griff.»

«Du kanntest diese Prostituierte?» Peter fand, dass er sein Erstaunen gut spielte.

«Na ja ...», Rüdiger wurde kleinlaut, «... ich habe sie ein paarmal besucht.»

«Wie oft? Und wann?»

«Was weiß ich! Einige Male halt. Zuletzt vor ein paar Wochen vielleicht.»

Peter wusste, dass Rüdiger schwindelte, denn nach den Angaben seines Vaters lag der letzte Besuch kaum mehr als eine Woche zurück. «Und das hast du niemandem erzählt?»

«Mensch, Peter, das ist nichts, womit ich angeben würde!» Rüdiger schien der Appetit vergangen zu sein, denn er legte sein Besteck neben den Teller. «Am Ende könnte noch jemand denken, ich hätte was mit ihrem Tod zu tun.»

Das wäre tatsächlich möglich, dachte Peter. Doch er sagte nichts.

Jürgen Kudraß wohnte in der Lausitzer Straße in Kreuzberg zwischen der Reichenberger Straße und dem Paul-Lincke-Ufer. Otto Kappe parkte den Wagen, stieg aus und atmete die frische Brise ein, die vom Landwehrkanal herüberwehte.

Hans-Gert Galgenberg schlug die Beifahrertür zu, ging schnurstracks zur Haustür und drückte auf die Klingel. Er schien es eilig zu haben. Es war schon gegen drei Uhr. Vermutlich fürchtete der Kollege, nicht pünktlich den Feierabend antreten zu können. Kappe kam nicht dazu, den Gedanken weiterzuführen, denn der Türöffner surrte. Kudraß wohnte im Parterre und wartete bereits im Flur auf sie. Sein rechter Unterarm steckte in einem weißen Gipsverband.

Galgenberg eilte zu ihm, wedelte mit dem Dienstausweis und stellte sich und Kappe vor.

«Sie kommen wegen Monika. Ich hab's geahnt», sagte Kudraß.

«Sie kannten die verstorbene Frau Mönningsee also», stellte Galgenberg noch auf dem Flur fest.

«Ja, natürlich. Kommen Sie doch herein. Oder wollen Sie mich abführen?»

«Das entscheiden wir später», antwortete Kappe.

Kudraß führte sie in die Wohnstube. Alles machte den Eindruck, als wäre er gerade erst eingezogen. Außer einem Tisch, vier Stühlen und einer alten Kommode gab es keine Möbel. Auf der Kommode stand ein Radio. Und auf dem Tisch entdeckte Kappe eine halb volle Flasche Bier. Die Wände waren kahl.

Kudraß wies ihnen Plätze zu, setzte sich selbst und sagte: «Ich kann Ihnen nur ein Bier anbieten. Möchten Sie?»

«Nein, danke», sagte Kappe und sah aus dem Augenwinkel Galgenbergs Gesicht. Hätte der Kollege das Angebot angenommen? Kappe kümmerte sich nicht weiter darum, sondern fragte Kudraß: «Wenn Sie mit uns gerechnet haben, warum sind Sie dann nicht von sich aus zu uns gekommen?»

«Ich wollte nicht wieder alles aufwärmen. Ja, ich hatte was mit Monika. Deswegen ist ja auch meine Ehe in die Brüche gegangen.» Der Mann jammerte, als würde er gleich in Tränen ausbrechen. «Aber mit Monika war Schluss, als ich herausgefunden habe, womit sie ihr Geld verdiente.»

«Halt, halt!», unterbrach Kappe. «Wie wäre es, wenn Sie uns Ihre Geschichte von Anfang an erzählen?»

«Also gut. Ich weiß, das alles klingt wenig glaubhaft, aber ich sage Ihnen die Wahrheit, so wahr ich hier sitze.» Kudraß versuchte, mit der rechten Hand die Bierflasche zu ergreifen. Doch offenbar hinderte ihn der Armbruch. Deshalb hob er die Bierflasche mit der linken Hand an und führte sie umständlich zum Mund. Nach einem großen Schluck begann er zu erzählen. «Es war drüben am Maybachufer. Ich kam von der Arbeit und habe sie gesehen. Sie trug ein luftiges Sommerkleid und lächelte zu mir herüber wie ein Engel. Und nicht nur das. Sie winkte mir zu. Es war, als hätte ich eine Erscheinung.» Kudraß trank einen weiteren Schluck Bier und berichtete, wie der Engel ihm mit den Händen zu verstehen gegeben habe, dass er doch zur Kottbusser Brücke kommen und sich dort mit ihr treffen solle. Er habe zuerst den Kopf geschüttelt, schließlich sei er seit zwei Jahren verheiratet gewesen. Doch dann musste ihn der Teufel geritten haben, und er hatte sich bis auf die Unterhose ausgezogen und war zu ihr hinübergeschwommen. «Yvonne fand das unglaublich romantisch. Sie war geradezu entzückt, dass ich so etwas Verrücktes für sie getan habe. So fing alles an. Das war im Juli letzten Jahres.»

«Und dann?», fragte Kappe.

«Dann hatten wir eine heftige Affäre. Es war himmlisch.» Kudraß seufzte und bekam einen verträumten Blick, doch nach einem Moment wurden seine Gesichtszüge hart. «Natürlich bekam meine Frau das mit. Sie arbeitet als Steuerberaterin und hat mich im hohen Bogen rausgeworfen. Na ja, dann kam es, wie es kommen musste: Eines Tages fand ich heraus, dass Yvonne gar nicht Mode verkaufte, wie sie immer erzählt hatte, sondern ihren Körper.» Er seufzte. «Wie konnte sie mir das nur antun? Ich habe sie doch so geliebt!» Kudraß schien auf dem Stuhl zusammenzusinken. «Nun sitze ich hier. Allein. Und wenn ich aus dem Haus gehe, sehe ich diesen unheilvollen Kanal.»

Kappe versuchte Kudraß zu überrumpeln und sagte so mitfühlend, wie er konnte: «Und dann wollten Sie Frau Mönningsee zur Rede stellen und haben ihr vor lauter Enttäuschung das Kissen auf den Mund gedrückt.»

«Ich gebe zu, dass ich darüber nachgedacht habe, Herr Kommissar.» Kudraß hob den verletzten Arm in die Höhe. «Vielleicht hatte ich nur das Glück, dass mir jemand zuvorgekommen ist. Mit meinem gebrochenen Arm kann ich aber sowieso niemanden mit einem Kissen ersticken — selbst wenn ich wollte.»

«Na ja, so'n Armbruch is ja nu ooch kein Beinbruch», kalauerte Galgenberg. «Wie is'n det passiert? Un wann?»

«Beim Fußball. Sie müssen wissen, dass ich beim BBC Südost als Manndecker spiele. Wir hatten vor zwei Wochen ein Heimspiel. Da ist es passiert. Dafür gibt es Dutzende Zeugen. Und ein Krankenschein mit dem Datum gibt es natürlich auch. Der liegt allerdings bei der BVG.»

Peter Kappe drückte einem Studenten das Flugblatt in die Hand und sagte: «Komm morgen mit zur Demo für Kurt Kannenhenkel vor dem Rathaus Schöneberg! Er ist unschuldig inhaftiert und braucht deine Unterstützung!»

Der Student trug einen strengen Scheitel und sah ein bisschen so aus, als wäre er gerade auf dem Weg zu einer Sitzung des Rings Christlich-Demokratischer Studenten, dieser CDU-Tarnorganisation an der Uni. Vermutlich studierte der Knilch BWL. Dennoch nickte er artig und nuschelte, dass er sich das Flugblatt durchlesen wolle. Vielleicht tat Peter dem Kerl ja auch unrecht, wenn er ihn nach seinem Äußeren beurteilte.

Stefanie Richter jedenfalls würdigte seine Bemühungen, indem sie ihn küsste, kaum dass der Kommilitone ein paar Meter entfernt war. Wenn Peter bis jetzt nicht so recht daran geglaubt hatte, dass sich diese Zettelverteilerei lohnte — jetzt wusste er es.

Stefanie löste sich von ihm und lief auf ein Mädchen mit Blumen im Haar zu. Das fand Peter ein bisschen ungerecht. Denn schon kam der nächste mutmaßliche BWL-Student des Wegs. Peter fügte sich seinem Schicksal, hielt ein Flugblatt in die Höhe und sagte seinen Spruch auf. Auch der Kerl nahm den Zettel entgegen, doch dieses Mal gab es keinen Kuss zur Belohnung, denn Stefanie redete nach wie vor auf die Hippie-Schönheit ein.

Peter schaute auf den Stapel Flugblätter in seiner Hand. Etwa die Hälfte war er losgeworden. Selbst kleine Schritte zur Revolution waren manchmal anstrengend. Er wischte die Zweifel beiseite, denn in diesem Moment kam eine hübsche Brünette mit Haaren bis zur Taille auf ihn zu. Er überreichte ihr ein Flugblatt und lud sie zur Demo ein.

«Wann ist das? Morgen? Da bin ich auf jeden Fall dabei!», sagte sie. «Sehe ich dich dort auch?»

«Natürlich», antwortete Peter.

«Und mich auch!», sagte Stefanie.

Wo kommt die denn auf einmal her?, fragte sich Peter. Gerade war sie doch noch ins Gespräch vertieft gewesen.

Die Brünette zwinkerte Peter zum Abschied noch einmal zu und verschwand.

Stefanie steckte ihren Flugblattstapel in ihre Tasche und hielt diese Peter entgegen. «Komm, wir machen morgen früh weiter!»

Peter legte seine Flugblätter erleichtert dazu. Dabei entdeckte er eine zusammengerollte bunte Zeitung in Stefanies Tasche. «Du hast den *Berliner Blitz* gekauft?», fragte er erstaunt.

«Du hast das noch gar nicht mitbekommen, oder?»

«Was denn?»

«Die Fotos.» Stefanie zog die Zeitung aus der Tasche und guckte Peter an.

«Ich lese so was doch nicht.»

Stefanie schlug die Zeitung auf, hielt sie so, dass die Bilderserie zu sehen war, und reichte sie Peter. Das größte Bild zeigte Rosi Ungermann, die sich nackt auf einem schweren Motorrad räkelte. Daneben stand: *Manchmal braucht die Schöne Abstand von ihren Revoluzzern. Dann braust sie in die Freiheit und freut sich auf den harten Kerl, der ihren Tank füllt.*

Was für ein ausgemachter Blödsinn!, dachte Peter. Sehr schlüpfrig wirkte das Foto nicht, da sich Rosi mit der größten

Selbstverständlichkeit unbekleidet zu präsentieren schien. Ihr Lächeln wirkte ein wenig, als wollte sie dem Betrachter «Ich bin nackt, na und?» zurufen

Das große Bild war gerahmt von weiteren, kleineren Fotos von Rosi mit und ohne Hemdchen und einem kurzen Artikel. Die Überschrift lautete: *Das Model packt aus – so lebt und liebt die schöne Kommunardin.* Gleich im ersten Satz folgte ein Wortspiel mit «auspacken», das mit den daneben abgebildeten Brüsten in Verbindung gebracht werden konnte. Peter las nicht weiter, auf dieses Niveau wollte er sich nicht herablassen. Er gab Stefanie die Zeitung zurück.

«Das ist doch eine Frechheit!» Stefanie klang so entrüstet, dass Peter lieber nichts erwiderte. Sie war ohnehin derart in Rage, dass sie sogleich anfügte: «Diese blöde Kuh reduziert uns auf sexwütige Trottel.»

«Nun ja, die freie Liebe scheint mir bei vielen in der Kommune eine gewisse Rolle zu spielen», wagte Peter einzuwerfen. «Und außerdem, wer liest schon so einen Unsinn?»

«Peter, das ist der *Berliner Blitz!* Zigtausende Berliner lesen diese imperialistische Hetze jeden Tag. Wenn nicht gar Hunderttausende. Und diese dumme Gans macht uns zum Gespött der Spießer.»

«Und ich dachte, du könntest Rosi gut leiden», murmelte Peter, um das Gespräch ein bisschen von der großen Politik auf die persönliche Ebene zurückzuholen.

«Das dachte ich auch, bis vorgestern.»

Seltsam, die Fotos sind doch erst heute erschienen, überlegte Peter.

Doch bevor er danach fragen konnte, erklärte Stefanie: «Am Dienstag war sie dabei, als wir den Text für das Flugblatt verfasst haben. Erst hat sie ein paar dumme Bemerkungen gemacht, und als wir sie daraufhin ignoriert haben, ist sie eingeschlafen! Eingeschlafen, Peter! Wir reden über die Befreiung eines inhaftierten Genossen, und das doofe Huhn schläft!»

Kuh, Gans, Huhn — wenn Stefanie so weitermacht, hat sie bald einen ganzen Bauernhof beisammen, dachte Peter. «Verschwende deine Kraft nicht, indem du dich über Rosi ärgerst. Konzentrieren wir uns auf Kurt. Ich muss dir noch dringend erzählen, was Meerbusch gerade treibt».

ACHT
Freitag, 29. März 1968

LINDA KANNENHENKEL streckte Peter Kappe und Stefanie Richter die Hand entgegen. «Schön, dass ihr kommt!»

Sie war eine schlanke Frau Ende zwanzig und ausgesprochen attraktiv, wie Peter fand, auch wenn sie neben Stefanie ein wenig bleich wirkte. Stefanie strahlte, als hätte sie zum Frühstück eine kleine Sonne verspeist. Inzwischen kannte Peter dieses Leuchten, denn es zeigte sich stets nach gemeinsamen Nächten auf Stefanies Gesicht.

Nach der Begrüßung leerte Linda Kannenhenkel den Briefkasten, der beinahe überquoll von Sendungen aller Größen und Farben. «Es ist unglaublich, wer sich alles für das Schicksal meines Mannes interessiert. Es kommen herzzerreißende Liebeserklärungen, Kampfesgrüße, Sympathiebekundungen, manchmal aber auch unflätige Beschimpfungen.»

Eine der Sendungen war größer als alle übrigen. Es handelte sich um eine gefaltete Zeitung, die von einer Banderole zusammengehalten wurde, auf der in Krakelschrift stand: *Lest die Wahrheit, Mörderbande!* Peter erkannte, dass es sich bei der Zeitung um den *Berliner Blitz* handelte.

Noch auf dem Weg durch den Garten riss Linda Kannenhenkel die Banderole auf und entfaltete die Zeitung. Auf dem Titel prangte ein Foto von Kurt Kannenhenkel, das ihn in der bekannten Filmrolle eines Insassen einer Irrenanstalt zeigte. Auf dem Foto daneben kauerte ein Mann mit dünnem Haar und hielt das Bild einer blonden Frau in die Höhe. Über beiden Bildern stand die Schlagzeile: *Wie der Hurenmörder eine ganze Familie zerstörte.*

Linda Kannenhenkel zerknüllte die Zeitung und warf sie in die Mülltonne.

«Sie lesen das nicht?», fragte Stefanie.

«Diese Dreckskerle lügen sowieso nur!»

«Aber es ist immer besser, den Feind zu kennen, Frau Kannenhenkel.»

«Nennt mich bitte Linda.»

Stefanie ging zur Mülltonne und fischte den *Berliner Blitz* heraus. «Wir werden das für dich übernehmen, Linda.»

«Danke sehr, aber nun kommt.» Linda öffnete die Haustür. Aus dem Obergeschoss erklang Kinderlachen. Das Kindermädchen kümmere sich bis nachmittags um die Kleinen, erklärte Linda und führte Stefanie und Peter ins Wohnzimmer.

Eine Fensterfront flutete den Raum mit Licht, die Wände waren gelb getüncht. Auf einem Tisch stand eine Obstschale. Peter kam es vor, als wäre er in eines dieser modernen Pop-Art-Gemälde geraten. Selbst die Stühle waren aus leuchtend blauem Plastik.

«Setzt euch doch!», sagte Linda. «Ich hole uns einen Kaffee.» Sie ging in die Küche, die lediglich durch einen hüfthohen Raumteiler vom restlichen Wohnzimmer abgetrennt war.

«Sie erträgt das Drama mit Würde», flüsterte Stefanie.

Peter wollte lieber noch etwas abwarten, ehe er sich eine Meinung bildete.

Linda kam mit einem Tablett aus der Küche zurück und verteilte Tassen auf dem Tisch. «Ich habe gute Nachrichten von Kurts Anwalt», sagte sie. «Er glaubt, dass sich die Untersuchungshaft nicht mehr lange hinziehen wird und Kurt bald gegen Auflagen freikommen könnte.» Sie goss etwas Milch in ihren Kaffee und fuhr fort: «Der Anwalt sagt, dass jedes Flugblatt und jeder Aufruf den Druck auf die Justizbehörden erhöht und Kurt hilft. Also danke!»

Peter bemerkte, dass Linda mit den Tränen kämpfte.

«Können wir sonst noch etwas für dich tun, Linda?», fragte Stefanie.

«Ach, wisst ihr, ich habe schon so viel mit Kurt durchgemacht.» Linda seufzte. «Als ich ihn damals in Amerika kennengelernt habe, war er noch kein berühmter Mann. Er hatte gerade sein Studium beendet, und ich war ein Jahr als Au-pair-Mädchen drüben. Als wir zurückkamen, hat er sich mit Chanson-Abenden über Wasser gehalten. Ja, er hat auch mal über die Stränge geschlagen. Seit er in der Fernsehserie mitspielt, hat er seine Prominenz auch manchmal ausgenutzt und den Bürgerschreck gespielt. Aber er ist doch kein Mörder.»

Ist es Verzweiflung, die durch ihre Worte klingt, oder doch ein leiser Zweifel?, fragte sich Peter.

«Ihr könnt euch nicht vorstellen, wie die Nachbarn mich anschauen!», fuhr Linda fort. «Die Kleine geht noch nicht in die Schule, aber meinen Sohn musste ich krankmelden, weil er die Hänseleien auf dem Schulhof nicht mehr ausgehalten hat. Es ist ein gutes Gefühl, dass nicht alle diesen Lügen aufsitzen. Insofern helft ihr mir schon.»

«Wir könnten die Wahrheit auf Flugblätter drucken und im ganzen Viertel in den Briefkästen verteilen», schlug Stefanie vor.

«Nein, nein.» Linda klang erschrocken. «Es hat schon vor dieser Geschichte eine halbe Ewigkeit gedauert, bis die Nachbarn aufgehört haben, die Nase über uns zu rümpfen. Ich fürchte, Flugblätter von Studenten überzeugen in dieser Gegend nicht viele.»

«Aber wir müssen doch etwas machen können.» Nun klang Stefanie beinahe so verzweifelt wie Linda.

«Wenn der wahre Mörder gefunden würde ...», sagte Linda, ohne den Satz zu vollenden.

«Haben Sie mit der Polizei gesprochen?», fragte Peter.

Linda sah ihn an, als fiele ihr erst jetzt auf, dass auch er am Tisch saß. «Ja, mit einem Kommissar namens Kappe. Ich hatte das Gefühl, der wollte mich dazu bringen, böse auf Kurt zu sein, weil der eine Prostituierte im Auto mitgenommen hat. Dabei wusste ich das doch, weil Kurt es mir noch am selben Abend erzählt hat.»

Stefanie guckte Peter an, als wollte sie ihn gleich meucheln. Vom Leuchten war jedenfalls nichts mehr zu sehen.

«Vielleicht könnte jemand von uns mit diesem Polizisten reden», murmelte Peter.

«Das sollte tatsächlich jemand tun», ergänzte Stefanie.

«Ich muss Sie um einen Moment Geduld bitten, Herr Kommissar», sagte der Vorzimmerdrache. «Professor Doktor Meerbusch führt gerade noch ein Telefonat.»

Otto Kappe sah auf die Uhr. Es war genau zehn vor zwölf, und er war auf die Minute pünktlich. Wieso ließ der Professor ihn warten, wenn er doch angeblich so einen engen Terminplan hatte? Kappe war froh, dass er seinen Kollegen Hans-Gert Galgenberg zu diesem Studenten geschickt hatte, der auf ihrer Liste mit den verdächtigen Personen stand. So vertrödelte wenigstens nur einer von ihnen seine Zeit mit Warten. Die Woche neigte sich unweigerlich dem Ende entgegen, und Kriminalrat Keunitz würde in Bälde Ergebnisse sehen wollen. Kappe wurde unruhig. «Wie lange kann das noch dauern, Frau Milbert?»

«Bis Professor Doktor Meerbusch aufgelegt hat», teilte der Drache ihm mit. Seltsamerweise sah die Frau bei Weitem nicht so bösartig aus, wie sie klang. Mit ihrem Dutt und dem grauen Kostüm wirkte sie zwar etwas altmodisch, aber sie hatte feine Gesichtszüge. Kappe hätte sie durchaus attraktiv gefunden, wäre da nicht dieser verbitterte Blick gewesen. Er wurde langsam wütend.

Gerade, als er Frau Milbert erneut zur Rede stellen wollte, öffnete der Professor seine Bürotür. Er trug einen schwarzen Anzug mit einem seltsamen Fleck auf dem Revers.

Meerbusch entschuldigte sich bei Kappe für die Umstände und sagte: «Sie können sich nicht vorstellen, was heute in meiner Vorlesung los war. Ein paar Chaoten haben meinen Vortrag gestört. Daran habe ich mich ja beinahe schon gewöhnt. Doch dann habe ich mit deutlichen Worten um Ruhe gebeten, und diese Barbaren ...» Er unterbrach seine Ausführungen, wies auf sein beschmutztes Jackett und fuhr sichtlich entrüstet fort: «Mit rohen Eiern haben die mich beworfen. Das ist doch die Höhe! Davon musste ich die Universitätsleitung in Kenntnis setzen.»

«Das tut mir leid», murmelte Kappe.

«Wie soll man mit diesem Gesindel nur umgehen?»

«Es wird sich sicher nur um einzelne Personen handeln. Um die sollten sich im Zweifel meine Kollegen kümmern», erwiderte Kappe. Er musste unwillkürlich an seinen Sohn denken. Ob der auch derartige Straftaten beging? Denn um solche handelte es sich zweifellos. Körperverletzung, Sachbeschädigung, Hausfriedensbruch – Kappe fielen mehrere einschlägige Tatbestände ein. Doch deswegen war er nicht hergekommen.

«Ja, da haben Sie recht! Ich werde Anzeige erstatten.» Meerbusch trat einen Schritt auf Kappe zu.

«Rufen Sie meine Kollegen im Revier an», sagte Kappe. «Aber wenn Sie damit warten könnten, bis ich meine Befragung abgeschlossen habe, wäre ich Ihnen sehr verbunden.» Glaubte Meerbusch etwa, seinen Firlefanz mit ein paar frechen Studenten bei einem Kriminaloberkommissar der Mordkommission abladen zu können?

Der Professor legte die Stirn in Falten. Nach einem Moment sagte er: «Was sein muss, muss sein.» Er trat in sein Büro und forderte Kappe auf, ihm zu folgen.

Sein Arbeitszimmer sah aus wie eine Studierstube in einem alten UFA-Film. Die Wände waren vor lauter Bücherregalen nicht zu sehen. Kappe fiel auf, dass es hier keinerlei Spuren von seinem Privatleben gab – keine Fotos oder privaten Gegenstände, nichts. Selbst auf dem Schreibtisch stapelten sich Fachzeitschriften, Aktenordner und Mappen.

«Kappe war Ihr Name», stellte der Professor fest. «Haben Sie etwas mit meinem Studenten Peter Kappe zu tun?»

«Der ist mein Sohn. Ich hoffe, er benimmt sich.»

«Ich habe keinen Grund zur Beschwerde», sagte Meerbusch. «Und nun, wie kann ich Ihnen helfen?»

«Ich komme gleich zur Sache, Herr Professor.» Kappe zog noch im Stehen die Kalenderabschrift aus der Tasche. «Wie Ihnen sicher zu Ohren gekommen ist, ist eine Prostituierte namens Monika Mönningsee ermordet worden. Und wir haben Hinweise darauf, dass Sie unmittelbar vor ihrem Tod bei ihr einen Termin hatten.»

Meerbusch setzte sich hinter seinen Schreibtisch und wies Kappe den Besucherstuhl zu. «Ich habe rein beruflich mit solchen Damen Kontakt, im Rahmen meiner geplanten Veröffentlichung über psychische Belastungen und Störungen bei Prostituierten.»

«Beruflich …»

Meerbusch begann zu dozieren. «Mein Herr, darf ich Ihnen kurz erläutern, was es mit meiner Untersuchung auf sich hat? Ich bediene mich dort einer Methode, die in den USA als die Königin unter den Methoden der Feldforschung bezeichnet wird. Dabei wirft man nicht nur von außen einen Blick auf die Gruppe, deren Sitten und Bräuche man erforschen will, sondern man lebt mit ihren Mitgliedern zusammen. So wie es Bronisław Malinowski im Falle der Trobriand-Insulaner getan hat.»

«Dieser Herr hat auf einer Insel gelebt?»

«Ja, und nun gilt er als Vater der Feldforschung. Diese verstand er als teilnehmende Beobachtung. Und zwar über einen längeren Zeitraum. Bronisław weilte dreieinhalb Jahre lang unter den Trobriandern und schrieb eine bahnbrechende Arbeit über sie.»

«Und nun möchten Sie über Monika Mönningsee alias Yvonne und ihre Kolleginnen ebenfalls eine bahnbrechende Arbeit verfassen?», frage Kappe ungläubig. Sein Sohn hatte ihn auf etwas in der Art vorbereitet, doch von teilnehmender Beobachtung hatte er nichts erzählt.

«In der Tat.»

«Dann haben Sie mit Frau Mönningsee öfter …», Kappe musste sich sammeln, «… beruflich verkehrt?»

«Ja, selbstverständlich. Wenn ich etwas über psychische Belastungen und Störungen herausfinden will, wird es ja kaum reichen, dass ich an den Prostituierten mit dem Auto vorbeifahre.»

Kappe fixierte Meerbusch einige Sekunden lang. Er hatte Schwierigkeiten, seine Frage zu formulieren. «Kann in diesem speziellen Fall zu viel Nähe auch ablenken?»

«Ich bin Wissenschaftler und kann beurteilen, was meine Ergebnisse verfälschen würde.» Meerbusch schmunzelte wie jemand, der das Einmaleins zum hundertsten Mal erklärte. «Außerhalb der Uni begegne ich häufig Menschen, die sich wenig Vorstellung davon machen, wie ausgeklügelt unsere Methoden sind. Schließlich verfeinern Wissenschaftler in aller Welt die Erhebungsinstrumente seit Jahrzehnten. Und jede Untersuchung muss sich am Ende der Kritik der Kollegen stellen. Wir wissen, was wir tun.»

Der Vortrag beeindruckte Kappe wenig. Schließlich beantwortete dieser nicht die Frage, auf die er eigentlich hinausgewollt hatte. Also stellte er sie nun unumwunden. «Kurz und gut, haben Sie mit einer gewissen Monika Mönningsee, genannt Yvonne, Geschlechtsverkehr ausgeübt?»

Meerbusch riss die Augen auf. «Das geht zu weit, finden Sie nicht? Schließlich wäre es kein Verbrechen, wenn ich es getan hätte. Das geht Sie also nicht das Geringste an.»

Kappe hielt Meerbusch die Abschrift vor die Nase und sagte: «Herr Professor, Ihr Name war im Kalender von Frau Mönningsee vermerkt, unmittelbar vor ihrem Tod. Wo Sie zur Tatzeit waren, geht mich also durchaus etwas an. Also, wo waren Sie am Dienstagabend der vorigen Woche?»

«Moment bitte …» Meerbusch blätterte in seinem Terminkalender und hielt ihn dann frohlockend in die Höhe. «Da habe ich mich mit einem Kollegen in Hamburg getroffen. Ich gebe Ihnen gerne seine Telefonnummer. Denn bei aller Sympathie für die Parapsychologie, einen Fernmord werden Sie mir ja wohl nicht unterstellen wollen.»

Den Sozialdemokratischen Hochschulbund, kurz SHB, kannte Peter Kappe bisher nur durch den Dauerkonflikt mit dem SDS, dem viel linkeren Sozialistischen Deutschen Studentenbund. Peter wusste, dass der SHB der SPD nahestand, und er hatte einiges über ihn in der Zeitschrift *Frontal* gelesen. Ausgerüstet mit einem Stapel Flugblätter für die geplante Kannenhenkel-Demonstration, war er mit der U-Bahn vom Campus bis hinaus nach Krumme Lanke gefahren und schritt nun durch die Villa in der Sven-Hedin-Straße, in der sich die Studenten des SHB trafen. Sicher würde er hier ein paar Mitstreiter für die Demo finden. Nebenbei erfüllte er seinem Großonkel Hermann den Wunsch, beim SHB vorbeizuschauen, auch wenn er nach wie vor nicht die Absicht hatte, diesem Verein beizutreten.

Im Versammlungsraum saßen ein Dutzend Männer und ein paar Frauen. Sie sahen anders aus als viele andere Kommilitonen, die gegen den Vietnamkrieg der USA protestierten oder Flugblätter gegen die drohenden Notstandsgesetze oder für die Freilassung Kurt Kannenhenkels verteilten. Auch beim SHB trugen die Männer inzwischen langes Haar, allerdings ordentlich gekämmt.

«Guten Tag, Genosse!», begrüßte ihn ein Mann in Jeans und hochgeschlossenem Hemd, dem anscheinend der Bart nicht so richtig wachsen wollte. Er stellte sich als Hans vor und eröffnete die Runde. Anschließend bat er Peter sich vorzustellen.

«Mein Name ist Peter Kappe, ich studiere Psychologie und gehe schon auf die dreißig zu. In meiner Familie gibt es eine gewisse sozialdemokratische Tradition ...» Er stockte, weil das etwas großzügig formuliert war, denn sein Vater war durch und durch bürgerlich, aber sein Großonkel war schließlich erklärter Sozialdemokrat. Überhaupt verspürte Peter wenig Lust, weiter über seine Verwandten zu reden, da sein Vater, wie sein Großonkel Hermann früher, bei der Polizei war. Würde er damit auch beim SHB zur Persona non grata werden? Er schloss mit einem Satz, den er für konform hielt: «Ich bekenne mich zum demokratischen Sozialismus und zur Freiheit und Würde des Menschen.»

«Danke, Peter», sagte Hans. «Du bist herzlich eingeladen, mit uns für diese Ideale zu kämpfen.» Er wandte sich den anderen zu und sagte: «Auch heute müssen wir wieder über die Politik des SPD-Landesvorsitzenden Kurt Mattick reden.»

Peter kam es etwas seltsam vor, dass die SHB-Studenten über die SPD redeten, als wäre sie eine fremde, gar gegnerische Partei. Doch in der folgenden Diskussion wurde schnell klar, dass der SHB mit Mattick im Streit lag. Ein Student warf dem Landesvorsitzenden vor, er ignoriere die politische Rechte in Berlin und laufe Gefahr, «einem neuen Faschismus den Weg zu bereiten». Ein anderer berichtete darüber, dass Mattick dem SHB parteischädigendes Verhalten vorhalte. Er selbst habe eine Ortsgruppenversammlung besucht, bei der die alten Genossen ihrem Unmut über die aufsässigen SHB-Studenten Luft gemacht hätten. Das sorgte für Gelächter bei einem Teil der Anwesenden.

Ein Student in einem gebügelten Hemd stand auf und sagte: «Genossen, bei allem Ärger mit Kurt Mattick sollten wir nicht vergessen, wo der tatsächliche Feind steht. Nämlich rechts. Es mag ja sein, dass die alten Genossen zu viele Kompromisse eingehen. Doch behalten wir bitte im Blick, dass wir inzwischen sogar in der Bundesregierung sitzen und Willy Brandt Vizekanzler ist. Die Zeichen stehen auf Wandel. Diesen Wandel sollten wir begleiten und nicht bekämpfen, Genossen!»

Peter hatte den Verdacht, dass der Hemdenträger mit dem Parteibuch der SPD Karriere machen wollte und sich sorgte, dass allzu viel Provokation gegenüber den SPD-Oberen seinem Ziel nicht dienlich sei.

Prompt sprang ein Junge auf, der aussah wie ein Geisteswissenschaftler im ersten Semester. Er warf sein langes Haar mit Schwung aus der Stirn und rief: «Wenn wir einen Wandel erleben wollen, müssen wir dafür kämpfen, dass wir die SPD im Sinne wahrhaft linker Politik verändern!» Er ballte die Faust, als wollte er die Revolution gleich hier in der SHB-Villa ausrufen. «Von höchster Notwendigkeit ist eine völker- und klassenübergreifende antimonopolistische Bündnispolitik.»

«Genosse, du klingst ja wie einer dieser Stamokap-Leute!», erwiderte der Kerl im Hemd.

Peter kannte die Theorie rund um den Staatsmonopolistischen Kapitalismus. Dieser sei durch Konzentration und die Zentralisation des Kapitals und der Produktion entstanden, und nur dessen völlige Überwindung könne das Ziel proletarischer Politik sein.

«Willst du mir vorwerfen, dass ich die wissenschaftlichen Grundlagen unserer politischen Arbeit benennen kann, Genosse?», fragte der Junge.

Der Kerl im Hemd schwieg und guckte böse.

«Genossen», rief Hans in die aufkommende Stille, «vielleicht können wir die theoretischen Diskussionen einen Moment aufschieben. Fragen wir doch unseren Besuch, welche politischen Fragen ihn am meisten drängen.»

Alle guckten ihn an.

Peter zog das Flugblatt aus seiner Jackentasche und sagte: «Heute Abend gibt es eine Demo für den inhaftierten Kurt Kannenhenkel.» Er erläuterte in kurzen Worten den Plan, vor das Rathaus Schöneberg zu ziehen, und schloss: «Ich finde, wir sollten auch im konkreten Einzelfall gegen den staatlichen Repressionsapparat vorgehen.»

Ein Gemurmel ging durch die Gruppe. Ein Student sagte, er habe gerade heute eine Versammlung seiner Juso-Unterbezirksgruppe. Dort schien auch der Kerl im Hemd unabkömmlich zu sein. Andere, unter ihnen der Stamokap-Junge, versprachen zu kommen.

Hans ergriff das Wort und sagte: «Du sprichst ein wichtiges Thema an. Ich schlage vor, dass wir als SHB eine Petition zu der Sache verfassen, und wer heute Abend schon dabei sein kann, soll unsere Gruppe bei der Aktion vertreten. Einverstanden, Genossen?»

Schnell herrschte Einigkeit. Hans sprach das nächste Thema an, die Notstandsgesetze, die von der Großen Koalition unter dem CDU-Kanzler Georg Kiesinger und dem SPD-Vizekanzler Willy Brandt verabschiedet werden sollten. Hier lag schon ein Entwurf für ein Schreiben an die SPD-Führung vor, in dem das Vorhaben als Rückfall in Weimarer Verhältnisse gewertet wurde.

Peter verfolgte die Diskussion nur noch mit halbem Ohr. Er war zufrieden, weitere Mitstreiter für die Demo am Abend gefunden zu haben. Mehr wollte er gar nicht.

Otto Kappe blickte aus dem Fenster des sechsten Stockwerks des *Berliner-Blitz*-Verlags. Unten schossen die Autos über die Nürnberger Straße, aber hier oben waren die Motorengeräusche diffus wie die Regenfront, die sich am Horizont ankündigte. Es dämmerte bereits.

Als Kappe mit seinem Kollegen Hans-Gert Galgenberg noch unten im Auto gesessen hatte, waren sie den Fall durchgegangen. Die Gespräche bei Professor Meerbusch und bei Rüdiger Engelhardt waren nicht sonderlich erfolgreich gewesen. Auch der Student hatte ein Alibi, das Dutzende Besucher eines Liederabends bestätigen konnten. Und der Amtsmediziner hatte Jürgen Kudraß entlastet. Außerdem hätte es laut Wuttke von der Spurensicherung am Tatort vor Gipsspuren wimmeln müssen, wenn jemand mit einem Gipsarm Monika Mönningsee ein Kissen auf den Kopf gedrückt und sie so erstickt hätte. Solche Spuren gab es aber nicht.

Kappe drehte sich um. In dem kleinen Büro stand Galgenberg mit dem Fotografen Martin Glämmer vor einer Wäscheleine, an der Fotos mit Klammern befestigt waren. Die Bilder zeigten eine junge Frau mit freiem Oberkörper und einer riesigen Brille. Galgenberg schaute eindeutig nicht auf das Gesicht des Fotomodells.

Glämmer berichtete von der Fotosession und teilte Galgenberg mit, dass es sich bei der jungen Frau um eine Lehramtsstudentin handle, die mit den Aufnahmen mindestens das Einkommen für den nächsten Monat erwirtschaftet habe. Die Brille trage sie normalerweise nicht, die stamme aus dem Requisitenfundus, den der Fotograf im Laufe der Jahre aufgebaut habe. Die Leser fänden eine Lehramtsstudentin mit einer derartigen Sehhilfe glaubwürdiger. «Wenn wir den Lesern oft zeigen, was sie glauben, akzeptieren sie auch mal etwas Unglaubliches», erklärte Glämmer.

Galgenberg hielt augenscheinlich schon die Oberweite der Studentin für unglaublich. Sein Blick klebte geradezu an den Fotos.

«Machen Sie nur solche Bilder?», fragte Kappe.

«Wo denken Sie hin!» Glämmer zeigte auf die Zeitungsstapel, die beinahe seinen gesamten Schreibtisch bedeckten. «Wir haben zwar jeden Tag ein Mädel im *Berliner Blitz*, aber die meisten Bilder zeigen natürlich Ereignisse aus der Stadt. Ich fotografiere alles, vom Tierbaby im Zoo bis zum Staatsempfang.» Er grinste anzüglich und fuhr fort: «Aber natürlich freue ich mich besonders, wenn ich ein schönes Motiv ablichten darf.»

Kappe betrachtete den Mann. Er trug eine abgewetzte Anzughose und ein ausgeleiertes kariertes Hemd. Sein Haar hatte sich bis auf einen strähnigen Kranz gelichtet. Vermutlich begegnet der Mann *schönen Motiven* weniger im Privatleben als im Berufsalltag, dachte Kappe nicht ohne eine gewisse Häme, denn der Kerl grinste noch immer, als ob er der größte Frauenheld der Stadt wäre.

«Wie sind solche Damen eigentlich persönlich?», fragte Galgenberg, ohne die Fotos aus dem Blick zu lassen.

«Die Mädchen sind sehr unterschiedlich. Es gibt Zicken, eingebildete Schnepfen, manche sind dumm wie Stroh. Hin und wieder kann man mit einem der Mädchen auch ein paar vernünftige Worte wechseln. Doch das ist nicht unser Auswahlkriterium.»

«Wer solch eine Wahl treffen muss, hält es wohl mit dem alten Goethe.» Galgenberg kicherte. «Der wusste auch schon: *Die Wahl ist schwerer als das Übel selbst.*»

Der Fotograf grinste immer noch, schaute dabei aber, als hätte Galgenberg etwas in einer exotischen Fremdsprache gesagt.

«Bleiben wir bei den Damen», mischte sich nun Kappe wieder ein. «Wir sind wegen einer jungen Frau hier, mit der Sie anscheinend in engem Kontakt standen. Wie war Ihr Verhältnis zur verstorbenen Monika Mönningsee alias Yvonne?»

Glämmers Gesicht gefror zu einer Maske. Zugleich schien der Mann zu schrumpfen. Nun erinnerte er an einen Gartenzwerg mit Schnurrbart. Er starrte ins Nichts.

«Herr Glämmer, wir wissen, dass Sie mit der jungen Dame kurz vor Ihrem Tod noch verabredet waren. Wenn Sie uns jetzt keine Auskunft darüber erteilen, werden wir Sie vorladen», sagte Kappe.

«Nein, nein, da gibt es keine Geheimnisse. Ich habe mich regelmäßig mit Yvonne getroffen. Zuletzt am Wochenende, bevor dieser Schauspieler sie ermordet hat.»

«Woher wissen Sie denn, dass Herr Kannenhenkel der Täter war?», fragte Galgenberg.

«Das liegt doch auf der Hand. Er war an dem Abend mit ihr zusammen», sagte Glämmer zu Galgenberg und wandte sich dann Kappe zu. «Außerdem sitzt er seit Tagen in Haft. Da wäre es ja wohl ein Wunder, wenn er nichts mit der Sache zu tun hätte.»

Dass er in Haft sitzt, hat er nicht zuletzt Glämmers Blatt zu verdanken, dachte Kappe. «Wie oft haben Sie Frau Mönningsee besucht?»

«Rund zweimal im Monat.» Glämmer zeigte auf die Fotos, die an den Wänden des Büros angepinnt waren. «Ich führe nicht gerade ein familienfreundliches Leben. Meine Frau hat sich vor über zehn Jahren von mir scheiden lassen. Seit der Trennung verzichte ich lieber auf eine feste Bindung. Doch mit der Kleinen konnte ich manchmal einen Ausflug in ein Leben als normaler Mann unternehmen.»

Kappe hatte den Eindruck, dass Glämmer noch etwas loswerden wollte.

Tatsächlich fuhr der Fotograf nach einer kurzen Pause fort: «Wir haben nicht nur schnelle Nummern geschoben, wenn Sie wissen, was ich meine.» Glämmer seufzte und schaute Kappe an, als bitte er um Erlösung. Doch Kappe schwieg weiter. «Ich habe mit ihr über alles geredet. Über die Arbeit, über meine Fotos, über mein Leben. Auch sie hat nach einer Weile erzählt, was sie bewegt. Es war so vertraut. Ich weiß nicht, was ich ohne sie machen soll.»

«Was hat sie denn so erzählt?», fragte Kappe.

«Ach, das meiste haben Sie bestimmt schon herausgefunden. Ich meine, dass sie Ärger mit ihren Eltern hatte und neuerdings der Bruder etwas anhänglich wurde. Ich glaube aber, dass ihr die Zukunft viel wichtiger war. Sie wollte ein kleines Café in Steglitz eröffnen. Sie hatte das Geld dafür beinahe zusammen.»

Von einem kleinen Vermögen, das Frau Mönningsee zusammengespart haben sollte, hörte Kappe nun schon zum wiederholten Male. Prompt ging er darauf ein: «Ihre Konten waren allerdings nicht besonders gefüllt. Sie hinterlässt im Wesentlichen nur ein Haus in Marienfelde.»

«Ach was, Konto! Niemand bezahlt eine Frau wie Yvonne mit einem Verrechnungsscheck. Ich selbst habe auch einige Scheine in der Hobrechtstraße gelassen. Das können Sie mir glauben.» Glämmer rieb Zeigefinger und Daumen der rechten Hand aneinander. «Da habe ich mich nie lumpen lassen. Und Yvonne hat ihr Geld mit Bedacht ausgegeben. Ich denke, da sollte sich eine ordentliche Barschaft angesammelt haben.»

«Wie viel?», fragte Galgenberg.

«Was weiß ich? Sie hat das ja nicht erst seit gestern gemacht. Zehntausende, hunderttausend vielleicht.»

Galgenberg pfiff durch die Zähne.

«Das scheint mir nicht gerade für Herrn Kannenhenkel als Mörder zu sprechen», murmelte Kappe. «Geldsorgen hat der offensichtlich nicht.»

«Der ist Künstler und lebt in einer Villa am Wannsee! Da stimmt doch etwas nicht!», rief Glämmer.

Für Kappes Geschmack hatte er etwas zu laut und zu schnell reagiert. Doch natürlich galt es, die finanziellen Verhältnisse Kannenhenkels alsbald zu durchleuchten. Das wäre eine schöne Aufgabe für Galgenberg, dachte Kappe.

«Übrigens hat Yvonne mehrfach von ihrem späteren Mörder erzählt», berichtete Glämmer. «Anscheinend haben die beiden sich öfters getroffen. Sie hatte einen Narren an dem Kerl gefressen. Ich habe das nie verstanden.» Glämmer guckte Kappe an, als wollte er gleich auf ihn losgehen. «Vielleicht ist es zu einem Streit zwischen Kannenhenkel und Yvonne gekommen, und dann hat er das Geld bloß mitgenommen. Das müssen *Sie* doch herausfinden!»

«Zunächst müssen wir etwas ganz anderes herausfinden, Herr Glämmer», entgegnete Kappe. «Nämlich, wo Sie am Dienstagabend der letzten Woche waren.»

«Ich?»

«Ja, natürlich Sie. Wo ich war, weiß ich schon», blödelte Galgenberg.

«Am letzten Dienstag, dem 19. März?» Glämmer ging zu seinem Schreibtisch.

«Genau an diesem Tag», bestätigte Kappe.

Glämmer kramte einen Kalender aus den Zeitungsstapeln hervor und öffnete ihn. «Hier», sagte er und tippte auf die geöffnete Seite. «Ich war mit unserem Reporter Josef Bolp bei einer Grundsteinlegung. Danach sind wir in die Redaktion zurückgefahren. Er hat den Artikel geschrieben, und ich habe die Bilder in der Dunkelkammer fertig gemacht. Das kann Herr Bolp bezeugen.»

«Und dann?», fragte Kappe.

«Dann sind wir beide noch auf ein Bier in die Joju-Bar gegangen. Dafür gibt es auch jede Menge Zeugen.»

So viele Menschen! Peter Kappe konnte es nicht fassen. Es mussten Tausende sein. Der Platz vor dem Rathaus Schöneberg war jedenfalls so gut gefüllt, dass es die Vertreter des Establishments drinnen nicht übersehen konnten.

Auch Stefanie schien überglücklich. Sie hatte sich bei Peter untergehakt und drückte ihm in einem fort Küsschen auf die Wange.

Die Studenten riefen die üblichen Parolen: «Ho, Ho, Ho Chi Minh!» und «Freiheit für alle politischen Gefangenen!». Ein paar Polizeiwagen säumten den Platz. Bislang verhielten sich die Polizisten aber ruhig, genau wie die Passanten, die an der Demonstration vorbeieilten, als müssten sie dringend zu einem Termin. Auch die Beamten und Angestellten, die aus dem Rathaus kamen, suchten schleunigst das Weite, kaum dass sie der Demonstration gewahr wurden.

Vielleicht ist die Veranstaltung zumindest für ein paar von den Frauen und Männern, die da ins Wochenende strömen, ein Denkanstoß, hoffte Peter. Wenn sich wenigstens die Behördenmitarbeiter, die der SPD nahestanden, fragten, ob die Inhaftierung Kurt Kannenhenkels nicht ein Unrecht und ein Symbol staatlicher Willkür war! Den Gesichtern der Davoneilenden war dergleichen allerdings nicht anzusehen.

Der langhaarige Junge vom SHB tauchte auf. Er trug eine Baskenmütze über den strähnigen Haaren und begrüßte Peter mit den Worten: «Das ist eine großartige Aktion, Genosse! So etwas kriegen wir beim SHB nicht so oft hin!»

Stefanie ließ Peter los und trat einen Schritt beiseite. Ihre Stirn lag in Falten, als sie fragte: «Was macht der SHB denn hier?»

«Gemach, schöne Frau!», sagte der Junge. «Hier geht es um unseren Genossen Kurt und nicht um Animositäten.»

Das schien Stefanie nicht restlos zu überzeugen. Ihr Schweigen wurde eisig.

«Du hast recht, heute geht es um Kurt», sagte Peter.

«Jawoll!», bestätigte der Junge. «Heute geht es um die Befreiung Kurts und morgen um die Zerschlagung des Monopolkapitalismus!»

Diese Aussicht lockte auch auf Stefanies Gesicht ein Lächeln. Der Junge winkte und eilte zu einer Gruppe von Studenten, die ebenfalls Baskenmützen trugen. Zusammen sahen sie aus, als wären sie einem französischen Spielfilm entsprungen.

«Ich habe beim SHB nur die Flugblätter verteilt», entschuldigte sich Peter.

Stefanie kam auf ihn zu. Und zwar mit solch einem Schwung, dass Peter zunächst glaubte, sie wolle sich auf ihn stürzen und ohrfeigen. Alsbald bemerkte er jedoch, dass ein unscheinbarer Kerl in einer funkelnagelneuen Wildlederjacke sie geschubst hatte. Der Mann war Mitte zwanzig, mittelgroß und hager, sein Scheitel sah aus wie mit dem Lineal gezogen. Der Mann wäre wahrscheinlich in einer normalen Menschenmenge unsichtbar gewesen, doch auf der Demonstration zwischen all den Menschen mit langen Haaren, den Blumen darin und den bunten Gewändern fiel er auf wie ein Sperling, der sich in einen Papageienkäfig verirrt hatte. Er verhielt sich auch wie ein Dreckspatz: Rücksichtslos stieß er Männer wie Frauen beiseite und bahnte sich seinen Weg an die Spitze der Versammlung, wo Rüdiger Engelhardt an einem Megafon stand.

Ein Student, der ebenfalls von dem Mann angerempelt wurde, rief ihm hinterher: «He, was soll denn das?» Doch für weitere Reaktionen waren die Demonstranten zu verdutzt. So dauerte es nur Augenblicke, bis der Mann Rüdiger erreicht hatte. Nun ging alles blitzschnell: Der Dreckspatz drosch Rüdiger die Faust ins Gesicht und schnappte sich die Flüstertüte. Zwei Studenten stürzten auf ihn zu und entrissen ihm das Megafon wieder.

«Ihr Schweine!» Die Worte des Mannes waren auch ohne Verstärkung zu hören. Er schlug wild um sich und schrie: «Wer Mörder beschützt, ist selbst einer!» Erneut traf er Rüdiger, der mit blutendem Gesicht zu Boden ging.

Peter blickte zu den Polizisten. Die Beamten betrachteten die Szene, als hätten sie gerade Kaffeepause. Peter wollte seinem Freund zu Hilfe eilen, doch mit einem Mal drängten alle nach vorne.

«Ihr habt meine Schwester auf dem Gewissen!», schrie der Mann. «Vergasen sollte man euch alle!»

«Buh!», riefen die Demonstranten. «Nieder mit den Revanchisten und Faschisten!»

Eine Gruppe von Studenten stürzte sich auf den Mann. Und Peter registrierte aus dem Augenwinkel, wie sich die Polizisten endlich in Bewegung setzten. Mit gezückten Knüppeln bildeten sie eine Formation. Wie ein Panzer aus Menschenkörpern in Schutzkleidung stürmten sie in die Menge. Unter den Schlägen gingen die ersten Studenten zu Boden. Aus den Rufen wurden Schreie. Rücksichtslos droschen die Beamten sich den Weg zu dem Mann frei. In ihrem Windschatten folgte ein Fotograf, der unentwegt den Auslöser seiner Kamera betätigte.

Die Polizisten erreichten den Unruhestifter und befreiten ihn. Wild um sich prügelnd, zogen sich die Beamten wieder aus der Menge zurück. In der Schneise hinter ihnen krümmten sich verletzte Demonstranten am Boden. Peters Blick fiel auf eine junge Frau, der ein zerborstenes Brillenglas in der Wange steckte. Ein Student hatte eine derart große Platzwunde am Kopf, dass sein Haar wie ein einziger dunkelroter Klumpen aussah.

«Deutsche Polizisten schützen die Faschisten!», brüllte jemand rhythmisch. Er wiederholte es, und immer mehr der Demonstranten stimmten in den Ruf ein.

«Ihnen ist klar, dass Sie gegen meinen Mandanten nichts in der Hand haben?», fragte Kurt Kannenhenkels Anwalt wie ein Oberlehrer.

Otto Kappe ließ sich davon nicht beirren. Er versuchte, den Mann zu ignorieren, und gab seinem Kollegen Hans-Gert Galgenberg ein Zeichen, ebenfalls ruhig zu bleiben.

Kannenhenkel wirkte müde. Sämtliches Strahlen war aus seinen Augen verschwunden. Was ein paar Tage Haft aus einem Menschen machen können!, dachte Kappe. Er war sich sicher, dass Kannenhenkel den müden Mann nicht nur spielte. Doch das konnte Kappe einerlei sein. «Wir haben die Nachbarin des Mordopfers befragt, und sie hat Sie an dem fraglichen Abend gesehen», sagte er zu Kannenhenkel.

«Ich habe doch schon ausgesagt, dass ich Monika nach Hause gefahren habe.»

«Das stimmt», sagte Kappe. «Sie haben uns bis jetzt allerdings nicht berichtet, dass Sie aus dem Wagen ausgestiegen sind.»

«Bitte nehmen Sie zu Protokoll, dass Sie danach bislang auch nicht gefragt haben», erklärte der Anwalt und blickte zu Galgenberg, der das Gespräch in Stichpunkten zu Papier brachte. Dann wandte er sich seinem Mandanten zu und fuhr fort: «Und selbstverständlich müssen Sie die Frage jetzt auch nicht beantworten.»

«Aber es ist doch eine Selbstverständlichkeit, dass ich meiner Mitfahrerin die Tür aufhalte», sagte Kannenhenkel. «Wer mich kennt, weiß das. So bin ich nun einmal erzogen worden. Das ist doch kein Geheimnis.»

«Und dann sind Sie noch schnell mit Frau Mönningsee nach oben gegangen», ergänzte Galgenberg.

«Nein!», rief Kannenhenkel.

«Das ist eine Unterstellung», sagte der Anwalt.

«Und es ist nicht wahr», sagte der Schauspieler.

Der Anwalt verdrehte die Augen.

«Wie war es denn dann?», fragte Kappe.

«Ich habe gewartet, bis Monika in der Haustür verschwunden war. Dann bin ich wieder eingestiegen und losgefahren.»

«Haben Sie dafür Zeugen?», fragte Galgenberg.

«Mein Mandant muss gar nichts beweisen», sagte der Anwalt gelangweilt. «Und Sie haben offensichtlich keine Zeugen für das Gegenteil.»

Der Punkt ging an den Advokaten, das musste Kappe zugeben. Doch einen Trumpf hatte er noch im Ärmel. «Herr Kannenhenkel, Zeugen haben ausgesagt, dass Sie sich regelmäßig mit Frau Mönningsee getroffen haben. Wie eng war Ihre Beziehung zu der Dame denn in letzter Zeit?»

«Regelmäßig?», fragte Kannenhenkel zurück. Er klang entsetzt.

Kappe vergegenwärtigte sich erneut, dass der Mann Schauspieler war. Also versuchte er selbst ein Pokerface aufzusetzen und fragte erneut: «Also, wie oft haben Sie sich getroffen?»

«Sie müssen darauf nicht antworten», insistierte der Anwalt.

«Nein, wir können Sie das auch vor Gericht fragen, wenn Ihre Frau und die gesamte Berliner Presse im Zuschauerraum sitzen», sagte Kappe.

Kannenhenkel nickte seinem Anwalt zu und wandte sich zu Kappe. «Sie ist gelegentlich ins Theater gekommen. Ein paarmal haben wir nach der Vorstellung noch ein Glas Wein getrunken. Ich sagte Ihnen ja bereits beim letzten Mal, dass ich Monika schon sehr lange kannte.»

Der Mann blieb recht vage, stellte Kappe fest. Dabei wirkte der Schauspieler nun sehr konzentriert.

«Wie oft?», fragte Galgenberg.

«Was weiß ich! Im letzten Jahr vielleicht viermal, fünfmal, sechsmal höchstens.»

«Und haben Sie die Dame auch sonst noch gesehen? Zufällig? So wie in der vergangenen Woche?»

«Na ja, ich bin viel unterwegs. Vielleicht ein-, zweimal.»

Galgenberg hob den Stift an und stellte fest: «Da komme ich im Schnitt auf beinahe einmal im Monat.»

«Das ist ein unzulässiger Schluss», entgegnete der Anwalt. «Mein Mandant hat soeben eine Spanne von fünf bis acht genannt. In meinem Kalender hat ein Jahr hingegen zwölf Monate. Verdrehen Sie meinem Mandanten nicht die Worte im Munde, wenn er sich schon über alle Maßen kooperativ zeigt.»

«*Jedes ausgesprochene Wort erregt den Gegensinn*, sagte schon Goethe», murmelte Galgenberg.

Kappe ignorierte den Spruch des Kollegen und fragte: «Können Sie uns genauer beschreiben, wie die erwähnten Treffen verliefen?»

«Ich weiß nicht so recht, was Sie meinen. Wir haben uns ein bisschen über die alten Zeiten unterhalten», sagte Kannenhenkel. Er klang dabei so arglos, dass Kappe mutmaßte, er verstelle sich nun doch.

«Hatten Sie eine Affäre mit Frau Mönningsee?»

«Wo denken Sie hin! Ich bin verheiratet! Natürlich nicht.»

«Sie wären nicht der erste Ehemann mit einer Affäre», höhnte Galgenberg.

«Das reicht!», sagte der Anwalt. «Sie haben die Aussage meines Mandanten gehört. Dem gibt es nichts hinzuzufügen. Waren das Ihre Fragen?»

«Nein, da wäre noch etwas», beeilte sich Kappe einzuschreiten. «Herr Kannenhenkel, wie steht es um Ihre Finanzen?»

«Um was?» Kannenhenkel zuckte zusammen. Für einen Augenblick war das pure Entsetzen in seinem Blick zu lesen. Doch dann fing er sich und schaute zu seinem Anwalt.

«Ist das jetzt eine Steuerermittlung?», spottete der Advokat.

«Nein.» Kappe blieb ruhig und betrachtete den Schauspieler genau, während er sprach. «Es geht weiterhin um den Mord an Monika Mönningsee. Wir haben Hinweise, dass in der Folge des Mords eine größere Menge Bargeld verschwunden ist.»

Kannenhenkel verzog keine Miene.

«Wir werden Ihnen alle diesbezüglichen Unterlagen, die nicht die Persönlichkeitsrechte meines Mandanten berühren, selbstverständlich zur Verfügung stellen.» Der Anwalt lächelte herablassend. «Das kann allerdings ein paar Tage dauern. Auf keinen Fall werden wir das bis zum Haftprüfungstermin am nächsten Montag schaffen.»

NEUN
Sonnabend, 30. März 1968

DIE KOMMUNE I erwachte langsam an diesem Sonnabendmorgen. Peter Kappe betrat den großen Raum Arm in Arm mit Stefanie Richter. Ein paar verschlafene Gestalten rekelten sich auf den Matratzen. Im Vergleich zum sonstigen Trubel wirkte die Wohngemeinschaft so ruhig wie eine Bibliothek kurz nach der morgendlichen Eröffnung. Das allerdings war kein Wunder, denn viele der Kommunarden waren nach Frankfurt zur Delegiertenkonferenz des SDS gefahren.

«Hallo!», sagte eine der liegenden Gestalten. Nachdem sich der Mann die Haare aus dem Gesicht gestrichen hatte, erkannte Peter seinen Freund Rüdiger Engelhardt. Eines seiner Augen war zugeschwollen, eine Beule zeigte eine dunkelblaue Färbung, auf seiner Stirn klebte ein Pflaster.

«Guck nicht so!», sagte Rüdiger. «Ist nur ein Veilchen und tut schon fast nicht mehr weh.»

«Ich habe es ja auch sehr lange gekühlt.» Rosi Ungermann tauchte unter Rüdigers Bettdecke auf. «Er sieht trotzdem ganz schön verwegen aus.» Sie wuschelte Rüdigers Haare durcheinander und stand auf. Sie war nackt. Schon bei den ersten Schritten strahlte sie eine Anmut wie Aphrodite aus, die gerade aus den Wellen stieg. Ihre Brüste hoben sich von der Silhouette ihres restlichen Körpers ab, ihre Schamhaare waren viel dunkler als die blonden Locken auf dem Kopf. Rosi zwinkerte Peter zu und fragte: «Hilfst du mir beim Kaffeekochen?»

«Das machen wir», antwortete Stefanie an Peters Stelle.

Peter bemerkte, dass er die Aphrodite anstarrte, und wandte

145

sich Stefanie zu. Die verdrehte die Augen und folgte der Nackten in die Küche.

Peter trottete den beiden Frauen hinterher. Lag es an der Jeans und dem Leinenhemd, dass Stefanie neben Rosi aussah, als hätte sie ein Bildhauer aus Grobholz gemeißelt? Vieles an der Aphrodite wirkte tatsächlich zarter – die Füße, das Becken, die Schultern, die Hände. Dabei war Rosi sogar etwas größer als Stefanie.

Rosi blieb in der Küche stehen und drehte sich zu Peter herum. Sie zeigte zum Herd. «Entzündest du das Feuer und machst das Wasser …», sie zögerte einen Moment, bevor sie hauchte: «… heiß?»

«Das wird er hinkriegen», blaffte Stefanie. «Wo steht der Kaffee?»

Rosi zuckte mit den Schultern, als wollte sie sich bei Peter für Stefanies Worte entschuldigen, und zog wortlos eine Dose aus dem Wandschrank.

Peter kümmerte sich um das Wasser – Gasherd anzünden, Topf füllen und auf die Flamme stellen. Es war besser, etwas zu tun zu haben. Bis das Wasser kochte, wusste er wenigstens, wohin er zu gucken hatte. Tassen klapperten, Löffel klirrten – die Mädchen bereiteten wohl den Rest vor. Wie schnell doch so ein bisschen Wasser zu sieden begann!

Stefanie nahm den Topf und schenkte das kochende Wasser in vier bereitstehende Tassen mit Kaffeepulver.

«Pass auf, dass sich niemand verbrennt!» Rosi kicherte bei ihren Worten.

Stefanie runzelte die Stirn.

Rosi stellte die Tassen auf den Tisch und sagte: «Dann gehe ich mal Rüdi holen und ziehe mir etwas an.» Ein unhörbares Bedauern entschwebte mit ihr durch die Tür.

«Was für eine unmögliche Person!», zischte Stefanie.

«Ach, sie ist doch gerade erst aufgestanden!» Peter strich Stefanie über die Schulter.

Sie drehte sich weg und murrte: «Das hätte sie vielleicht lieber bleiben lassen sollen!»

Peter sagte vorsichtshalber nichts. Er fühlte an einer Tasse. Sie war noch viel zu heiß, als dass er den Kaffee hätte trinken können.

«Da liegen unsere Genossen verletzt zu Hause oder sogar im Krankenhaus, und die denkt nur an Sex!», schimpfte Stefanie.

«Mich hat sie jedenfalls gut gepflegt.» Rüdiger stand in der Tür und grinste. Er trug ein grünes Hemd mit roten Ornamenten, das ihm beinahe bis zu den Knien reichte. Die Farben leuchteten derart, dass seine Beine wie Weißwürste wirkten – Würste mit stacheligen Haaren. Seine Füße steckten in völlig ausgetretenen Hausschuhen.

«Bist du hier eingezogen?», fragte Peter und zeigte auf die Latschen.

«Na ja, so ein bisschen.»

«Rüdi ist jedenfalls oft hier. Das ist das Entscheidende. Wir haben hier ja keine Anwesenheitspflicht.» Rosi klang schnippisch, als sie wieder in der Tür stand. Auch sie hatte sich lediglich ein Hemd übergeworfen. Das war allerdings von einem Weiß, das sie wie einen Engel strahlen ließ.

Stefanie würdigte sie keines Blickes. Sie nahm ihre Kaffeetasse in die Hand und rief: «Jetzt hört mal auf mit diesen privaten Dingen. Wir müssen etwas gegen den autoritären Polizeistaat unternehmen!»

«Was willst du denn machen?», fragte Rüdiger. Er griff in seine Hemdtasche und holte eine Dose heraus.

«Was weiß ich, irgendeine Aktion. Sie kerkern Kurt ein, und wenn wir friedlich auf dieses Unrecht aufmerksam machen, dann knüppeln sie uns gnadenlos zusammen.» Sie holte den *Berliner Blitz* aus ihrer Tasche und knallte ihn auf den Tisch. Das Titelbild zeigte Studenten mit geballten Fäusten und wutverzerrten Gesichtern. Über dem Foto prangte die Schlagzeile *Chaoten machen Randale vor dem Rathaus Schöneberg.* Von prügelnden Polizisten war auch in der Bildunterschrift keine Rede. «Seht euch die Imperialistenpresse an! Das können wir uns nicht gefallen lassen!», rief Stefanie.

Niemand entgegnete etwas. Rüdiger öffnete die Dose und nahm ein Zigarettenpapier und je einen Brocken Gras und Tabak heraus. Wie in Zeitlupe bröselte er erst Tabak und dann Marihuana in das Papier. Dabei murmelte er: «Vielleicht sollten wir ein Flugblatt verfassen.»

«Ein Flugblatt! Mit Flugblättern haben wir die ganze Woche über nichts bewegt!» Stefanie klang so wütend, als ob Rüdiger zu den prügelnden Polizisten gehören würde. «Diese Sprache verstehen die Unterdrücker nicht!»

Rüdiger leckte das Zigarettenpapier an und nuschelte dabei: «Und jetzt? Willst du dir auch 'nen Knüppel kaufen?»

«Wenn es sein muss, nicht nur den!»

«Stefanie», mischte Peter sich ein, «wir können doch keine Gewalt gegen Menschen ausüben. Wir sind doch die Guten.»

«Jaja, die Guten!» Stefanie knallte ihre Kaffeetasse auf den Tisch. «Aber wenn wir angegriffen werden, dann dürfen wir uns wehren! Nein, dann *müssen* wir uns wehren! Sonst gewinnt das Böse, um es in deiner Märchensprache zu sagen.»

Rüdiger zündete den Joint an und nahm einen tiefen Zug. In den Rauch hinein raunte er: «Das sollten wir nächste Woche besprechen, wenn die anderen wieder da sind.»

«Und bis dahin kiffen wir einfach und lassen Kurt im Zuchthaus verkümmern?»

«Da fällt uns bestimmt auch noch etwas anderes ein», sagte Rosi und nahm ihre Kaffeetasse. «Ich gehe mal rüber und denke im Bett nach.»

Otto Kappe saß am Küchentisch und grübelte. Vor ihm lag die Akte Kannenhenkel. Der Abschlussbericht gefiel Kriminalrat Friedhelm Keunitz sicher nicht, denn die Aktenlage rechtfertigte kaum eine längere Untersuchungshaft.

«Jetzt ist Wochenende», sagte Gertrud Kappe und setzte sich zu ihm.

«Das Verbrechen hat nie Feierabend, das weißt du doch.»

«Aber du musst dich auch mal ausruhen, Otto. Denn du bist nicht das Verbrechen.»

Kappe seufzte. Sie hatte recht. Doch was war das Ausruhen wert, wenn die Gedanken keine Ruhe fanden?

«Komm», sagte sie, «du legst jetzt diese Akte weg! Ich mache währenddessen einen Kaffee, und dann erzählst du mir, was los ist. Du musst ja keine Namen nennen.»

So recht überzeugte Kappe das nicht. Andererseits hatte er die Kopie seines Abschlussberichts nun schon dreimal gelesen. Und was hatte das geholfen? Nichts.

Also klappte Kappe die Mappe mit den Unterlagen zu und blickte auf. Seine Frau brühte den Kaffee auf. Er hatte gar nicht mitbekommen, dass sie das Wasser zuvor gekocht hatte.

Sie kam mit den beiden Kaffeetassen zum Tisch, stellte sie ab und setzte sich. «Also los!», sagte sie. «Eine Prostituierte ist ermordet worden. Wer könnte das getan haben und warum? Die Zeitung schreibt, es sei Kurt Kannenhenkel gewesen.»

«Tja, aber warum, das ist die Frage.» Kappe trank einen Schluck Kaffee, um sich zu sammeln. «Das Opfer hat allem Anschein nach so manchem Mann den Kopf verdreht. Ein mögliches Motiv wäre also enttäuschte Liebe.»

«Der Klassiker.»

«Ja, die meisten Morde sind Beziehungstaten. Oder sie geschehen aus Gier. Das Opfer hätte eigentlich berufsbedingt jede Menge Bargeld in seiner Wohnung gelagert haben müssen. Aber da war kein Pfennig.»

Gertrud nippte an ihrem Kaffee und fragte dann: «Da kommen also gleich zwei Motive infrage. Geldgier und Leidenschaft. Wer könnte denn eines der beiden Motive haben?»

«Das ist ja das Problem: Ich befrage seit einer Woche Verdächtige und komme nicht weiter.»

«Otto!» Gertrud klang wie eine Lehrerin, die mit einem Eintrag ins Klassenbuch drohte. «Du sollst nicht herumjammern, sondern mir erzählen, wer in die Kleine verliebt war und wer Geld brauchte.»

Wer würde schon kein Geld brauchen?, fragte sich Otto im Stillen. «Dieser Kannenhenkel hat früher eine Affäre mit der Toten gehabt und sich weiter mit ihr getroffen. Als ich ihn nach seinen finanziellen Verhältnissen gefragt habe, musste ihm sein Anwalt beispringen. Und dennoch habe ich Zweifel, ob der Mann zu Recht in Haft sitzt. Da stimmt irgendetwas nicht.»

«Meiner Ansicht nach macht der Mann nicht gerade den Eindruck, als wäre er arm.»

«Sicher verdient er gutes Geld, aber er lebt auch in Saus und Braus.»

«Es ist nicht verboten, Geld auszugeben.»

«Wenn es das eigene ist», murmelte Otto.

«Wir sollten uns nicht im Kreis drehen! Ich halte fest: Du zweifelst an Kannenhenkels Schuld. Also, welche verdächtigen Gestalten könnten noch etwas mit dem Fall zu tun haben?»

Geld oder Liebe — womit soll ich anfangen?, fragte sich Otto. «Das Opfer hat in einem gefährlichen Milieu gearbeitet. Ein Zuhälter hätte sie gerne in seine Dienste genommen, aber sie wollte nicht. Ein übler Bursche.» Otto schaute seine Frau an, doch die nickte ihm nur zu, also fuhr er fort: «Außerdem hatte sie einen Liebhaber. Der dachte monatelang, sie sei Verkäuferin, und er wurde sogar wegen ihr von seiner Ehefrau verlassen.»

«Das klingt spannend.»

«Er hat allerdings einen gebrochenen Arm und kommt daher nicht als Täter infrage. Das Opfer wurde nämlich mit einem Kissen erstickt.»

«Ist das nicht einhändig möglich?»

«Unwahrscheinlich, sagen die Experten», murmelte Otto. «Und die Spuren am Tatort passen auch nicht dazu.»

«Aber es ist nicht unmöglich, oder?»

Otto seufzte.

«Kommt sonst noch jemand als Täter infrage?», wollte Gertrud wissen.

Otto überlegte. «Eigentlich nicht. Es gibt noch einen Bruder. Das ist so ein armes Würstchen, das nun niemanden mehr auf der Welt hat. Ansonsten hat sie ein reicher Student immer mal wieder besucht. Dasselbe gilt auch für Peters Professor, der dafür allerdings nur akademische Gründe hatte – so beteuert er zumindest. Und ein Fotograf hat sie als Ersatzehefrau betrachtet.»

Gertrud seufzte. «Das sind ganz schön viele.»

«Du sagst es! Und ich sitze hier und möchte mein Wochenende genießen.»

Gertrud rückte mit ihrem Stuhl ganz nah an Otto heran. «So ein komplizierter Fall!» Sie streichelte seinen Kopf.

Das tat gut. Doch da fiel ihm etwas ein. «Gertrud! Wochenende! Dieser Liebhaber spielt bei einem Fußballverein.» Aufgeregt schnappte sich Otto die Akte und blätterte hektisch durch die Unterlagen. «Hier! Beim BBC Südost. Ganz sicher spielen die morgen. Da finde ich jede Menge Zuschauer, die mir etwas über den Kerl erzählen können.»

«Und schon hast du einen Vorwand, um am Sonntag zum Fußball zu gehen.» Gertrud lächelte.

Peter Kappe bekam schon ein flaues Gefühl, als er den U-Bahnhof Kochstraße betrat. Stefanie hatte natürlich recht, am schnellsten ging es mit der U6 in den Wedding. Nur mussten sie dabei die berüchtigten Geisterbahnhöfe in Ost-Berlin durchfahren.

Stefanie Richter hatte die beste Laune. Lag das an der Kunstausstellung in der Nähe der Staatlichen Ingenieurakademie Beuth, die sie besuchen wollten? Ein kleines Café zeigte Arbeiten von Studenten, und Stefanie kannte einen der jungen Künstler vom SDS. Peter war vor allem froh, Stefanie nicht so verbittert zu sehen wie am Vormittag in der Kommune. Da war ihm auch moderne Kunst recht.

Der Zug nach Tegel fuhr ein, und sofort ertönte die Lautsprecherdurchsage «Letzter Bahnhof im Westsektor!». Peter folgte Stefanie in die Bahn. Er war diese Strecke einmal mit seinem Großonkel Hermann gefahren. Dessen Gesicht hatte gleich nach der Grenze die Farbe verloren. Hermann hatte doch tatsächlich die Hände zum Gebet gefaltet und Horrorgeschichten erzählt – von Pannen, die im DDR-Deutsch Havarien genannt wurden. In so einem Falle müsse man den Tunnel durch einen Notausstieg verlassen und käme mitten in der Zone wieder ans Tageslicht, hatte er gesagt. Und das ohne Passierschein oder Visum. Hermann hatte sogar gemutmaßt, dass es dann gleich «ab nach Bautzen» hieße. Überdies hatte er befürchtet, dass auf einem der Geisterbahnhöfe ein Republikflüchtling lauere, um auf den langsam fahrenden Westzug aufzuspringen. Dann würden die Grenzer womöglich auf ihn feuern – und Unbeteiligte treffen. Deshalb mied Großonkel Hermann die Strecke mit den Geisterbahnhöfen wie ein Rockstar ein Kloster.

Peter fand das zwar überzogen, dennoch wurde auch ihm etwas mulmig. Bei aller Sympathie für den Gedanken der sozialen Gerechtigkeit verspürte er derzeit wenig Zuneigung für den Sozialismus ostdeutscher Prägung. Dieses Gefühl teilte er mit vielen der linken Studenten, weswegen es immer wieder zu Konflikten mit den Kommunisten alter Schule kam – vor allem wenn sie über Prag und den neuen tschechoslowakischen KP-Chef Dubček diskutierten, den viele der Älteren für einen Konterrevolutionär hielten, während er bei den Studenten als Hoffnungsträger galt.

Sie rollten durch den ersten Geisterbahnhof, Stadtmitte. Sein Großonkel Hermann hatte Peter davon vorgeschwärmt, wie er bis zum Mauerbau hier immer umgestiegen und durch den sogenannten Mäusegang zur Linie nach Pankow beziehungsweise Ruhleben oder Krumme Lanke gelaufen war. Das war jetzt nicht mehr möglich. Auch durch den Bahnhof Französische Straße schlich der Zug, erst an der Station Friedrichstraße machte er halt. Ein paar Fahrgäste stiegen aus. Peter überlegte, wer von ihnen zur Übergangsstelle wollte und wer zur S-Bahn. Ihm kamen Hermanns Ängste wieder in den Sinn. Sein Großonkel hätte sich sicher gefragt, ob der Mann mit dem grauen Mantel von der Stasi war und was der Mann mit der Schiebermütze vor seinem Rückweg in den Westen wohl im Ostteil der Stadt zu erledigen hatte.

«Es ist nicht mehr weit», sagte Stefanie. Sie lächelte, als könnte ihr auf der ganzen Welt nichts geschehen.

Es folgten noch drei weitere Geisterbahnhöfe, dann erreichten sie die Reinickendorfer Straße und waren endlich wieder auf West-Berliner Gebiet.

Peter atmete tief durch. Nun fand er Hermanns Sorgen gänzlich überzogen und genoss die weitere Fahrt. Allerdings blieben nur noch wenige Augenblicke bis zu ihrem Ziel. Kahle Wände, dann Bahnhof Wedding, wieder kahle Wände und schließlich Leopoldplatz – und schon zog Stefanie ihn aus der Bahn und durch die U-Bahn-Station.

Im Freien wunderte sich Peter kurz, dass noch hellster Sonnenschein herrschte. Er hatte das Gefühl, mindesten einen halben Tag da unten in der Röhre verbracht zu haben.

«Ich bin so gespannt darauf, Lars persönlich kennenzulernen.» Stefanie lotste Peter die Luxemburger Straße entlang und quasselte unaufhörlich davon, was für ein großartiger Genosse der Student sei. Neben der künstlerischen Ader verfüge er als angehender Ingenieur auch über erhebliches handwerkliches Geschick, und seine politische Haltung sei über jeden Zweifel erhaben.

Peter nickte gelegentlich und war froh, als sie endlich das Café erreichten. Der Name *Freibeut(h)er* prangte in eckigen Buchstaben über dem Eingang. Vermutlich war das Lokal einst ein Tante-Emma-Laden gewesen, denn der Gastraum war winzig, aber durch ein Schaufenster hell erleuchtet. Schon am Eingang begrüßte sie ein Drahtgestell mit einer Bierdose als Kopf. Die Skulptur klirrte im Luftzug der offenen Cafétür, als hätte jemand einen Besteckkasten mit Schwung geöffnet.

«Hallo, kommt rein!», sagte ein dürrer Kerl mit einer

Prinz-Heinrich-Mütze, wie sie in den 1920er-Jahren Arbeiterführer getragen hatten. «Willkommen auf unserer Vernissage!»

«Du bist Lars?», fragte Stefanie, statt den jungen Mann zu begrüßen. «Ich habe viel von dir gehört. Ich bin Stefanie.»

«Schön, du wurdest mir bereits angekündigt», erwiderte Lars. Peter hätte auch gern etwas gesagt, doch er kam nicht dazu, denn Lars fuhr sogleich fort: «Ich habe gehört, du bist an ganz speziellen Konstruktionen interessiert?»

«Das stimmt», bestätigte Stefanie.

«Dann komm mit!», sagte Lars. Immerhin schaute er kurz zu Peter, als er Stefanie durchs Lokal führte.

An einer improvisierten Theke tranken ein paar Studenten Wein aus Plastikbechern. Lars ging wortlos an ihnen vorbei und schob einen Vorhang hinter der Bar beiseite.

Im Hinterzimmerchen reichten die Regale bis zur Decke. Auf den Brettern lagen Metallteile, Dosen, Schachteln, Schälchen, Drähte und Werkzeuge. In der obersten Reihe standen Kelche. Peter las die Aufschriften: *Salpeter, Schwefel, Kohle.*

«Was brauchst du denn, meine Schöne?», fragte Lars.

«Etwas Handliches, das ordentlich bumm macht. Es muss ja nicht gleich jemanden töten», antwortete Stefanie leichthin, als bestellte sie ein Bier in einer Kneipe.

«Also ohne Nägel», stellte Lars fest. Er klang ein bisschen enttäuscht. «Bis wann?»

«Nächste Woche.»

«Stefanie!», entfuhr es Peter.

«Müsst ihr euch über eure Aktion noch ein bisschen austauschen?», fragte Lars. «Dann guckt euch doch in Ruhe meine Ausstellung an. Ihr findet mich hier hinten.»

Zurück im Gastraum, sagte Stefanie zu Peter: «Ich will das doch auch nicht. Doch wenn die Staatsmacht unsere Genossen wegsperrt, reicht es nicht mehr aus, mit Blumen in den Haaren auf die Straße zu gehen. Es ist für Kurt! Und für die Sache! Mir wäre es auch lieber, wenn wir in einer besseren Welt leben würden.»

«Ich brauche ein Bier, Jo!» Josef Bolp saß an der Theke in der Joju-Bar. Der Gastraum war kaum zur Hälfte gefüllt. Es war noch zeitig am Abend, und doch verspürte Bolp großen Durst. Nach dem Erscheinen seines Artikels über die Demonstration für Kannenhenkel hatten sich SPD-Abgeordnete beschwert, er habe die Provokation eines Fanatikers verschwiegen, außerdem seien unter den verletzten Studenten auch Jungsozialisten gewesen. Sogar die Tochter eines Abgeordneten habe es getroffen, ein zwanzigjähriges Mädchen.

Doch was konnte er dafür? Es wurde schließlich niemand gezwungen, für einen linken Mörder auf die Straße zu gehen und sich mit der Polizei anzulegen. Andererseits wäre sein Chef auch von dem Foto eines armen verprügelten Sozi-Mädchens begeistert gewesen, überlegte Bolp. Da ging Auflage dann doch vor Haltung.

Johannes Juhl stellte ihm ein Glas Bier vor die Nase und sagte: «Trink erst mal ein Tröpfchen. Danach frage ich dich auch, welche Laus dir über die Leber gelaufen ist.»

Bolp nahm einen Schluck vom Bier. Die kalte Flüssigkeit in der Kehle beruhigte ihn tatsächlich sofort.

«Machen Sie mir auch eins!», rief eine Stimme neben ihm.

Bolp drehte sich herum. Er kannte den hageren alten Herrn. Der Mann mit dem Zweireiher war Richter und Stammgast in der oberen Etage der Joju-Bar. Sein Name lag Bolp auf der Zunge — dort blieb er allerdings auch.

«Guten Abend, Herr Reporter!», sagte der Richter leutselig. «Das war ein toller Artikel heute auf der Titelseite.»

«Schön, dass Sie das so sehen», gab Bolp zurück.

Der Richter lachte. «Ja, Sie haben mir das Wochenende versüßt. Ab Montag haben wir nicht mehr so viel Freude an den Nachrichten, fürchte ich.»

«Aha.» In Bolp erwachte das Jagdfieber. Was konnte der Mann ihm erzählen? Wusste er womöglich von einer guten Story? Bolp hob die rechte Hand und streckte Zeige- und Mittelfinger in die Höhe. «Jo, mach mal zwei Korn für uns!»

Juhl nickte. Das Bierglas für den Richter stand bereits gefüllt unter dem Zapfhahn. Der Wirt schenkte schnell noch die beiden Kurzen in die Gläschen, bevor er diese und das Pils servierte.

«Danke», sagte der Richter und hielt Bolp das Schnapsglas entgegen. «Dann mal prost, Herr Reporter!»

Bolp stieß an und trank das Glas in einem Zug aus.

Der Richter tat es ihm gleich. «Ah, das tut gut! So etwas brauchen wir, wenn draußen die Welt vor die Hunde geht.»

Bolp sagte darauf nichts. Er spürte, dass der Richter von selbst erklären würde, warum er den Untergang des Abendlandes kommen sah.

«Montag ist Ihr Hurenmörder wieder zu Hause», erklärte der Richter prompt.

Am liebsten hätte Bolp sofort nachgefragt, wie der Mann darauf komme. Doch er wusste, dass der Richter umso mehr erzählen würde, je weniger er fragte.

«Diese Kripo-Flitzpiepen gereichen jedem Polizistenwitz zur Ehre. Die haben nichts gegen diesen Schauspieler in der Hand, nichts als bloße Verdächtigungen.»

Bolp trank einen großen Schluck Bier. Was für ein Scheißtag! Erst der Ärger wegen des Artikels – und nun sollten die Chaoten auch noch gewinnen?

Der Richter schlug Bolp auf die Schulter und sagte in väterlichem Ton: «Na ja, vielleicht habt ihr euch ja auch getäuscht, und es war tatsächlich jemand anderes.»

«Und wenn schon!», sagte Bolp. «Hier geht es doch nicht darum, ob ich mich täusche. Ich bin schließlich nur ein Reporter und kein Richter. Mir reicht der gesunde Menschenverstand. Und wenn der falsch liegt, dann gibt es ja immer noch euch, die ihr im Zweifel einen Schuldigen lieber freisprecht.»

«Das sind weise Worte», sagte der Richter und rief Juhl zu: «Darauf brauchen wir noch einmal zwei Kurze!»

Juhl schenkte schneller ein, als Bolp hätte ablehnen können. Also nahm der Reporter das Gläschen, stieß mit dem Richter an und kippte den zweiten Schnaps in einem Zug hinunter. Er wartete, bis die Kehle wieder frei war, und fragte: «Wie sicher ist das? Ich meine, dass dieser linke Chaot am Montag aus der Haft entlassen wird?»

«Wenn übers Wochenende nicht noch ein Wunder geschieht, ist das so sicher wie ein Feuerwerk zu Silvester, mein Freund.» Der Richter trank nach dem Schnaps noch einen Schluck von seinem Bier. «Die Akte liegt auf meinem Tisch, und zur Anhörung hat der Kerl garantiert seinen Anwalt dabei. Das zu vermasseln gelingt noch nicht einmal einem linken Schauspieler.» Der Richter stieß ein kurzes Lachen aus.

Wenn der Mann noch zwei Schnäpse trinkt, kann er mit den Damen im Obergeschoss nichts mehr anfangen, ging es Bolp durch den Kopf, bevor er sagte: «Das sind keine guten Nachrichten. Aber aus schlechten Nachrichten machen wir die besten Schlagzeilen!» Bolp gab Juhl ein Zeichen. «Noch ein Schnäpschen, und dann setze ich mich an meine Schreibmaschine und mache die Kerle fertig!»

Der Richter grinste und fragte: «Die Linken oder die Kriminalen?»

«Im besten Fall beide», antwortete Bolp.

Otto Kappe nippte an seinem Kaffee und lehnte sich im Sessel zurück. Der Trubel war ihm zu viel. Die Familienrunde war bereits in Auflösung begriffen, doch sein Onkel Hermann wollte noch feierlich verkünden, dass er endlich ein passendes Haus in der westdeutschen Provinz gefunden hatte. Also mussten alle warten. Dabei wusste jeder der Anwesenden Bescheid – Gertrud, er selbst und Peter vermutlich am allerbesten, schließlich war der mit dem Onkel in einem geliehenen Käfer quer durch die Ostzone bis nach Westdeutschland gefahren.

Vor Hermanns Ansprache gab es noch einen unvermeidlichen Programmpunkt. Klara verteilte dafür Salzgebäck in kleine Schälchen, Hermann und Gertrud bauten den Filmprojektor auf. Ottos Frau und sein Onkel liebten es, alte Aufnahmen von der Familie anzuschauen. Auch Otto schwelgte gern in Erinnerungen. Nur heute fehlte ihm die Muße dafür.

«Es geht los!», rief Hermann und setzte sich auf den Stuhl neben dem Projektor.

Der Film war erst ein paar Wochen alt und zeigte die Feier zu Hermanns achtzigstem Geburtstag. Auf der transportablen Leinwand tauchte die Straßenfront des «Prälat Schöneberg» auf. In einem seiner kleineren Säle hatte das Fest stattgefunden. Dann betrat das Geburtstagskind das Etablissement und lief behände zur Geburtstagstorte mit der großen Achtzig aus rotem Marzipan. Es folgten mehrere längere Einstellungen: das Defilee der Gratulanten, an der Spitze Hermann Kappes Tochter Margarete mit Mann und Tochter, dann sein Sohn Karl-Heinz, der noch immer alleinstehend war, sein zwei Jahre älterer Bruder Oskar mit Frau und den Töchtern Irmgard und Gerda sowie seine vier Jahre jüngere Schwester Pauline mit ihrem Hans und seine Cousine Hertha. Den Schluss bildeten Otto und Gertrud.

«Aber euer Peter fehlt ja», stellte Klara fest.

«Ich musste die Kamera halten.»

Auf der Leinwand war nun das kalte Büfett zu sehen und hernach die Rede Ottos.

«Schade, dass wir keinen Tonfilm haben!», rief Gertrud, als Otto auf der Leinwand seine kleine Ansprache mit Schüssen aus einer Spielzeugpistole krönte. Eine Aufnahme zeigte Oskar, der sich die Ohren zuhielt, offenbar weil die Knallplätzchen so laut waren.

«Dienstwaffe und Schüsse gehören nun einmal zu einem Kriminaloberkommissar a. D.», rechtfertigte sich Otto, während der Film noch ein paar Sequenzen vom Essen zeigte und alsbald endete.

«Leider reichen die nicht, um den Mörder dieser Prostituierten zu überführen», zeterte Hermann auf seinem Stuhl, während er die Filmrollen zurückspulte. «Vor den scharfen Waffen steht stets das scharfe Gespür.»

«Hermann!», rief Klara und strafte ihren Mann mit einem bösen Blick.

«Es ist doch wahr!», fuhr Hermann fort. «Ich hatte früher immer im Gefühl, wie sich ein Fall entwickelte. Nur so konnte ich die Spuren lesen und erkennen.»

Otto kannte diese Leier und verspürte nicht die geringste Lust, mit seinem Onkel über die Methoden der Ermittlungsarbeit zu diskutieren.

Stattdessen kam ihm Peter zur Hilfe. «Zu deiner Zeit gab es auch noch keine mörderische Boulevardpresse, die eine ganze Stadt gegen einen Unschuldigen aufgehetzt hat. Ihr konntet noch in Ruhe eure Arbeit machen.» Der Sohn zögerte einen Moment. «Also, abgesehen von '33 bis '45.»

«Ach, Zeitungen! Von solchen Kleinigkeiten darf sich ein guter Polizist nicht schrecken lassen», sagte Hermann. Den Hinweis auf seine Arbeit während der NS-Zeit schien er überhört zu haben, stattdessen referierte er: «Gerade bei Gegenwind braucht man Instinkt und Leidenschaft.»

«Leidenschaft entwickeln Polizisten heutzutage vor allem, wenn sie auf unschuldige Demonstranten einschlagen», ereiferte sich Peter. «Und dann wundern sie sich, dass sich das alte physikalische Gesetz ‹actio gleich reactio› bewahrheitet.»

Das reichte nun! Otto war erbost, doch bevor er etwas antworten konnte, rief seine Frau: «Peter, mäßige deine Worte!»

Auch Klara mischte sich in das Gespräch ein und sagte zu ihrem Mann: «Hermann, es ist schon spät. Ihr könnt ein anderes Mal wieder über Mordfälle und Polizeiarbeit diskutieren.» Sie machte eine kurze Pause und fuhr in feierlichem Ton fort: «Du wolltest der Familie doch noch etwas mitteilen.»

Hermann räusperte sich, stand auf und verkündete: «Klara und ich haben ein Haus im Wendland erworben, am Gümser See. In der kommenden Woche erledige ich die Formalitäten wie den Grundbucheintrag. Ende März ist es so weit, wir treten unseren Lebensabend in der Provinz an.»

ZEHN
Sonntag, 31. März 1968

WENN HERTHA BSC den Aufstieg in die Bundesliga schaffen sollte, würde er sich wieder richtigen Fußball ansehen, dachte Otto Kappe. Er stand am Rande des Spielfelds an den alten Wrangelkasernen und schaute sich das Spiel des BBC Südost gegen den BC United an. Die Spieler rannten schon seit über einer halben Stunde über das Feld, doch der Ball war noch nicht einmal auch nur in die Nähe eines Tors gekommen. Seit etwa vierzig Minuten beobachtete Kappe, wie Spielzüge auf zwei alternative Arten endeten. Variante eins: Nach dem zweiten oder dritten Abspiel landete ein Pass im Aus. Variante zwei: Nach dem zweiten oder dritten Abspiel wurde der Ballführende von einem Gegenspieler rüde umgerempelt – und der folgende Freistoß flog dann in hohem Bogen ins Aus.

Taktische Feinheiten spielten hier kaum eine Rolle. Ob der Mittelläufer als Vorstopper agierte oder als Libero vor den Manndeckern, war gleichgültig, denn er hatte stets die gleiche Aufgabe: auf alles zu treten, was sich bewegte.

Seltsamerweise schimpften die paar Dutzend Zuschauer nicht etwa über die Spieler und ihr offensichtliches Unvermögen, sondern über den Schiedsrichter, der alle Hände voll zu tun hatte, dass das Spiel nicht in eine wilde Prügelei ausartete.

Kappe spielte in seiner Freizeit regelmäßig Faustball, wo solch eine Rempelei dank des Netzes zwischen den Teams unmöglich war. Dort wurde am Spielfeldrand auch nicht in einem fort gebrüllt. Wie sollte er hier jemanden ansprechen und nach Kudraß fragen?

Zum Glück pfiff der Schiedsrichter zur Pause. Die Mannschaften zogen sich in die Baracke mit den Umkleidekabinen zurück. Die Zuschauer, allesamt Männer und überwiegend deutlich älter als Kappe, trotteten zu einem Stand, an dem ein türkisch aussehender Mann Flaschenbier verkaufte. Es bildete sich eine Schlange. Kappe stellte sich dazu und fragte den Mann vor sich: «Ob das in der zweiten Halbzeit besser wird?»

Der Mann war kräftig wie ein Bär und hatte die sechzig sicherlich schon überschritten. Er trug einen zerknautschten Hut über einem zerknitterten Mantel. Seine Kleidung war so ausgewaschen, dass sie praktisch gar keine Farbe mehr aufwies. Er knurrte: «Wieso besser? Wir liegen ja nicht hinten.»

Kappe schaute den Mann an, der meinte das anscheinend völlig ernst.

«Heute können wir froh sein, wenn die Abwehr hält», fuhr der Kräftige fort. Seine Stimme klang, als pflegte er seine Stimmbänder mit einer Drahtbürste. «Bei manchen United-Angriffen merkt man schon, dass bei uns ein wichtiger Mann fehlt.»

Kappe konnte sich zwar an keinerlei erfolgversprechende Angriffe erinnern, doch er nahm die Gelegenheit wahr und fragte: «Sie meinen Sportfreund Kudraß?»

«Ja, den Jürgen.» Die Augen des Mannes begannen zu leuchten. «An dem kommt keiner vorbei. So wie an mir damals, als ich noch für den BBC gespielt habe.»

Sie erreichten den Stand, an dem es Pilsner in Flaschen gab und ansonsten nichts.

«Ich übernehme das», sagte Kappe zu dem Mann und gab dem Verkäufer zwei Mark, im Gegenzug bekamen Kappe und der Kräftige je eine geöffnete Bierflasche.

«Danke», sagte der.

Sie stießen an und schlenderten wieder in Richtung Spielfeld.

«Jürgen könnte sicher auch bei einer besseren Mannschaft spielen», erklärte der Mann nach einem Schluck Bier. «Das Problem ist, dass er den Abpfiff zu oft nicht auf dem Platz erlebt.»

162

«Als Abwehrspieler muss man auch mal ein Foul riskieren.» Kappe versuchte, verständnisvoll zu klingen.

«Mal ein Foul! Das ist gut!» Der Mann verschüttete beinahe sein Bier vor Lachen. Es dauerte einen Augenblick, bis er weitersprach. «Er beherrscht natürlich auch eine gediegene Grätsche. Doch das ist weniger sein Problem. Die Schiedsrichter mögen es nicht, wenn jemand seinem Gegenspieler Prügel androht oder auch mal zulangt.»

«Sie meinen, Sportfreund Kudraß ist ein Schläger?»

«Ich würde ihn einen Hitzkopf nennen. Deswegen ist er jetzt auch für Wochen verletzt und kann nicht spielen.»

«Was ist denn passiert?»

Der Mann guckte Kappe skeptisch an und fragte: «Sind Sie vom Verband?»

Nun lachte Kappe. «Nein, natürlich nicht! Warum denn?»

«Na ja, die beiden Vereine haben vor zwei Wochen lange auf den Schiedsrichter eingeredet, damit der den Spielbericht …», der Alte trank einen Schluck Bier, bevor er den Satz beendete, «… etwas vorteilhafter für die Spieler abfasst. Es war ein ganz schönes Gezerre. Das sollte nicht an die Öffentlichkeit kommen.»

Kappe zog seinen Dienstausweis hervor und sagte: «Das kann ich Ihnen leider nicht versprechen. Ich muss allerdings mit Nachdruck darum bitten, dass Sie mir die Wahrheit sagen.»

Der Mann stöhnte auf und brummte: «Ein Bul…, ein Polizist!»

«So ist es. Ich ermittle in einer Mordsache.»

«Du lieber Himmel!» Nun klang der Mann, als ob jegliche Kraft aus seinem stämmigen Körper gewichen wäre. «Jürgen hat jemanden umgebracht?»

«Wir ermitteln noch.» Kappe hob den Zeigefinger der rechten Hand, richtete ihn auf den Mann und sagte: «Erzählen Sie mir, was vorgefallen ist!»

Der Mann seufzte. «Jürgen hatte kurz vor dem Abpfiff einen Zweikampf mit einem gegnerischen Stürmer im Strafraum.

Der ist durch die Luft geflogen wie ein Vöglein, deshalb gab es einen Elfer. Siegtor für den Gegner in der letzten Minute. Als die Mannschaften vom Feld gingen, war der Teufel los.» Der Alte erzählte von einer heftigen Auseinandersetzung. Kudraß habe den Gegenspieler beschimpft und ihm vorgeworfen, den Elfer herausgeschunden zu haben. Daraufhin habe der Stürmer Kudraß einen Drecksack genannt. Zuerst seien beide nur lauter geworden, dann habe Kudraß dem Elferschinder eine Backpfeife gegeben, und danach seien die Fäuste geflogen. Von jeder Mannschaft seien fünf oder sechs Spieler an der Prügelei beteiligt gewesen. Am wildesten habe Kudraß um sich geschlagen, weswegen er im Gegenzug auch das meiste abbekommen hätte. Am Ende hätten alle gefunden, ein Armbruch sei Strafe genug. «Wenn der Schiedsrichter das gemeldet hätte, wäre von beiden Vereinen die halbe Mannschaft vor dem Sportgericht gelandet. Das hat nach ewigem Gerede auch der Pfeifenmann eingesehen. Jürgen bleibt die nächsten Wochen lieber zu Hause, bevor noch der Schiedsrichter hier auftaucht und sich an ihn erinnert.»

Kappe nickte dem Mann zu. «Sie haben mir sehr geholfen. Ich werde sehen, dass der Verband nichts Unnötiges erfährt. Für alle Fälle brauche ich dennoch Ihren Namen. Und dann hole ich uns noch ein Bier, und wir gucken uns die zweite Halbzeit an.»

Als Josef Bolp die Pension Grolmann betrat, waren noch keine Gäste anwesend. Hinter dem harmlos klingenden Namen verbarg sich ein Bordell, in dem Mitglieder des Abgeordnetenhauses, Senatoren und Prominente aus allen gesellschaftlichen Bereichen gern zu Gast waren. Hier ließen sich, ähnlich wie in der Joju-Bar, hervorragend Kontakte knüpfen. Allerdings hatte der Inhaber einen noch übleren Ruf als Johannes Juhl.

Bolp schlurfte durch das schummrige Lokal und entdeckte Günther Heyler in einem Separee. Der studierte Unterlagen. Bolp verfolgte die Karriere des Mannes schon lange. Nach seinem Scheitern als ehrbarer Handwerker war Heyler für ein paar Jahre nach

Amerika gegangen – Lehrjahre bei der Mafia, wie man munkelte. Mit dem verdienten Geld hatte Heyler die Pension Grolmann gekauft und in ein Edelbordell umgewandelt.

Heyler blickte auf und sagte: «Hoher Besuch. Möchten Sie zu mir, Herr Bolp?»

Bolp mochte Heyler nicht und war mit ihm nicht per Du. Aber die Sache mit Yvonne, Juhl und den Stasi-Damen ließ ihm keine Ruhe, und da er den Artikel für die morgige *Berliner-Blitz*-Ausgabe schon geschrieben hatte, blieb Zeit für eine kleine Hintergrundrecherche. Also setzte er sich zu Heyler und fragte: «Wie laufen die Geschäfte?»

Heyler schlug seine Unterlagen zu und antwortete: «Könnte besser gehen, aber das Haus auf Sylt ist abbezahlt. Doch deswegen sind Sie nicht hier, oder?» Er stand auf und rief in den Gastraum: «Madeleine, bring uns mal zwei Cognac!»

Bolp bedankte sich und kam zur Sache. «Ich hatte vor ein paar Tagen ein interessantes Gespräch. Da wurde mir etwas gezwitschert. In unserer schönen Inselstadt der Freiheit scheint es immer mehr Mädchen zu geben, die für Geld nicht nur die Beine breit, sondern auch die Ohren groß machen. Und zwar für die bolschewistischen Lauschbrüder in der Ostzone.»

«Wer hat das gesagt?» Heyler schlug so vehement auf den Tisch, dass der Aktenordner einen kleinen Hüpfer machte.

Bolp dachte an den Zonendeppen und war überrascht, dass Heyler sich angesprochen fühlte. Denn der Stasi-Knilch hatte ja über die Pension Grolmann kein Wort verloren.

«Das war der Juhl! Der hat das erzählt, die dumme Sau! Hab ich recht?», rief Heyler.

Ein Mädchen kam herein und stellte zwei gefüllte Cognacschwenker auf den Tisch. Sie sah Heyler kurz an, dann verschwand sie hurtig.

Bolp hob sein Glas an und sagte: «Wir wollen doch über niemanden lästern, der nicht am Tisch sitzt. Und ich habe mit keiner Silbe meine Quelle erwähnt oder irgendwelche Anschuldigungen gegen Sie vorgebracht. Mich interessiert nur, ob Ihnen dergleichen ebenfalls zu Ohren gekommen ist.» Er nippte am Cognac und fügte im Plauderton hinzu: «Ein vorzüglicher Tropfen. Herzlichen Dank.»

Heyler sah aus wie ein Schwerverbrecher, den man bei einem Ladendiebstahl erwischt hatte. Er trank den Cognac in einem Zug aus und rief in Richtung Bar: «Madeleine, ich brauche die Flasche!»

Bolp zwang sich, nicht zu grinsen.

Heyler wandte sich wieder Bolp zu und zischte: «Nein, ich habe nichts davon vernommen. Und wenn so etwas in der Zeitung zu lesen ist, könnten einige meiner Freunde sehr ungehalten reagieren.»

Es fiel Bolp immer schwerer, sein Lachen zurückzuhalten. Wenn einer derart seine dicke Hose betonte, quetschte zumeist ein Schraubstock seine Eier ein. Bolp nippte am Cognac und sagte: «Wo es nichts zu berichten gibt, erscheinen auch keine Artikel. Andererseits wird jede Wahrheit irgendwann von irgendjemandem ausgesprochen.»

«Was ist mit Ihnen los, Bolp? Sind Sie unter die Buddhisten gegangen?»

Madeleine unterbrach Heylers Gezeter und stellte die Cognacflasche auf den Tisch. Danach sauste sie davon wie ein Häschen auf der Flucht.

Heyler füllte sein Glas, leerte es hastig und schenkte sich erneut ein.

«Machen Sie sich mal keine Sorgen um mein Seelenleben», sagte Bolp. «Als das Vögelchen mir etwas vorgesungen hat, ging es nicht nur um die Graumäntel aus der Ostzone. Auch die ermordete Dirne aus der Hobrechtstraße spielte eine gewisse Rolle.»

«Juhl! Ich wusste es! Diese Ratte!»

Bolp nahm seinen Cognacschwenker fest in die Hand und versuchte, eine unlesbare Miene aufzusetzen. «Wie gut kannten Sie Yvonne?»

166

«Nicht besser als alle anderen in unserer Branche. Aber wenn Juhl Ihnen erzählt, ich hätte ihm die kleine Nutte ausgespannt, dann lügt er. Sie hat mir genauso eine Abfuhr erteilt wie ihm.»

Das läuft besser als ein Länderspiel, dachte Bolp und freute sich im Stillen. Der Mann redet wie eine Friseuse, ohne gefragt zu werden.

«Wenn Sie meine Meinung hören wollen, hätte die Kleine auf einer ihrer vielen Hochzeiten auch mal heiraten müssen. Wer sich zu viele Türen offenhält, den kann der Sturm auch mal wegwehen.»

Der Mann scheint eher selbst unter die Buddhisten gegangen zu sein, dachte Bolp. Sein Bedarf an Weisheiten war fürs Erste gestillt. Er trank seinen Cognac aus und sagte beim Aufstehen: «Sie haben mir mit Ihren Ausführungen sehr geholfen, Herr Heyler. Und machen Sie sich keine Sorgen wegen unseres kleinen Gesprächs!»

«Sorgen?» Heyler lachte dreckig. «Nein, Sorgen mache ich mir nicht. Aber Gedanken schon.»

Peter Kappe lag auf dem Sofa in Stefanie Richters Wohngemeinschaft in der Anhalter Straße. Hier gab es ein Fernsehgerät, winzig zwar, aber man konnte das Zweite Deutsche Fernsehen empfangen – obwohl Stefanie und ihre Mitbewohner die Antenne so ausgerichtet hatten, dass sie die Ost-Programme hereinbekamen.

Es war kurz vor halb sieben. Stefanie brachte zwei Bierflaschen und kuschelte sich an ihn. Die Situation kam Peter ziemlich bourgeois vor – und er genoss sie. Zum Abschluss eines Wochenendes mit verletzten Kumpeln, Bombenbastlern und verwandten Polizisten tat ihm die Ruhe gut. Sogar Stefanie schien die kurze Pause im revolutionären Kampf zu gefallen. Sie trug einen Wollpulver, der auch als Minikleid durchgegangen wäre, und Pantoffeln.

Im Fernsehen kündigte die Nachrichtensprecherin für den Wochenbeginn wechselhaftes Wetter an. Die Frau auf dem Bildschirm war vermutlich ungefähr so alt wie Peter, aber das Kostüm und die Pagenfrisur erinnerten ihn an seine Mutter. So stellten sich Hausfrauen in Garmisch-Partenkirchen oder Bad Salzuflen wohl die ideale Schwiegertochter vor.

Die Nachrichten endeten, und nach dem Abspann tauchte die nächste Ansagerin auf. Sie trug eine Bluse und einen knielangen Rock – ansonsten sah sie genauso aus wie die Sprecherin davor. Peter kam es so vor, als lasse der Sender seine Damen in größeren Serien in einer Fabrik produzieren.

Die Ansagerin fasste die Vorgeschichte der folgenden Serie für «die Zuschauer draußen an den Endgeräten» zusammen. Das hatte Peter auch bitter nötig, denn für gewöhnlich hatte er am Sonntagnachmittag etwas Besseres vor, als sich die Serie *Firma Rodenthal* anzuschauen. Stefanie hatte den Fernsehabend auch nur vorgeschlagen, weil sie «den Genossen Kurt wenigstens einmal auf der Mattscheibe sehen» wollte.

Zunächst erfuhr Peter allerdings allerlei über die Verwicklungen in der Fernsehfamilie Rodenthal und die Probleme, die sie mit ihrem Versandhaus hatte. Die Ansagerin nannte so viele Namen, dass Peter schon nach ein paar Sätzen den Überblick verloren hatte. War Johannes der Bruder oder der Schwager von Marianne? Und wieso wollte Liselotte plötzlich Winfried heiraten – hatte die Ansagerin nicht im Satz zuvor gesagt, dass der gestorben sei? Im Grunde interessierte es Peter nicht. Er drehte sich zu Stefanie. Sie schien auf den Vortrag ebenso wenig Lust zu verspüren. Also küssten sie sich erst einmal. Lange. Und dann noch ein bisschen. Bis Peter schwindelig wurde. Und dann noch ein bisschen.

Als Peter wieder zum Fernsehgerät blickte, lief bereits der Vorspann. In schneller Bildfolge wurden die Personen gezeigt, deren Namen die Ansagerin zuvor genannt hatte. Erst fast am Ende wurde Kurt Kannenhenkel eingeblendet. Selbst in Schwarz-Weiß wirkte sein Aufzug albern – er trug ein mit Ornamenten verziertes, viel zu großes Leinenhemd und erinnerte ein wenig an einen bleichen Indianer mit Bart. So stellten sich Hausfrauen in Garmisch-Partenkirchen oder Bad Salzuflen wohl Hippies vor.

«Das kann ja ein Spaß werden!», rief Stefanie jauchzend, bevor sie lauthals loslachte. Sie stieß ihre Bierflasche gegen die von Peter und trank.

Während Peter ebenfalls an seiner Flasche nippte, stritten sich im Fernsehen zwei Männer. Wohl um es Zuschauern wie Peter einfacher zu machen, war der eine in einen pechschwarzen Anzug gekleidet und brüllte herum, als wäre der Teufel in ihn gefahren, während der andere, blond und in weißen Hemdsärmeln, mit Engelszungen Widerrede hielt.

Es folgte eine Szene mit einer jungen Telefonistin. Es handelte sich offenbar um eine sehr bemitleidenswerte Dame, denn die Kamera blickte unentwegt auf sie herab. Ihre Aufgabe schien es zu sein, so scheu wie ein Häschen zu gucken, während sie eine Gardinenpredigt von einer Matrone von Frau über sich ergehen ließ.

Peter merkte, wie Langeweile in ihm aufstieg. Er trank noch einen Schluck Bier.

Stefanie zog an seinem Arm und zeigte auf das Fernsehgerät. «Da ist er!»

Peter verschluckte sich beinahe. Als er Kannenhenkel auf dem Bildschirm sah, schwante ihm nichts Gutes. Seine Haare schienen viel dunkler als noch im Vorspann, das alberne Gewand ebenso, obendrein hatte er eine riesige Sonnenbrille auf der Nase.

«Herr Rodenthal, was wünschen Sie?», fragte das Mädchen mit dem Hasenblick, das eben noch am Telefon gesessen hatte. Nun stand sie allerdings in einem Raum, der ein Büro hätte sein können, wäre da nicht das riesige Sofa unter einem übermannsgroßen Che-Guevara-Plakat gewesen.

«Ach, sag doch Freddy zu mir!», erwiderte die sonnenbebrillte Hippie-Karikatur und trat ganz nah an das Mädchen heran.

«Ich weiß nicht», piepste das Häschen.

Freddy ergriff das Mädchen an beiden Schultern und sagte in schmierigem Ton: «In der neuen Zeit gibt es keine Unterschiede zwischen den Menschen mehr. Kein Oben, kein Unten. Nur noch Menschen. Und Liebe.»

«Herr Rodenthal, ich bitte Sie!», piepste das Häschen und versuchte sich aus Freddys Griff zu befreien.

«Nur noch Liebe», hauchte Freddy und umarmte das arme Häschen.

Stefanie sprang auf und schaltete das Fernsehgerät aus. «Die spinnen wohl!» Ihr wutverzerrtes Gesicht bildete einen grotesken Kontrast zu den Pantoffeln an ihren Füßen. «So einen Mist zeigen diese imperialistischen Schweine, während gegen Kurt ermittelt wird.»

Peter hätte einwenden können, dass die Ausstrahlung sicher lange vor Kannenhenkels Verhaftung geplant worden war, doch das hätte Stefanie kaum getröstet, deshalb sagte er: «Das ist doch bloß eine alberne Fernsehserie. Jeder weiß, dass Kurt da nur eine Rolle spielt.»

«Diese alberne Fernsehserie gucken Millionen von Menschen, Peter! Wir beide wissen, dass es nur ein Schauspiel ist. Aber was für ein Bild erzeugt das bei den anderen Zuschauern?»

ELF
Montag, 1. April 1968

OTTO KAPPE winkte ab, als er das Büro betrat und seinen Kollegen Hans-Gert Galgenberg mit dem *Berliner Blitz* wedeln sah. Kappe hatte das Titelbild schon am Zeitungsstand gesehen. Ein diabolisch dreinblickender Kannenhenkel im Arztkittel — das Bild stammte aus einem Dr.-Mabuse-Film, in dem Kannenhenkel einen mephistophelischen Irrenarzt darstellte. Über dem Bild stand in großen Buchstaben: *Vorsicht Berlin! Heute kommt der Hurenmörder frei!*

«Wenn Keunitz das sieht, dreht er durch», sagte Galgenberg, schlug die Zeitung auf und las vor. «*Anscheinend genießt der Schauspieler Kurt Kannenhenkel bei der Kriminalpolizei einen Bonus als Prominenter. Wie ließe es sich sonst erklären, dass die erdrückenden Beweise nicht ausreichen, ihn des Mordes zu überführen. Was haben die Kripobeamten in der letzten Woche gemacht? Im Büro geschlafen?*» Galgenberg klatschte die Zeitung auf den Tisch. «Das fragt der Kerl in dem Artikel wirklich, Otto! Ob wir geschlafen haben!»

«Das ist doch ausgemachter Unsinn!», erwiderte Kappe. «Das weißt du so gut wie ich.»

«Wir beide wissen das! Aber was glaubt Keunitz? Was denkt sich der Staatsanwalt, wenn er das liest? Und der Richter? Und der Polizeipräsident?»

«Ich fürchte, das erfahren wir früh genug. Ich hab gerade Wichtigeres zu tun.»

«Wichtigeres?», ereiferte sich Galgenberg. «Die werden uns was erzählen, darauf kannst du dich einstellen, Otto!»

Das wusste Kappe auch. Dennoch öffnete er die Akte des aktuellen Falls. Gleichzeitig hob er den Telefonhörer ab und wählte die Nummer des Kollegen von der Spurensicherung. Nachdem es zweimal in der Leitung getutet hatte, meldete sich Wuttke.

«Kappe hier, guten Morgen! Ich habe noch eine Frage zum Fall der ermordeten Frau Mönningsee.»

«Ach du lieber Himmel!» Der Mann klang, als müsste er ein weinendes Mädchen trösten. «Haben Sie den *Berliner Blitz* schon gelesen?»

«Hab ich. Darum geht es jetzt aber nicht. Ich muss mit Ihnen noch einmal über den Tatort reden.»

«Was ist denn noch unklar?»

«Ich habe Sie ja schon einmal auf den Verdächtigen mit dem Gipsarm angesprochen. Sie sagten, es hätte keine entsprechenden Spuren am Tatort gegeben.»

«Das ist richtig. So habe ich es in den Unterlagen vermerkt. Ich habe mir die Ergebnisse noch einmal angeschaut, nachdem Sie mich darauf aufmerksam gemacht hatten.»

«Das ist eigentümlich», murmelte Kappe. «Auf der Abschrift des Kalenders stand zweimal *privat*. Und der Mann mit dem Gips hat eine Affäre mit der Frau gehabt. Wir dürfen also annehmen, dass er kurz vor dem Mord in ihrer Wohnung war.»

Für einen Moment herrschte Schweigen in der Leitung. Dann sagte Wuttke: «Ja, das liegt durchaus im Bereich des Möglichen.»

«Wie wahrscheinlich ist es, dass er keinerlei Spuren hinterlassen hat, wenn er der Mörder war und sie mit einem Kissen erstickt hat?»

«Nicht sehr. Zumindest das Kissen hätte voller Gipsspuren sein müssen. So wie es in der Wohnung aussah, hätten wir ganz sicher auch an den wild herumgeworfenen Einrichtungsgegenständen Spuren finden müssen.»

«Also gibt es zwei Möglichkeiten. Entweder war er nicht dort, und mit *privat* ist jemand anderer gemeint, oder er hat es geschafft, keine Spuren in der Wohnung und insbesondere auf dem Kissen zu hinterlassen.»

«So könnte man das sehen», bestätigte der Kollege von der Spurensicherung.

«Wie könnte er Spuren vermieden haben?»

Die Stille in der Leitung wurde durch ein Klopfen an der Tür durchbrochen. Nur einen Wimpernschlag später stand Keunitz im Büro. Sein Kopf war rot angelaufen. «Ich erwarte Sie in meinem Büro! Unverzüglich!»

Kappe wies auf den Telefonhörer an seinem Ohr und zuckte entschuldigend mit den Schultern.

«Es ist mir völlig egal, wen Sie gerade am Telefon haben! Und wenn es der Papst ist!»

«Ist das Ihr Chef?» Wuttkes Stimme hatte nun wieder diesen mitleidigen Ton. Eilig fügte er hinzu: «Dann fasse ich mich lieber kurz. Er könnte eine Windjacke oder dergleichen über seinem Gipsarm getragen haben. Ich würde sagen, sie müsste einen sehr weiten Ärmel und der müsste einen Bund haben. Mit einem Gummizug oder so.»

«Eine Trainingsjacke vielleicht?», zischte Kappe in die Sprechmuschel.

«Sie sollen aufhören zu telefonieren und in mein Büro kommen!»

«Eine Trainingsjacke wäre denkbar.» Wuttke flüsterte, als stünde er selbst vor dem Chef. «Ich lege jetzt mal lieber auf.»

Kappe ließ den Hörer auf die Gabel fallen und sagte: «Entschuldigen Sie bitte, Herr Kriminalrat. Das Gespräch war wichtig.»

«Nein, Herr Kappe, das einzige für Sie derzeit bedeutsame Gespräch führen Sie und Herr Galgenberg mit mir! Und zwar in meinem Büro! Jetzt!»

Peter Kappe saß in der Bibliothek vor einem Tisch, der über und über mit Akten bedeckt war. Als er die Unmengen von Papier betrachtete, wunderte er sich, wie es ihm gelungen war, sie aus dem Büro von Professor Meerbusch hierher zu transportieren.

Er blätterte durch die Unterlagen. Seine Aufgabe war es, die

Aussagen der befragten Prostituierten auszuwerten, indem er sie verschiedenen Kategorien zuordnete und in einer Tabelle mit Werten von eins bis zehn festhielt. Das bedeutete Arbeit für die nächsten Monate. Also kam es auf ein paar Stunden auch nicht mehr an, und er konnte die Protokolle zu den Gesprächen mit der ermordeten Monika Mönningsee alias Yvonne getrost zuerst studieren, ohne dass der Professor dies bemängeln dürfte. Vermutlich würde es Meerbusch nicht einmal bemerken.

Die Unterlagen waren glücklicherweise nach dem Alphabet geordnet und nicht nach dem Datum der Gespräche. Offenbar sortierte Meerbusch die Protokolle nach den Künstlernamen der Frauen, denn beim Blättern stieß Peter nur auf Vornamen – Suzette, Tatjana, Veronique, Yvette, Yvonne. Unter dem Künstlernamen der Ermordeten fand er mehrere Blätter, die von einem Heftstreifen zusammengehalten wurden. Mangelnden Fleiß konnte Peter dem Professor kaum vorwerfen.

Die Einträge zu Yvonne begannen jeweils mit einem Datum und einer Uhrzeit. Der erste Besuch lag offenbar bereits ein halbes Jahr zurück: *Montag, 18. September 1967.* Es folgten weitere Angaben: Adresse, Uhrzeit, Alter der Probandin und so weiter. Peter übertrug die Daten in die Tabelle und widmete sich den Gedächtnisprotokollen.

Meerbusch beschrieb Yvonne als vorlaut. *Offenkundig versucht sie, von ihrer Lebenssituation mit gespieltem Selbstbewusstsein abzulenken. So spricht sie mich stets mit «mein kleiner Professor» an und fragt mich, was ich denn nun wirklich wolle. Das erschwert die Arbeit,* hieß es da.

Zeilenweise beschrieb der Professor, wie Yvonne ihn für seine Fragen auslache und frage, ob sie nicht endlich etwas für ihr Geld tun solle. Der erste Eintrag endete damit, dass Meerbusch die Befragung abbrach und einen weiteren Termin für die darauffolgende Woche vereinbarte.

Peter überprüfte die Spalten seiner Tabelle, zu keiner der gefragten Punkte konnte er eine Bewertung zwischen eins und zehn eintragen.

174

Am 25. September schienen sowohl der Professor als auch die Dame besser auf den Termin vorbereitet gewesen zu sein. Peter konnte die Tabelle ausfüllen. *Geschätzter mittlerer Wochenverdienst: zweitausend Mark.* Bereits im Jahr 1966 habe die Mönningsee ein Haus von dem auf diese Art erwirtschafteten Geld gekauft. Dort wohnte nun ein älteres Ehepaar zur Miete. Derzeit sparte sie ihre Barschaften. Peter setzte den Stift ab und und schluckte. Wenn er das hochrechnete, kam er auf rund hunderttausend Mark plus Mieteinnahmen im Jahr. Das war ein Vermögen. Dennoch schätzte sie selbst ihre Bezahlung nur als *ziemlich gut* ein. Sollte er das mit einer Sieben, einer Acht oder einer Neun bewerten? Er entschied sich für eine Acht und machte eine Notiz neben der Tabelle, um bei kommenden Aussagen entsprechend zu verfahren.

Es folgten Fragen zu Yvonnes Gefühlslage, denen sie laut Protokoll erneut ausgewichen war. Wiederum habe sie gefragt, ob der Professor nicht eine richtige Gegenleistung für sein Geld erwarte. Meerbusch hatte die Befragung erneut abgebrochen.

Der nächste Termin war auf *Montag, den 30. Oktober 1967,* datiert. Dieses Mal hatte Meerbusch einen kompletten Dialog notiert:

Interviewer: Wie häufig schätzen Sie den Umgang mit Ihren Freiern als unangenehm ein?

Probandin: Du meinst, wie oft es mir keinen Spaß macht, mein kleiner Professor?

Interviewer: Zunächst würde ich die Frage gern allgemein beantwortet wissen.

Probandin: Leider ist nicht jeder Freier so charmant wie du, mein kleiner Professor.

Interviewer: Wie äußert es sich, wenn ein Freier weniger charmant ist?

Probandin: Ach, Professorchen. Jetzt soll ich andere Männer mit dir vergleichen. Das kann ich erst, wenn ich meine Arbeit ausgeübt habe.

Interviewer: Es geht um die emotionale Ebene.

Probandin: Aber mir doch auch. Oder hast du etwa Probleme mit den körperlichen Aspekten des Geschlechtsverkehrs?

Das Gespräch wurde an dieser Stelle wegen offensichtlich mangelnder Kooperationsbereitschaft der Probandin vom Interviewer abgebrochen. Ein weiterer Versuch folgt zu einem späteren Zeitpunkt.

Bei dieser Gesprächsnotiz handelte es sich um die letzte Seite. Hatte Meerbusch die Interviewserie beendet, weil er die Frage nach seiner Potenz nicht verwinden konnte? Aber Peters Vater hatte in Yvonnes Kalender einen Hinweis darauf gefunden, dass der Professor die Prostituierte jüngst noch einmal getroffen hatte. Warum gab es von diesem Termin kein Protokoll?

Otto Kappe sah sich in der Wohnung von Jürgen Kudraß um. Kriminalrat Friedhelm Keunitz hatte getobt, sie aber nicht von dem Fall abgezogen. Also ermittelten Kappe und Hans-Gert Galgenberg weiter. Was blieb ihnen auch anderes übrig?

An dem Kleiderständer in Kudraß' winzigem Flur hing nur ein einziger Mantel. An dem Haken darüber baumelten eine Schiebermütze und ein Strohhut. Von Trainingsjacken fand Kappe keine Spur. Galgenberg stand derweil in der Tür und guckte gelangweilt.

Kudraß trug ein kurzärmliges ausgeblichenes Sporthemd, vermutlich handelte es sich um ein Trikot des BBC Südost. Die anthrazitfarbene Trainingshose sah dagegen nagelneu aus.

«Suchen Sie etwas, Herr Kommissar?», fragte Kudraß.

«In der Tat würde ich mir gern Ihre Garderobe anschauen», erwiderte Kappe.

Kudraß blickte zum Kleiderständer. Es dauerte einen Augenblick, bis er im überraschten Tonfall fragte: «Sie meinen, meine gesamte Wäsche? Auch die Unterhosen?»

«Nein, natürlich nicht Ihre Unterhosen! Oder gibt es da etwas, das Sie vor uns lieber verheimlichen möchten?», rief Galgenberg.

Kappe sah das fassungslose Gesicht des Angesprochenen und erklärte: «Nein, Herr Kudraß, es geht um Ihre Jacken.»

«Warum denn?»

«Warum? *Warum machst du dir das Leben zur Pein?*, fragte schon Goethe », sagte Galgenberg gereizt.

«Ist ja gut», sagte Kudraß und schlurfte durch das Wohnzimmer hindurch in eine winzige Schlafkammer. In den Raum passten gerade mal ein Bett und eine Truhe. Kudraß schien einen unruhigen Schlaf zu haben, denn die Bettwäsche war zerwühlt wie ein Acker nach dem Pflügen. Auf der Truhe häuften sich Hemden, Jacken, Jacketts und die BVG-Uniform. Kudraß blieb vor der Truhe stehen. «Bitte!»

Galgenberg wühlte sich durch die Stoffmassen, während Kappe an der Tür wartete. Zu dritt wäre es in der Kammer zu eng geworden.

Nacheinander zog Galgenberg eine Fliegerjacke und eine Trainingsjacke aus dem Kleiderberg. Beide verfügten über weite Ärmel und einen engen Ärmelbund.

«Haben Sie eine dieser Jacken getragen, als Sie Frau Mönningsee zum letzten Mal besucht haben?», fragte Kappe.

«Warum ist das denn wichtig?», wollte Kudraß wissen.

«Beantworten Sie einfach meine Frage, Herr Kudraß!»

«Nun ja, das wäre schon möglich.»

«Welche Jacke hatten Sie an?»

Kudraß zeigte auf die Fliegerjacke. «Die da.»

«Passt Ihr Gipsarm in den Ärmel?»

«Wenn ich mir Mühe gebe.»

«Herr Kudraß», sagte Kappe streng, «das ist hier kein Quiz. Steckte Ihr Gipsarm im Ärmel dieser Jacke, als Sie Frau Mönningsee in der vergangenen Woche besucht haben?»

«Ja, aber das ist doch nichts Schlimmes, oder? Ich bin ja froh, dass ich diese Jacke habe. Da ruiniere ich nicht die Sitze in der U-Bahn, wenn ich irgendwo anstoße.»

«Und in Frau Mönningsees Wohnung blieb die Bettwäsche sauber, als Sie ihr das Kissen auf den Kopf drückten», fügte Galgenberg hinzu.

Kudraß riss entsetzt die Augen auf. «Aber ich kann mit dem

Arm gar nichts machen. Schon wenn ich nur versuche, ein Stück Brot abzuschneiden, tut das höllisch weh.»

«Wer so richtig wütend ist, hält auch Schmerz aus, oder, Herr Kudraß?» Galgenberg hielt die Fliegerjacke in die Höhe.

«Ich habe sie nicht umgebracht!»

«Herr Kudraß, wo waren Sie letzten Dienstagabend?», fragte Kappe ruhig.

«Ich habe Monika am Montag besucht.»

«Beantworten Sie bitte meine Frage!»

«Ich habe sie nicht umgebracht!»

«Ich wiederhole meine Frage: Wo waren Sie letzten Dienstagabend, Herr Kudraß?»

«Hier zu Hause!» Kudraß klang trotzig.

«Dafür haben Sie vermutlich keine Zeugen», höhnte Galgenberg und wickelte die Fliegerjacke zu einem Knäuel.

Kudraß drehte sich zu Galgenberg. Plötzlich holte er aus und schlug dem Polizisten die Faust ins Gesicht. Galgenberg schrie auf und fiel rücklings auf die Kleidertruhe. Sein Sturz wurde von der Kleidung darauf abgefedert. In seinen ausklingenden Schrei mischte sich ein Jaulen. Kudraß hielt sich den gebrochenen Arm. Jammernd und fluchend zugleich, wankte er auf Kappe zu. Dabei holte er erneut zum Schlag aus.

Kappe sprang beiseite – und Kudraß' rechte Faust schlug mit Wucht gegen den Türrahmen. Er quiekte wie ein abgestochenes Schwein und sank zu Boden. Kappe wuchtete sich auf den kräftigen Mann und drehte ihm den verletzten Arm auf den Rücken. Kudraß ächzte. Galgenberg taumelte herbei und reichte Kappe die Handschellen.

«Ich habe sie doch nicht umgebracht.» Kudraß Worte klangen wie das Wimmern eines Sterbenden.

«Das klären wir auf dem Revier, Herr Kudraß!», sagte Kappe. «Und wenn Sie die Wahrheit sagen, müssen Sie sich nur für einen tätlichen Angriff auf Vollstreckungsbeamte verantworten.»

Der Saal in der Freien Volksbühne war überfüllt. Peter Kappe stand mit Stefanie am Ende des Mittelgangs. Als sie eine halbe Stunde vor Beginn des Sonderkonzerts von Kurt Kannenhenkel anlässlich seiner Freilassung eingetroffen waren, hatte es bereits keinen einzigen freien Sitzplatz mehr gegeben. Nur Minuten später hatte die Kasse geschlossen. Nun standen Dutzende Gäste im Foyer und verfolgten das Konzert durch die offenen Saaltüren.

Peter entdeckte unter den Zuschauern seinen Freund Rüdiger Engelhardt und den langhaarigen SHB-Jungen. Sie standen in der Tür. Er winkte ihnen zu, und beide reagierten. Erst jetzt wurde Peter bewusst, dass die zwei sich nicht kannten, denn sie sahen einander erstaunt an. Doch Peter kam nicht dazu, das weiter zu verfolgen, denn auf der Bühne hatte Kurt Kannenhenkel gerade ein Gitarrenstück beendet. Beifall brandete auf und toste wie ein Orkan durch den Saal. Kannenhenkel trat vom Mikrofon zurück und verbeugte sich. Peter meinte zu erkennen, dass ihm Tränen in den Augen standen. Kannenhenkel hob die Hand, und das Publikum wurde auf einen Schlag still.

Der Schauspieler verbeugte sich erneut. Seine Gitarre baumelte vor seinem Oberkörper, während er aus seiner Jacketttasche einen Zettel zog und ihn entfaltete. Er trat wieder zum Mikrofon und rezitierte: «*Die alte Ordnung, die heute noch genau so besteht wie damals, nahm und gab dem Deutschen: sie nahm ihm die persönliche Freiheit, und sie gab ihm Gewalt über andere.*»

Kaum hatte er den Satz beendet, donnerte der Applaus wieder los. Dieses Mal musste der Sänger und Schauspieler mehrfach die Hand heben, bis Ruhe herrschte.

«Ich werde an diesem Abend zweierlei tun: die Freiheit feiern und die Unfreiheit anprangern! Deswegen trage ich zwischen meinen Liedern Textstücke von Dichtern vor, deren Werke 1933 von den Nationalsozialisten verbrannt wurden. Der erste Aphorismus stammt aus der Feder des hochverehrten Kurt Tucholsky.»

Das Publikum feierte den erwähnten Schriftsteller wie einen Schlagerstar. Kannenhenkel ließ den Saal toben und begann, auf seiner Gitarre zu spielen. Nach und nach ebbte der Beifall ab, alle lauschten nur noch dem Klang der Gitarre. Als das Publikum ganz leise war, kündigte Kannenhenkel, während er weiterhin die Saiten zupfte, ein neues Lied an, das er in der vergangenen Woche in der Gefängniszelle geschrieben habe.

Der kurze Beifall wurde von einigen Pfiffen begleitet, die dem Repressionsstaat galten, doch bald zog wieder Ruhe ein, sodass Kannenhenkel hymnisch zu singen begann: «In deiner Zelle / Erlebst du jeden Tag die Hölle / Gehst dabei durch das Fegefeuer / Doch kommst heraus als Mensch … als neuer / Mensch.»

Er wiederholte die Zeilen und verfiel danach in eine Art Sprechgesang. Der Schauspieler hauchte die Worte so leise, dass Peter im hinteren Bereich des Saals nicht alles verstand. Doch allein die Textfetzen, die er wahrnahm, machten ihn betroffen. Offenbar hatte Kannenhenkel in der Zelle an Suizid gedacht. Kein Wunder, schließlich hatten ihn die Zeitungen bereits zum Mörder verurteilt.

Den zweiten Refrain sangen die meisten im Saal mit. In der folgenden Strophe wurde Kannenhenkels Stimme lauter. Er habe Kraft bekommen durch die Flugblätter und Demonstrationen, von denen sein Anwalt und seine Frau bei Besuchen berichtet hatten, sang er. Aus Ohnmacht wurde Mut. Beim abschließenden Refrain übertönten die Menschen im Saal den Sänger. Kannenhenkel trat vom Mikrofon zurück und hob die Hand ans Ohr. Das Publikum schmetterte: «… als Mensch … als neuer …» Der Sänger verbeugte sich, während der Saal erneut den Refrain sang.

Auch Peter sang mit. Er sah zu Stefanie hinüber. Sie reckte Zeige- und Mittelfinger zum Victoryzeichen in die Höhe und sang lauter als er. Ihm fiel auf, was für eine schöne Stimme sie hatte. Langsam ging der Gesang des Publikums in tosenden Applaus über.

«Vielen Dank, liebe Freunde!», rief Kannenhenkel in den Beifall hinein. «Gemeinsam werden wir die Ungerechtigkeit hinwegfegen. Gemeinsam hält uns nichts auf!»

180

Ein Student am linken Rand des Saals rief: «Der *Blitz* muss brennen!»

Kannenhenkel hob erneut die Hände und rief wie ein Rockstar: «Die Zeit zum Handeln wird kommen – doch jetzt feiern wir!»

Josef Bolp trank einen großen Schluck von seinem Bier. Er saß in der Joju-Bar am Tresen und musste den Schnaps hinunterspülen, den der Richter, dessen Namen ihm schon wieder nicht einfallen wollte, ihm gerade spendiert hatte. Der Mann kam aus dem Schwärmen über Bolps Artikel gar nicht mehr heraus. Allerdings sprach er auch davon, dass Kannenhenkel «zum Abschied» noch einmal so richtig bekommen habe, was er verdiene.

Bolp verstand nicht ganz, was der Herr damit meinte, und sagte deshalb: «Ich hoffe doch, dass ich diesen Schnarchnasen bei der Kripo ein bisschen Beine gemacht habe und Sie den werten Herrn Schauspieler bald wiedersehen.»

Der Richter lachte und gab Juhl zu verstehen, dass er zwei weitere Schnäpse bringen solle. «Sie haben in der Tat für gehörige Aufregung bei der Polizei gesorgt. Allerdings hat die Kripo nun einen anderen Verdächtigen.»

Was ist mit meinen Quellen bei der Polizei los?, fragte sich Bolp. Wieso wusste er nichts von dieser Wendung im Fall der toten Prostituierten? Er war froh, als der Schnaps kam. Gleich nach dem Anstoßen kippte er den Kurzen in einem Zug hinunter. Dann fragte er: «Wer soll denn dieser neue Verdächtige sein?»

«Irgendein BVG-Fahrer. Der hatte wohl ein Verhältnis mit dem Opfer. Ich bekomme den Mann morgen zu Gesicht.»

Warum war das Schnapsglas schon wieder leer? Von einem BVG-Fahrer hatte Bolp noch nie etwas gehört.

«Was ist los mit Ihnen?», fragte der Richter mit einem seltsam amüsierten Unterton. «Unser Kämpfer an der Boulevardfront wird doch nicht etwa von seinem schlechten Gewissen geplagt?»

«Wegen Kannenhenkel? Nicht die Bohne! Was kann ich denn

dafür, wenn die Kripo einen Unschuldigen verhaftet und erst nach über einer Woche einen anderen Täter findet?» Bolp orderte per Handzeichen weiteren Schnaps. «Ich habe nur Durst.»

«Die Einladung nehme ich gerne an!», rief der Richter Juhl zu. Es klang ein wenig, als fürchte er, zu kurz zu kommen. «Ich habe nämlich noch weitere Neuigkeiten, die Sie vielleicht interessieren könnten.»

Gab es noch etwas, das er nicht wusste? Bolp vermutete, dass er selbst ziemlich dumm aus der Wäsche guckte.

«Ich habe heute einen Haftbefehl gegen eine Kollegin der ermordeten Frau Mönningsee erlassen.» Der Richter verstummte, als Juhl ihnen die Schnäpse brachte. Danach wartete er noch einen Moment und fuhr fort: «Die Dame soll einen heißen Draht in die Ostzone gehabt haben.»

Bolp grinste, schließlich kam diese Nachricht nicht überraschend. Anscheinend war er doch nicht der Letzte, der die wichtigen Dinge in der Stadt erfuhr.

«Ich hatte erwartet, dass diese Kunde bei Ihnen Freude auslöst», sagte der Richter. «Diesen Halunken in Ost-Berlin gehört das Handwerk gelegt.» Der Richter hob seinen Schnaps in die Höhe. «Prost!»

Beim Trinken dachte Bolp an den Stasi-Mann in der Kneipe am Checkpoint Charlie. Der sprang jetzt sicher vor Wut in seinem Büro in der Normannenstraße herum. Oder hatte der Knilch selbst eine seiner Damen geopfert, um gewissen Personen seine Macht zu demonstrieren? Bolp schaute zu Juhl hinüber. Der Barbesitzer trug seine beste Laune spazieren. Juhl war nicht gerade als Schauspieler bekannt, daher durfte Bolp getrost davon ausgehen, dass es keine seiner Angestellten getroffen hatte. Gehörte die Verhaftete zu Heyler? Bolp wandte sich dem Richter zu und fragte: «Wie hat die Polizei die Dame denn stellen können?»

«Das ging ratzfatz. Ein anonymer Anruf, eine Hausdurchsuchung, eine Überprüfung der Telefonate – und schon ist das Bett der Guten etwas kleiner und unbequemer.»

Das beantwortete keine von Bolps Fragen. Er kam allerdings nicht dazu, weiter über das Thema zu reden, denn Martin Glämmer trat an die Bar.

Der Fotograf wirkte aufgebracht, grüßte eilig, bestellte ein Bier und sagte: «Ich komme gerade vom Konzert dieses Kannenhenkel. Da braut sich etwas zusammen.» Glämmer berichtete von aufgebrachten Studenten und Drohrufen gegen den *Berliner Blitz* und die Polizei. Schließlich habe ihn jemand aus dem Publikum erkannt. «Wenn der Haustechniker mir nicht den Weg zum Ausgang freigekämpft hätte …»

Glämmer konnte seinen Satz nicht mehr beenden, denn die Bartür wurde aufgerissen, und zwei Vermummte rannten herein. Beide warfen Molotowcocktails in die Joju-Bar. Im Nu loderten die Flammen.

ZWÖLF
Dienstag, 2. April 1968

OTTO KAPPE betrat das leere Büro. Er war früh dran, und von seinem Kollegen Hans-Gert Galgenberg war noch keine Spur zu sehen. Kappe hatte den *Berliner Blitz* mit den Fotos von der brennenden Joju-Bar am Zeitungsstand entdeckt. Den Artikel von diesem Revolverjournalisten würde Galgenberg ihm noch früh genug unter die Nase halten. Vorerst nahm Kappe den *Tagesspiegel* zur Hand, den er an der Pforte des Reviers bekommen hatte. Wieder einmal war die *Morgenpost* vergriffen gewesen.

Auf der Titelseite wurde über den Vietnamkrieg berichtet: *London nimmt Kontakt mit Moskau über Friedensschritte in Vietnam auf.* Kappe las, dass US-Präsident Johnson die Bombenangriffe auf Nordvietnam weitgehend eingestellt habe. Moskau reagiere verhalten, da weitere Angriffe in der Nähe der Demarkationslinie geflogen würden. Das Chaos im Fernen Osten nimmt kein Ende, dachte Kappe.

Zum Glück erlöste Galgenberg ihn von dem unschönen Thema, als er geradezu ins Büro stürmte. Den *Berliner Blitz* trug er zusammengefaltet unterm Arm, in der Hand hielt er einen Briefumschlag.

«Otto!», rief Galgenberg und hielt die Zeitung sowie das Kuvert in die Höhe. «Irjendwie spieln heute alle verrückt. Det jeht los bei Juhl. Dem zündn een paar Vermummte die Bar an. Und wer hockt an 'ner Bar? Ausjerechnet dieser Schmierfink von det Wurstblatt sitzt da drin! Und der hat ooch noch sein Fotografen dabei, diesen Jlämma, bei dem wir erst vor een paar Tajen warn.»

Kappe wünschte niemandem etwas Schlechtes, und dennoch fiel es ihm schwer, Mitleid mit Johannes Juhl, Martin Glämmer und diesem Reporter zu empfinden. Doch das waren sicher nicht die einzigen Geschädigten. «Gab es Verletzte?», erkundigte sich Kappe.

«Einige Besucher litten anschließend unter ein bisschen Husten. Die Notausgänge waren zum Glück intakt.»

Kappe zeigte auf die Zeitung in Galgenbergs Hand und fragte: «Wer war es denn? Ich meine, hat dieser Journalist vom *Berliner Blitz* die Vermummten schon enttarnt?»

«Nee, der gibt natürlich nur Spekulationen von sich. Doch die haben es in sich.» Galgenberg feuerte die Boulevardzeitung mit Schwung auf seinen Schreibtisch.

«Nun mach es nicht so spannend!», sagte Kappe.

«Dieser Bolp deutet an, dass linke Studenten nach dem Freiheitskonzert von Kurt Kannenhenkel aufgebracht waren und den Fotografen, der auch dort war, bis in die Joju-Bar verfolgt haben.»

Kappe dachte an seinen Sohn. Der hatte ihn noch angerufen, bevor er zu dem Konzert von Kannenhenkel gegangen war. Gehörte er nun zu den Verdächtigen für den Brandanschlag? Wurde der Junge vor lauter Flausen im Kopf auch noch zum Verbrecher? Kappe kam nicht dazu, weiter darüber nachzugrübeln, da Galgenberg aufgeregt weitererzählte.

«Aber das hier ist noch viel verrückter!» Galgenberg zog einen Zettel aus dem Kuvert in seiner Hand und las laut: «*Kurt Kannenhenkel schuldet vielen Menschen in dieser Stadt eine Menge Geld. Fragen Sie die Prostituierte mit dem Pelzjäckchen auf der Kurfürstenstraße!*»

«*Die Prostituierte mit dem Pelzjäckchen?* Davon dürfte es auf der Kurfürstenstraße Dutzende geben.» Kappe stand auf und streckte die Hand aus. «Zeig mal her!»

Galgenberg überreichte ihm das Blatt Papier. Die beiden Sätze waren mit einer Schreibmaschine getippt. Eine Unterschrift oder ein Absender fehlten natürlich.

«Woher hast du dieses Schreiben?», fragte Kappe seinen Kollegen.

«Das hat ein Junge an der Pforte abgegeben. Er sagt, er habe zwei Mark dafür bekommen. Von einem Mann, mittelgroß, mittleren Alters, grauer Anzug, großer Schlapphut. Der Bengel ist abgehauen, bevor der Wachhabende ihn festhalten konnte.»

«So ein Mist!»

«Da sagst du was, Otto!»

«Ich denke, das Geld ist der Schlüssel. Wir haben in Frau Mönningsees Wohnung keinerlei Barschaften gefunden. Irgendwo liegt jetzt bestimmt eine Menge Geld in kleinen Scheinen.»

«Oder der Täter hat das Geld schon wieder ausgegeben, zum Beispiel um Schulden zurückzuzahlen», überlegte Galgenberg.

«Vielleicht. Aber wenn mich jemand mit der Nase so auf etwas stößt, werde ich stutzig.» Kappe gab seinem Kollegen den Zettel zurück.

«Die ominöse Prostituierte mit dem Pelzjäckchen suchen wir also nicht?»

«Doch», sagte Kappe, «aber erst später. Wenn ein paar mehr von den Damen auf der Kurfürstenstraße unterwegs sind. Bis dahin kümmern wir uns um einige Durchsuchungsbeschlüsse.»

Peter Kappe ergriff Stefanies Hand und lief langsamer. Sie schlenderten die Schaperstraße in Wilmersdorf entlang und hatten nur noch wenige Meter bis zum Theater der Freien Volksbühne zurückzulegen. Stefanie war im Auftrag des SDS entsandt worden, um mit Kannenhenkel weitere Aktionen abzusprechen.

Peter nutzte die Zeit bis zur Nachmittagsvorlesung und begleitete sie. Den Anschlag auf die Joju-Bar traute er sich kaum anzusprechen. Selbstverständlich glaubte er kein Wort, das im *Berliner Blitz* stand, doch als ihn sein Vater am Morgen angerufen hatte, hatte der ihn doch tatsächlich verdächtigt, etwas mit der Sache zu tun zu haben. Zumindest zog die Polizei es anscheinend ernsthaft in Betracht, dass übergeschnappte Genossen dieses Bordell angezündet hatten. Wusste Stefanie überhaupt schon von dieser Geschichte? «Hast du von den Mollis gehört, die nach dem Konzert in diesen Edelschuppen geflogen sind?», fragte Peter nun doch.

«Das war ein Puff, Peter!» Stefanie ließ Peters Hand los, um wild zu gestikulieren. «Ein ordinäres Bordell für Geldsäcke. Da kommen gleich und gleich zusammen – das imperialistische Establishment und der Unterdrückerabschaum aus dem Rotlichtmilieu.»

Das klang nicht, als würde Stefanie vor Mitgefühl zergehen. «Die unterdrückten Frauen waren während des Anschlags auch anwesend», wandte Peter daher ein.

«Ja, darüber haben wir am Morgen auch gesprochen.» Stefanie klang nun etwas sanfter. «Zum Glück ist keiner von ihnen etwas zugestoßen.»

Sie hatten darüber gesprochen … Peter überlegte, ob die Studenten ihre Aktion oder lediglich den Zeitungsartikel ausgewertet hatten. Er kam nicht mehr dazu, Stefanie zu fragen, denn sie erreichten soeben die Freie Volksbühne. Der moderne Bau aus Glas und Beton stand wie verlassen hinter einem kleinen Grünstück. Kein Licht drang durch die Glasscheiben. Sie betraten das dunkle Foyer. Es roch immer noch nach dem Alkohol und Zigarettenrauch des Vorabends.

Eine Frau mit Pippi-Langstrumpf-Zöpfen kam auf sie zu und sagte: «Die Vorstellung ist erst um acht.»

Stefanie stellte sich und Peter vor und erklärte, dass sie vom SDS kämen. «Wir sind auf der Suche nach unserem Genossen Kurt Kannenhenkel.»

Die Frau runzelte die Stirn. Nun war trotz ihrer Zöpfe nichts Mädchenhaftes mehr an ihr. Vermutlich hatte sie die dreißig schon überschritten.

«Er ist nicht hier, euer Genosse.» Die Frau betonte das letzte Wort, als machte sie sich darüber lustig.

«Hat er denn keine Probe?», fragte Peter erstaunt.

«Doch. Eigentlich sind wir mit der Produktion des nächsten Stücks wegen seiner langen Abwesenheit ohnehin schon in Verzug. Ich führe die Regie und konnte noch nicht eine einzige Durchlaufprobe mit meinem Hauptdarsteller machen. Vielleicht müssen wir sogar die Premiere der *Mutter Courage* verschieben.» Ihre Gesichtszüge verhärteten sich. «Heute Vormittag standen wir gerade auf der Bühne – und da kam dieser Anruf.»

«Schon wieder die Polizei?», fragte Stefanie.

«Die Polizei? Nein, der *Berliner Blitz*!» Die Frau klang nun wütend. «Dieser Reporter will sich mit ihm treffen. Heute Nachmittag um drei viertel vier.»

«Das ist ja eine seltsame Zeit», murmelte Peter.

«Was weiß ich! Vielleicht hat dieser Reporter bis dahin eine Sitzung oder so», meinte die Frau.

«Der Termin ist erst in ein paar Stunden. Wieso hat Kurt die Probe schon am Vormittag verlassen?», fragte Stefanie.

«Kurt war so aufgeregt. Er hat keinen vernünftigen Satz mehr herausgebracht», sagte die Regisseurin resigniert. «Da habe ich ihn nach Hause geschickt. Hoffentlich kann er morgen wieder arbeiten.»

«Ach was, Studenten! Das waren Heylers Männer», sagte die Stimme am Telefon.

Josef Bolp notierte die Aussage in seinem Notizbuch und fragte: «Ist diese Information gesichert?»

«Was ist in unserem Metier schon gesichert?», fragte die Stimme zurück. Sie gehörte einem Türsteher namens Schlunz, dessen Vornamen Bolp nicht kannte. Über gelegentliche Telefonate hinaus wollte er mit dem Mann auch nichts zu tun haben. Schlunz war dafür bekannt, jede Nachfrage mit der Faust zu stellen. Antworten bekam er in diesen Fällen meist erst, nachdem seine Gesprächspartner längere Zeit bei Zahnärzten und Kieferorthopäden verbracht hatten.

«Für irgendeinen Anhaltspunkt wäre ich sehr dankbar», sagte Bolp.

«Glauben Sie, ein paar Amateure könnten einen Brand in einer gutbesuchten Bar legen, ohne dass hinterher jemand ernsthaft verletzt wäre?» Im Hörer erklang ein Lachen, das Abgründe offenbarte, die so tief waren wie der Mariannengraben. «Nein, Bolp, hier haben zwei Profis gearbeitet. Das war ein Warnsignal. Nicht mehr, aber auch nicht weniger.»

«Ging es um die verhaftete Stasi-Nutte?»

«Ach, die war doch nur ein Bauernopfer! Und wohl auch nicht mehr die flotteste Stute auf der Weide.» Schlunz zögerte einen Moment, bevor er weitersprach. «Natürlich hat Heyler die Maus nicht ohne Not verpfiffen. Aber nun sind die Bullen erst einmal mit der beschäftigt und können sich feiern lassen. Und Heylers Jungs haben dann noch einen kleinen Gruß an Juhl gesendet. Nur, damit niemand übermütig wird.»

Bolp klappte sein Notizbuch zu. Dieses vage Zeug konnte er sich auch ohne Aufzeichnungen merken. «Was wird Heyler als Nächstes machen?», fragte er.

«Das hängt davon ab, was Juhl tut.»

«Danke», sagte Bolp nachdenklich.

Schlunz legte ohne ein weiteres Wort den Hörer auf.

Bolp überlegte, was er mit den neuen Informationen anfangen sollte. Wenn er ein ordentliches Gemetzel zwischen Heyler und Juhl anzettelte, bekäme er die nächsten Wochen tolle Storys. Aber dann wäre es wohl auch vorbei mit gemütlichen Bierrunden in der Joju-Bar — keine Gespräche mehr mit Richtern, Professoren, Politikern und Firmenkapitänen an der Theke. Würde er bei Heyler vergleichbare Kontakte gewinnen, wie er sie bei Juhl hatte? Auf die Schnelle keinesfalls, zumal Bolp auch persönlich sehr gut mit Juhl auskam. Doch von Sentimentalitäten ließ sich Bolp nicht leiten. Bei Juhl handelte es sich um so was wie einen Geschäftspartner — und jede Zusammenarbeit endete irgendwann.

Dennoch, Bolp hatte kein gutes Gefühl. Er öffnete sein Notizbuch, nahm seinen Kugelschreiber und zeichnete ein Dreieck auf. An die Ecken schrieb er *Juhl*, *Heyler* und *Stasi-Knilch*. In die

Mitte malte er ein Kreuz. Das war er selbst. Gute Gesellschaft sah wahrlich anders aus. Solch eine Konstellation konnte schnell zu einem Bermudadreieck werden, in dem selbst ein erfahrener Boulevardreporter unterging. Nein, vorerst würde er es bei der Version mit dem brandstiftenden Studentenpack belassen. Das war die sichere Variante.

Das Telefon klingelte. Er nahm ab und sagte: «*Berliner Blitz*, Bolp, guten Tag.»

«Herr Bolp, ich habe wichtige Neuigkeiten zum Fall der toten Prostituierten.»

«Aha», erwiderte Bolp.

«Hören Sie mir gut zu!» Der Mann am anderen Ende der Leitung klang gehetzt, seine Stimme dumpf. Vermutlich hatte er in Filmen gesehen, wie Bösewichter ein Taschentuch um den Hörer wickelten, um ihre Stimme zu verfremden. Bolp war sich dennoch sicher, dass ihm die Stimme bekannt vorkam. Das passende Gesicht dazu wollte ihm aber nicht in den Kopf kommen.

«Hören Sie, Herr Bolp?»

«Ich kann Sie gut verstehen. Wer spricht denn da?»

«Das tut nichts zur Sache.» Für einen Moment rauschte es in der Leitung nur, und das ziemlich laut. Genau genommen, donnerte es regelrecht. Bolp wurde klar, dass der Kerl in einer Telefonzelle stand, offenbar an einer Straße, die von schweren Lastkraftwagen befahren wurde. Das Geräusch ebbte langsam ab.

«Hören Sie mir gut zu!», rief der Mann am anderen Ende der Leitung. «Seien Sie um sechzehn Uhr auf der Kurfürstenstraße am Straßenstrich. Da können Sie eine Überraschung erleben.»

«Ein bisschen genauer würde ich es aber schon gern wissen.»

«Sechzehn Uhr, Straßenstrich!», wiederholte der Mann und legte auf.

Das rote Cabrio parkte am Rand der Nürnberger Straße. Peter Kappe kannte Kurt Kannenhenkels Auto von zahlreichen Zeitungsfotos. Sicherlich gab es mehrere solcher Wagen in Berlin, aber die Uhrzeit passte. In zehn Minuten war es drei viertel vier. Stefanie hatte sich verabschiedet, um zum SDS zu gehen, und ihn gebeten, dem Genossen Kurt die Hilfe der Studenten anzubieten. Also stand Peter allein auf der Nürnberger Straße. Er wollte Kannenhenkel vor seinem Termin mit dem Reporter abfangen.

Tatsächlich entdeckte er den Schauspieler auf der anderen Straßenseite. Kannenhenkel eilte in Hut und Anzug auf das Verlagsgebäude zu. Er trug eine Umhängetasche über der Schulter und blickte nicht nach rechts oder links. Die Passanten wichen vor ihm aus. Ein Mann mit grauem Anzug und einem ebenso grauen Schlapphut stolperte allerdings direkt in den Schauspieler hinein. Kannenhenkel gelang es, seinen Sturz abzufangen, der Inhalt seiner Umhängetasche ergoss sich jedoch quer über den Fußweg.

Peter verstand nicht, was die Männer sagten, denn die Autos ratterten zu laut die Straße entlang. Außerdem verdeckten sie den Blick auf Kannenhenkels Sachen auf dem Boden. Auf die Entfernung konnte Peter die beiden Männer beim Einsammeln des Plunders kaum unterscheiden. Die beiden richteten sich wieder auf. Der Mann mit dem Schlapphut verbeugte sich und verschwand in der Menge.

Kannenhenkel stand noch einen Moment herum, als wisse er nicht, wohin mit sich. Dann setzte er seinen Weg in Richtung *Berliner-Blitz*-Gebäude fort. Von Eile konnte allerdings keine Rede mehr sein.

Peter witterte seine Chance, den Schauspieler noch vor dem Termin mit dem Reporter zu sprechen. Dafür hätte er die Straße überqueren müssen, doch über die Fahrbahn jagten die Autos in beide Richtungen. So beobachtete Peter von hier aus, wie Kannenhenkel etwa fünfzig Meter vor dem Verlagsgebäude abrupt stehen blieb. Er schaute die Straße hinunter. Nebenbei kramte er hektisch in seiner Tasche. Der Schauspieler zog ein Büchlein oder Kalender aus der Umhängetasche, blätterte ein paar Seiten um und schüttelte den Kopf.

Peter trat zwischen zwei parkenden Autos auf die Straße, in

der Hoffnung, dass ein verständnisvoller Autofahrer eventuell abbremsen würde. Ein Lastwagen raste herbei, der Fahrer bremste nicht im Geringsten, im Gegenteil, er hupte und beschleunigte. Peter rettete sich mit einem Sprung zurück zwischen die parkenden Wagen. Er blickte auf die andere Seite. Kannenhenkel machte nun den Eindruck, als wäre er auf der Flucht. Zumindest lief er schnell und gab sich dabei augenscheinlich größte Mühe, nicht ins Rennen zu verfallen. Er eilte am Verlagsgebäude vorbei, als existierte es gar nicht. Der Termin mit dem Reporter schien unwichtig geworden zu sein. Peter schaute die Straße hinunter und entdeckte an der nächsten Straßenecke den Fotografen, der die Fotos von den wütenden Studenten nach dem Flugblatt-Prozess und von dem Polizeieinsatz vor dem Schöneberger Rathaus für den *Berliner Blitz* geschossen hatte. Er unterhielt sich mit einem Mann in einem Anzug, der mit seinem gegelten Haar aussah, als könnte er sowohl Geschäftsführer eines mittelständischen Unternehmens als auch Boss einer Mafiabande sein. Die beiden bogen in die Kurfürstenstraße ein.

Nun verstand Peter: Der Schauspieler war offenbar gar nicht auf der Flucht, sondern verfolgte die beiden Männer. Peter eilte den Männern nun ebenfalls hinterher. Allerdings kam er nur schlecht voran, zu viele Passanten kamen ihm entgegen – Männer und Frauen, die mit starrem Blick aus ihren Büros strömten, Familien auf dem Weg zum Einkauf, Touristen, die mitten auf dem Bürgersteig stehen blieben. Und die vorbeifahrenden Autos versperrten ihm immer wieder die Sicht auf die andere Straßenseite. Peter konnte nur noch selten einen Blick auf Kannenhenkel erhaschen, der sich seinerseits durch die Passanten kämpfte. Das hatte keinen Zweck.

Peter entdeckte eine Telefonzelle. Zum Glück war sie frei. Hastig zerrte er sein Portemonnaie aus der Tasche, steckte eine Münze in den Schlitz und wählte die Nummer seines Vaters auf dem Revier. Es tutete. Peter sah Kannenhenkel auf der Kurfürstenstraße verschwinden. Endlich meldete sich sein Vater. «Peter hier, bitte kommt sofort in die Kurfürstenstraße! Ich fürchte, Kurt Kannenhenkel könnte Dummheiten machen.»

«Warum? Was ist los?»

«Er rennt hinter so einem *Blitz*-Fotografen und noch einem Mann mit gegelten Haaren her wie ein Jagdhund!», rief Peter in den Telefonhörer.

«In der Kurfürstenstraße? Am Straßenstrich?»

«Bis dahin haben sie noch ein paar Hundert Meter.»

«Da wollten wir heute sowieso noch hin.»

«Bitte beeil dich, Vater!»

Otto Kappe sah die Häuserfronten der Keithstraße in schneller Folge an sich vorbeiziehen. Hans-Gert Galgenberg hatte darauf bestanden, einen Dienstwagen zu nehmen, auch wenn die Kurfürstenstraße gleich um die Ecke war. Doch die Panik in Peters Stimme war anscheinend im ganzen Raum zu spüren gewesen. Also hatten sie sich eilig den nächsten Bereitschaftswagen geschnappt. Mit Blaulicht und Sirene raste Galgenberg nun die enge Straße entlang. Wenn eines der Autos vor ihnen nicht schnell genug an den Straßenrand fuhr, hupte er zusätzlich.

An der Kreuzung zur breiten Kurfürstenstraße ertappte Kappe sich dennoch dabei, wie er mit dem Fuß auf das nicht vorhandene Bremspedal vor dem Beifahrersitz trat.

«Wovor hat dein Sohn Angst?», fragte Galgenberg. Er klang dabei nicht so, als würde er mit einem Polizeiauto durch die Gegend rasen, sondern als säße er entspannt in einem Bus. «Glaubt er, dass Kannenhenkel diesen Bolp umbringen will?»

Kappe überlegte. So wie Peter am Telefon geklungen hatte, befürchtete er wohl das Schlimmste. Aber würde der Schauspieler den Schmierfinken vom *Berliner Blitz* am helllichten Tag auf offener Straße ermorden? «Ich vermute, Peter will den Schauspieler eher von einer Körperverletzung abhalten.»

«So richtig fällt das aber nicht in unser Aufgabengebiet», erwiderte Galgenberg.

«Na ja, bis gestern war Kannenhenkel noch der Hauptver-
dächtige in unserem Mordfall, und heute haben wir einen anonymen Hinweis zu seiner Person bekommen», wandte Kappe ein.

Galgenberg antwortete nicht und ließ stattdessen den Mo-
tor aufheulen. Als er in die Kurfürstenstraße raste, schnitt er die
Kurve. Ein Motorradfahrer kam auf sie zu. Kappe schloss die
Augen. Er hörte nur noch eine Kakofonie aus Hupen, der Sirene
und dem Quietschen von Reifen. Kappe spürte, wie der Wagen ins
Schleudern kam und sich wieder fing.

«Hui!», rief Galgenberg gut gelaunt.

Als Kappe die Augen wieder öffnete, streifte der Wagen gerade eine Mülltonne. Das Blechding schepperte, doch Kappe sah
beim Blick über die Schulter, dass der Kübel glücklicherweise nicht
umfiel.

«Gleich sind wa da!», rief Galgenberg fröhlich.

Die Autos vor ihnen fuhren hastig an den Straßenrand, um
dem Streifenwagen den Weg freizumachen. Es schien, als kuschten
sie vor einem Raubtier mit Tollwut.

«Jetzt mal ein bisschen langsamer!», sagte Kappe, dabei merkte er, dass er außer Atmen war. «Es wäre gut, wenn wir Kurt Kannenhenkel entdecken und nicht an ihm vorbeirasen.»

«Hm», murmelte Galgenberg, und es klang wie: Wenn es
denn sein muss … Er ließ den Wagen an der Ecke Potsdamer Straße ausrollen.

Kappe dachte daran, dass Peter von Glämmer und einem Begleiter gesprochen hatte. «Wenn du jetzt die Heule auf dem Dach
noch abstellst, könnten wir uns ein Bild von der Lage verschaffen,
bevor wir den *Blitz*-Typen schon wieder exklusives Bildmaterial
verschaffen.»

Galgenberg drückte wortlos den Schalter für die Sirene, zog
dabei aber ein Gesicht, als hätte Kappe ihn in den Keller zum Koh-
lenschippen geschickt.

Kappe ließ den Kollegen schmollen und schaute sich auf
der Kurfürstenstraße um. Allerdings fiel es ihm schwer, einzelne

Passanten auf den Gehwegen rechts und links der Fahrbahn mit seinem Blick zu erfassen. Er überlegte. Wie weit konnten Kannenhenkel und der Fotograf mit seinem Begleiter die Kurfürstenstraße inzwischen hinuntergelaufen sein? Und auf welcher Höhe der Straße sollte er nach Peter Ausschau halten? Seit dem Anruf war bestimmt schon eine Viertelstunde vergangen. Die Kreuzung zur Potsdamer Straße hatten der Fotograf und seine Verfolger sicher schon überquert.

Die Ampel an der Kreuzung schaltete auf Rot.

Galgenberg starrte über sein Lenkrad, als habe er zwei Luschen im Skat gefunden und maulte: «Jetzt habe ich das Blaulicht abgestellt!»

Hinter ihnen hupte es. Erst quäkte offenbar ein Kleinwagen mit seiner kümmerlichen Tröte, dann stimmten immer mehr Autofahrer in das Lärmkonzert ein. Ein Cabrio tauchte neben ihnen auf und raste über die Kreuzung – bei Rot. Der Wagen hatte das Verdeck geschlossen und dieselbe Farbe wie das leuchtende Licht der Ampel.

Kappe rief: «Das ist doch ...»

«... Kannenhenkel!», schrie Galgenberg begeistert, schaltete das Blaulicht erneut ein und scherte mit quietschenden Reifen aus der Schlange aus.

Auf der Kreuzung bremsten die Wagen, die von der Potsdamer Straße kamen, und verursachten einen ohrenbetäubenden Lärm. Galgenberg lenkte den Streifenwagen mit waghalsiger Geschwindigkeit zwischen den Autos hindurch hinter Kannenhenkels Cabrio her. Meter für Meter schloss er auf. Offenbar fuhr Kannenhenkel nicht so schnell, wie er konnte. Suchte er etwas? Oder jemanden? Vielleicht den *Berliner-Blitz*-Fotografen und seinen Begleiter?

Galgenberg hing dem Cabrio fast schon an der Stoßstange. Er versuchte zu überholen, doch Kannenhenkel wechselte auf die Straßenmitte. Also lenkte Galgenberg nach rechts und gab Gas. Dann ging alles ganz schnell: Das Cabrio zog ebenfalls nach rechts.

Genau auf den Fußweg zu. Kappe sah nur noch, wie eine Prostituierte in einem Pelzjäckchen erschrocken die Augen aufriss. Galgenberg traf das Cabrio am rechten Kotflügel. Kurz vor dem Bordstein schleuderte es herum wie ein Kreisel. Zweimal, dreimal. Der Sportwagen krachte in ein Postauto.

Galgenberg legte eine Vollbremsung hin. Instinktiv streckte Kappe die Arme gegen das Armaturenbrett. Als der Wagen zum Stehen gekommen war, stellte Galgenberg die Sirene ab, und für einen Augenblick war alles still.

Vorsichtig versuchte Kappe sich zu bewegen. Nein, er hatte sich nicht verletzt. Behutsam stieg er aus dem Auto.

Um den Sportwagen hatte sich eine Menschentraube gebildet. Kappe entdeckte Glämmer, der fotografierte, und neben ihm einen Mann mit gegelten Haaren, der sein Notizbuch gezückt hatte und eifrig etwas aufschrieb. Die Prostituierte im Pelzjäckchen stand bleich neben dem demolierten Sportwagen. Kappe erkannte Gesine Jensen. Hinter dem Postwagen trat Kannenhenkel hervor. Kannenhenkel?

Kappe eilte zum Cabrio, schaute hinein und rief: «Das gibt es doch nicht!»

Am Steuer saß Dieter Mönningsee.

Seit Stunden schwieg Dieter Mönningsee wie ein Fisch. Otto Kappe saß im Gang vor dem Verhörzimmer und trank einen Kaffee. Ihm schwirrten immer wieder die gleichen Fragen durch den Kopf: Wie war es zu dieser aberwitzigen Aktion auf der Kurfürstenstraße gekommen? Woher hatte der Mann Kannenhenkels Auto? Warum war er auf Gesine Jensen zugerast? Und was hatten diese *Blitz*-Heinis vor Ort zu suchen?

Er saß auf dem Flur, um klare Gedanken zu fassen und Mönningsee ein wenig schmoren zu lassen. Außerdem wartete er auf Galgenberg, der gerade die letzten Aussagen der Zeugen aufnahm. Lange sollte das nicht mehr dauern, schließlich hatte er vor über einer Stunde mit den Befragungen begonnen.

Mönningsee saß allein im Verhörzimmer. Sein Pflichtverteidiger war schon wieder verschwunden. Kappe ahnte, wie lang die Zeit in dem kargen Raum werden konnte, wenn man allein war. War Mönningsee schon weichgekocht? Gerade überlegte er, ob er noch länger auf Galgenberg warten sollte, da kam der Kollege schon den Gang entlanggestürmt.

Galgenberg wedelte mit ein paar Papieren herum und rief: «Jetzt ham wa den Kerl am A…llerwertesten! Komm, dem jeben wa den Rest!»

Kappe wollte etwas einwenden, doch Galgenberg riss die Tür zum Verhörraum auf und eilte hinein. Kappe folge ihm und sah, wie der Kollege die Papiere auf den Tisch knallte.

«Wir wissen alles! Sie haben uns den Tipp mit der Prostituierten im Pelzjäckchen, also Frau Jensen gegeben, die angeblich über Informationen über Kannenhenkel verfügte! Sie haben die Zeitungsfritzen an die Kurfürstenstraße bestellt! Sie haben Kannenhenkel die Autoschlüssel geklaut!», rief Galgenberg aufgebracht.

Mönningsee ließ die Predigt über sich ergehen, ohne dass er eine Regung zeigte. Er hatte ein blaues Auge von dem Unfall davongetragen.

Galgenberg blätterte durch seinen Papierstapel und berichtete, wie Zeugen die Kollision Mönningsees mit Kannenhenkel auf dem Bürgersteig vor dem *Berliner-Blitz*-Gebäude beschrieben hatten. Er führte weiter aus, dass sich in der Umhängetasche des Schauspielers die Autoschlüssel befunden hatten, dass Mönningsee an diesem Tag ganz ähnlich gekleidet war wie Kannenhenkel und dass seine Kleidung darüber hinaus auffallend der des Mannes geglichen hatte, der am Morgen dem Jungen das anonyme Schreiben für die Polizei gegeben hatte. Mit Blick auf das nächste Papier fasste Galgenberg die Aussage von Josef Bolp zusammen, der Mönningsees Stimme am Telefon identifiziert hatte. «Sie haben Bolp und Kannenhenkel an den Tatort bestellt, um dem Schauspieler den Mord an der Jensen anzuhängen, nachdem Sie in Ihrem anonymen

Schreiben behauptet hatten, die Frau sei Zeugin im Mordfall Ihrer Schwester», fasste Galgenberg zusammen.

Das ging Kappe eine Spur zu schnell. Er schwieg jedoch und schaute Mönningsee an. Der Mann saß regungslos auf seinem Holzstuhl. Mit seinem zugeschwollenen Auge sah er beinahe so aus, als würde er zwinkern.

«Witzigerweise hatte Frau Jensen überhaupt keine Informationen über Kannenhenkel. Doch das hätten wir nie erfahren, wenn sie tot gewesen wäre. Und Kannenhenkel hätte wieder unter Verdacht gestanden, Ihre Schwester und außerdem Frau Jensen ermordet zu haben. Aber Sie wissen ja, dass der Schauspieler Ihre Monika nicht umgebracht hat.»

Bei der Erwähnung des Namens seiner Schwester sackte der Mann zusammen.

«Als Sie gestern in der Zeitung gelesen haben, dass Kannenhenkel wieder freikommt, haben Sie vermutet, dass wir bald noch einmal bei Ihnen auftauchen würden», fuhr Galgenberg fort und zog das nächste Blatt aus seinem Stapel. «Und wissen Sie was? Sie haben mit Ihrer Vermutung richtig gelegen. Hier ist der Durchsuchungsbeschluss für Ihr Zimmer. Ich bin mir sicher, dass die Kollegen bei Ihnen eine größere Menge Bargeld finden werden — die Ersparnisse Ihrer Schwester! Sie haben sie wegen ein paar Scheinen ermordet!»

«Das ist nicht wahr!», rief Mönningsee.

«Das werden wir ja sehen», erwiderte Galgenberg triumphierend.

Nun wusste auch Kappe, dass sie den Mörder gefunden hatten. Er zwang sich jedoch, den sachlichen Polizisten zu spielen, und fragte: «Was ist denn dann die Wahrheit, Herr Mönningsee?»

Das Gesicht des Mannes versteinerte.

«Ich kann es Ihnen sagen», fuhr Galgenberg in schneidendem Ton fort. «Sie haben Ihre Schwester kaltblütig ermordet. Anschließend haben Sie einen perfiden Plan ausgeheckt, um die Tat einem anderen anzuhängen. Und Sie wären dabei buchstäblich über weitere Leichen gegangen, wenn wir nicht zur rechten Zeit am rechten Ort gewesen wären.»

«Nein!» Mönningsee vergrub sein Gesicht in den Händen. «Monika war doch das Einzige auf der Welt, das mir geblieben war. Ich wollte das nicht. Sie sollte doch nur für einen Moment still sein.»

Kappe hielt den Atem an. Das war ein Geständnis. Vielleicht nicht für einen kaltblütigen Mord, aber das sollte der Richter bewerten. Er sah zu Galgenberg hinüber. Auch der Kollege suchte anscheinend nach Worten.

Doch es war Mönningsee, der als Nächstes sprach – oder vielmehr schluchzte: «Ich wusste doch gar nicht, dass sie so viel Geld hatte. Ich habe Sie angebettelt, mir zehn Mark zu borgen, weil ich Blumen auf den Friedhof bringen wollte. Mama hätte Geburtstag gehabt. Aber sie hat mich nur ausgelacht. Einfach ausgelacht.» Mönningsee stockte. Ihm brach die Stimme, als er fortfuhr: «Ich wünschte, ich könnte diesen unseligen Abend ungeschehen machen. Doch dann war es passiert. Und seitdem wollte ich nur noch den Namen unserer Familie rein halten. Es reichte doch, dass sie eine Nutte war. Da sollte die Welt die Mönningsees nicht auch noch als Familie eines Mörders in Erinnerung behalten.»

«Und das wollten Sie erreichen, indem Sie den Verdacht auf Kannenhenkel lenkten!», stellte Galgenberg fest.

«Einen Moment!», unterbrach Kappe. «Das meiste verstehe ich. Doch eine Frage stelle ich mir: Wie konnten Sie wissen, dass Kannenhenkel seinen Autoschlüssel in einer Umhängetasche bei sich trägt?»

Mönningsee senkte seinen Kopf wieder in die Hände und schwieg.

«Herr Mönningsee, Sie sind überführt», sagte Kappe ruhig. «Kooperieren Sie mit uns. Das ist die einzige noch verbliebene Möglichkeit, den Richter milde zu stimmen.»

Der Mann hob den Kopf. Es war zu sehen, wie es hinter seiner Stirn arbeitete. Endlich sagte er: «Man braucht keinen

Schlüssel, um in ein Cabrio einzusteigen. Eigentlich wollte ich den Kerl auf der Nürnberger Straße nur aufhalten. Denn er kam zu früh. Er sollte erst im Verlagsgebäude erfahren, dass Bolp zur Kurfürstenstraße unterwegs ist und dass dieser gar nichts von einem Termin mit ihm weiß. Wenn der Journalist ihn vor dem Unfall getroffen hätte, wäre doch klar gewesen, dass Kannenhenkel nicht der Fahrer des Cabrios sein kann.»

Kappe dachte an den Anzug des Mannes und daran, wie sehr dieser dem Kannenhenkels ähnelte. «Woher wussten Sie, was der Schauspieler für Kleidung trägt.»

«Ich kenn den ja aus der Zeitung, das ist doch so ein feiner Schnösel. Da hab ich einfach meinen einzigen Anzug getragen und einen Hut aufgesetzt.»

Kappe stellte sich die Reaktionen seines Vorgesetzten und der Zeitungsfritzen vor, wenn Mönningsee unerkannt aus dem Unfallwagen hätte fliehen können und Kannenhenkel am Tatort aufgegriffen worden wäre. Wäre Mönningsee dann unbescholten davongekommen? Oder hätten Galgenberg und er trotzdem die Wahrheit herausgefunden? Zum Glück brauchte er auf diese Frage keine Antwort zu finden.

DREIZEHN
Donnerstag, 11. April 1968

ALS PETER KAPPE an diesem Abend vor dem Gebäude des *Berliner Blitz* eintraf, war die Straße voller Menschen. Es mussten Tausende sein, und noch immer kamen weitere Studenten von der Technischen Universität herüber. Alle riefen wild durcheinander: «Kampf den Mördern am Schreibtisch!», «Kampf den Imperialisten!», «Kampf den Hetzern im Senat!» Auch der Ruf «Rache für Rudi!» war zu hören. Die Stimmung glich einem Vulkan kurz vor dem Ausbruch. Auch Peter spürte ohnmächtige Wut in sich aufsteigen, dieses Gefühl, irgendetwas zerschlagen zu müssen.

An allen Straßenecken tauchten Polizisten auf. Eine Kette schirmte das Verlagsgebäude ab. Die Beamten trugen schwere Ausrüstungen. Doch Peter hatte nicht den Eindruck, dass sich die Demonstranten davon einschüchtern ließen.

Die Nachricht von den Schüssen auf Rudi Dutschke hatte sich wie ein Lauffeuer an der Freien Universität und den anderen West-Berliner Hochschulen verbreitet. Der Wortführer der Studentenbewegung war auf dem Kurfürstendamm nur ein paar Meter von den Geschäftsräumen des SDS auf seinem Fahrrad unterwegs gewesen, als ein Mann mit einem Trommelrevolver ihm mehrfach in den Kopf und die Brust geschossen hatte. Wie durch ein Wunder lebte Dutschke noch immer. Er war zunächst im Albrecht-Achilles-Krankenhaus operiert worden und lag inzwischen im Westend-Krankenhaus auf dem Operationstisch. Niemand wusste, ob er die Nacht überstehen würde.

Peter fühlte gerade erneut die Wut in sich aufsteigen, da

schlug ihm jemand freundschaftlich auf die Schulter. Kurt Kannenhenkel stand neben ihm.

«Jetzt ist es schon über eine Woche her, und es braucht so einen traurigen Anlass, damit ich dich endlich treffe und dir danken kann.»

Peter überlegte einen Moment, erst dann fiel ihm der Fall Monika Mönningsee wieder ein. Ihm kam es so vor, als läge die Mordsache schon Monate zurück.

«Ohne deine Hilfe säße ich jetzt bestimmt im Gefängnis und wäre von der Presse längst abgeurteilt», fuhr Kannenhenkel fort. «Erst nach der Festnahme des Mörders habe ich erfahren, dass dieser Journalist vom *Berliner Blitz* gar nicht mit mir reden wollte. Bis jetzt hat er keine Entschuldigung über die Lippen gekriegt. Wenn du nicht bei deinem Vater angerufen hättest ...» Kannenhenkel beendete den Satz nicht. Dafür beugte er sich zu Peter und sagte leise: «Dein Vater ist übrigens ganz in Ordnung für einen Kripobeamten.»

Peter wusste nicht so recht, ob er das als Kompliment auffassen sollte. Vor allem hier, wo Tausende aufgebrachte Demonstranten Hundertschaften von Uniformierten gegenüberstanden.

Kannenhenkel schien zum Glück keine Reaktion zu erwarten, denn er sagte: «Wenn du dir irgendwann eine meiner Vorstellungen anschauen möchtest, gib mir einfach Bescheid.» Er drehte sich um und ergänzte: «Das gilt natürlich auch für deine Freundin.»

Offenbar hatte der Schauspieler den letzten Satz angefügt, weil er Stefanie Richter entdeckt hatte. Sie kam mit Rüdiger Engelhardt herbeigeeilt. Allerdings machte sie nicht den Eindruck, als sei ihr gerade nach einem Theaterbesuch zumute. Sie hatte eine schwarze Arbeitermütze tief ins Gesicht gezogen und den Kragen ihrer Lederjacke aufgestellt – das gab ihr etwas Martialisches. Sie presste ein «Hallo» heraus und zeigte dann an Peter vorbei zum Verlagsgebäude. «Kommt mit! Wir gehen jetzt da rein!»

Rüdiger zog eine lange Stahlstange unter seiner Motorradjacke hervor und fuchtelte damit herum. Mit seinen schwarzen Handschuhen sah er wie ein Einbrecher aus.

«Das ist nicht euer Ernst», sagte Kannenhenkel. Es klang beinahe wie eine Frage.

«Und ob das unser Ernst ist!», erwiderte Stefanie. «Die Zeit für den politischen Kampf ist gekommen. Und wir meinen damit wirklichen *Kampf*! Etwas anderes verstehen diese Faschisten nicht.» Sie ergriff Peters Hand und sagte zu ihm in einem beschwörenden Tonfall: «Peter, jetzt kommt es drauf an. Los!»

So schnell Peter die Gedanken durch den Kopf schossen, so unbeweglich erschienen ihm seine Beine. Rings um ihn herum drängten Demonstranten in Richtung des Verlagsgebäudes, zunächst nur ein paar einzelne, dann immer mehr.

Stefanie zog immer stärker an Peters Hand. Doch der blieb stehen.

«Nein», sagte er nur.

Stefanie sah ihn an, als hätte er eine ansteckende Krankheit.

Rüdiger ließ die Stahlstange in seinen linken Handschuh klatschen und fauchte: «Lass ihn halt!» Den Nachtrag «den Feigling» musste Rüdiger nicht anfügen, er lag in der Luft dieses aufgeheizten Frühlingsabends.

«Peter!», wiederholte Stefanie drängend.

Doch Peter schüttelte den Kopf.

Vor dem Verlagsgebäude waren immer noch die Rufe der Demonstranten zu vernehmen. In den Lärm mischten sich die Martinshörner der Feuerwehr.

«Die Lieferwagen am Verlagsgebäude brennen!», rief ein Demonstrant auf dem Weg zum Redaktionsgebäude. Er klang so begeistert, als informierte er über ein Silvesterfeuerwerk.

«Peter!», sagte Stefanie erneut und sehr laut.

Peter schwieg.

Rüdiger warf ihm einen Blick zu, als wollte er die Stahlstange gleich an ihm ausprobieren. Doch Peter war das egal. Er fühlte nur noch Ohnmacht – gegenüber den Verhältnissen, in denen

Rudi Dutschke aus nächster Nähe in Kopf und Brust geschossen wurde und in denen seinen Anhängern nichts anderes als Gewalt einfiel. Er dachte an diesen Lars im Wedding und seine Sammlung von Sprengstoffzutaten. Die Welt versank in Chaos und Gewalt – nicht mehr nur im fernen Vietnam, sondern auch hier, in Berlin.

Stefanie wandte sich ab und eilte mit Rüdiger auf die Polizeikette zu. Peter hatte das Gefühl, dass er die beiden gerade zum letzten Mal sah.

«Das ist Wahnsinn!», sagte Kannenhenkel und klang verzweifelt. «Die glauben doch nicht, dass ein paar Studenten mit Eisenstangen und Fäusten irgendetwas verändern könnten. Da faseln die unentwegt von revolutionären Situationen und glauben, dass es hilft, ein paar Reporter zu verhauen?»

Peter wusste nichts dazu zu sagen. Er dachte an seinen Vater. Der stand bei vielen Konflikten dieser Zeit wahrlich nicht auf der richtigen Seite. Aber immerhin kämpfte er in seinem Beruf gegen die Mörder auf dieser Welt.

«Die Köpfe sind das Entscheidende», sagte Kannenhenkel. «Es bringt nichts, auf ein paar Polizisten oder rechte Journalisten einzudreschen. Die Gedanken müssen sich ändern. Das braucht Zeit und ist anstrengend, aber nur das wird die Gesellschaft besser machen.»

Es geschah in Berlin ...

Horst Bosetzky: **Kappe und die verkohlte Leiche** (1910)
Sybil Volks: **Café Größenwahn** (1912)
Jan Eik: **Der Ehrenmord** (1914)
Horst Bosetzky / Jan Eik: **Nach Verdun** (1916)
Iris Leister: **Novembertod** (1918)
Horst Bosetzky: **Der Lustmörder** (1920)
Peter Brock: **Das schöne Fräulein Li** (1922)
Wolfgang Brenner: **Stinnes ist tot** (1924)
Petra A. Bauer: **Unschuldsengel** (1926)
Horst Bosetzky: **Bücherwahn** (1928)
Petra A. Bauer: **Kunstmord** (1930)
Jan Eik: **Goldmacher** (1932)
Klaus Vater: **Am Abgrund** (1934)
Horst Bosetzky: **Mit Feuereifer** (1936)
Jan Eik: **In der Falle** (1938)
Jan Eik: **Polnischer Tango** (1940)
Petra Gabriel: **Beutezug** (1942)
Horst Bosetzky: **Unterm Fallbeil** (1944)
Jan Eik: **Heimkehr** (1946)
Horst Bosetzky: **Razzia** (1948)
Petra Gabriel: **Operation Gold** (1950)
Jan Eik: **Heißes Geld** (1952)
Horst Bosetzky: **Auge um Auge** (1954)
Petra Gabriel: **Kaltfront** (1956)
Jan Eik: **Grenzgänge** (1958)
Petra Gabriel: **Tod eines Clowns** (1960)

Horst Bosetzky: **Berliner Filz (1962)**
Horst Bosetzky: **Auf leisen Sohlen (1964)**
Klaus Vater: **Brandt-Gefahr (1966)**
Horst Bosetzky / Uwe Schimunek: **Rotlicht (1968)**
Stephan Hähnel: **Geschwisterliebe (1970)**

Alle Bände sind auch als E-Book erhältlich.